WILHELM BUSCH FAMILIENBUCH

WILHELM BUSCH FAMILIENBUCH

Der Dichter und Zeichner
in seinen schönsten Bildergeschichten,
Gedichten, Reimen und Sprüchen

Gondrom

Herausgegeben von Roland W. Fink-Henseler

ISBN 3-8112-1412-8

Die hohe Kunst, den bittern Kern des Lebens
Erkennen und es freudig doch bejah'n;
Der armen Menschheit ganzen Jammer fassen
Und dennoch lachen, lachen, hell und heil –
Hat er uns nicht den Schlüssel dagelassen
Zu seines Erbes allerbestem Teil?

(Aus dem Gedicht »Wilhelm Busch«
von F. v. Ostini in der »Jugend« 1908 Nr. 3.)

Vorwort

Wilhelm Busch

Wohl auch sein Leben, gewiß aber das postume Sein dieses Mannes ist ein großartiges Paradox. Er war mit seinen »Bildergeschichten«, lustigen Zeichnungen, denen er bald selber den Text, knappe Reime, hinzufügte, ziemlich rasch zu einer ungeheueren Volkstümlichkeit gediehen, aber man wußte eigentlich nicht recht, wie man mit ihm dran war. Es schien so, er habe die Funktion übernommen, ein terminbeflissener Freudenlieferant für die Deutschen zu sein, vermutlich das übermütig vergnügte Glied des »Künstlervölkchens«, das gerne Allotria trieb. Und dann die ungewisse Einsicht: in dieser Vorstellung stimmt etwas nicht. Der Mann sitzt, als ob er sich vor »der Welt« verbergen wollte, in einem bäuerlichen Dorf Niedersachsens, der Ruhm ist ihm gleichgültig, ja geradezu störend oder gar peinlich, wenn er ihn aufsuchen will, fast etwas wie ein menschenscheuer Sonderling. Und in der Tat, das »Getu's« ist seiner empfindsamen, diskreten Natur, die keiner vermuten will, weil in seinen Zeichnungen so viel Trubel und Krach ist, höchst widerwärtig. Die Legende bemächtigt sich seiner, wohlmeinend, aber im Maßstäblichen der Bewertung ihm selber zu arg. Denn plötzlich sieht er sich, gedruckt, in der Reihe von Shakespeare, Goethe und Gleichartigen untergebracht. Das veranlaßte ihn, er ist einige fünfzig alt, in ein paar Aufsätzen die Sache wieder ins Lot zu bringen: »Was mich betrifft«, »Von mir über mich«. Man darf diese so behutsam wie locker geschriebenen Bemerkungen, die einfach, ganz schlicht und unpolemisch, einiges Zeitungsgeschwätz berichtigen und in der Sachmitteilung, des Tones der leisen Selbstironie nicht entbehrend, nie steigern, eher dämpfen und untertreiben, als Autobiographie nehmen, aber dann eben wichtig durch die Tatsache der äußersten Begrenzung. Er will nicht haben, daß falsche oder bloß schiefe Dinge über ihn in die Zukunft gehen – er formuliert an den Aufsätzen ein paarmal herum, daß sie auch als Beigabe für die Neuauflage einer seiner Bildfolgen verwendbar werden. Aber man hat das Gefühl, er macht dies, weil es halt sein muß. Doch was geht mein Leben euch eigentlich an?

Diese so geflissentlich gepflegte Diskretion gegen sich selber hat nun – das ist das Paradoxe – sich völlig verkehrt: über wenige Persönlichkeiten vergleichbar mit Busch, so »ereignislos« der Tagesablauf sein mochte, so begrenzt der Menschenkreis ihres Lebens und Wirkens, wissen wir heute so intim Bescheid. Es gibt eine »Wilhelm-Busch-Gesellschaft«, die sich höchste Verdienste erworben hat, das Wesen und Werk des Mannes zu erkunden und zu sichern, ein Museum in Hannover pflegt sein Gedächtnis und hat das Wissen um seine Leistung in die Provinzen ausgeweitet, die »man« kaum kannte; der so erfolgreiche »Spaßmacher« ist zum Gegenstand wissenschaftlicher Studien geworden (Ackerknecht, Dangers, Novotny und andere), und, überraschend genug, der Stefan-George-Folger, Friedrich Gundolf, steckte, als er 1932 starb, in den Vorbereitungen eines Kollegs über das zeitgenössisch-künstlerische, wohl auch über das überzeitlich-menschliche Phänomen.

Damit ist eine eigentümliche Verschiebung in der Bewertung des Mannes eingetreten; die naive Freudigkeit, die sich an einem so kühnen wie sicheren Strich, an einer in schöner Wortdichte und unpathetischer, antipathetischer Schlagkraft gereimten Banalität ergötzte, schien den harmlos Genießenden leicht verdächtig zu machen: es fehlt ihm offenbar das Organ für das »Hintergründige« dieses Menschen. Nun ist dies Hintergründige, das Busch scheu, man mag auch sagen: keusch, verdeckt hielt, ziemlich vordergründig geworden, und seine Figur hat damit einen späten Reichtum an Facetten gewonnen, an zart geschliffenen – die grundlegende Biographie, von den drei Neffen Nöldeke gemeinsam verfaßt, ist mit Takt, ohne falsche Töne geschrieben. Natürlich wird dies zum Gewinn, zu erfahren, daß er sehr frühe schon – Busch erwähnt das gelegentlich selber – an Kant geriet, daß sein geistiges Wesen von der Vertrautheit mit Schopenhauer langehin bestimmt war, wie ihn, den ländlichen Tierbeobachter, das eben erschienene Werk Darwins über die »Entstehung der Arten« stark beeindruckte und beschäftigte, daß er nicht bloß den Shakespeare und den Cervantes sehr liebte, sondern auch in der Bibel wohl vertraut blieb. Das evangelische Pfarrhaus war Herberge der Schulzeit gewesen und der späten, dem Alter und dem Ausgang zugewandten Jahre geworden; dort pflegte der Mann ein temperiertes Christentum, das kirchlichen Dogmatismus unfroh abwies und sich für Harnack interessieren ließ. Sehr nett, daß man das jetzt alles weiß. Aber man soll im Psychologisieren, was nun »der Zeit«, was seiner niedersächsischen Dorf-Umwelt mit Spruchweisheiten, Märchen und Schwank eigentümlich – es ist ja auch die Heimat des Till Eulenspiegel –, nicht übersehen, was ihm, ihm ganz allein zugehört, und zwar nicht nur im Raum der Deutschen: der Strich seiner Feder, die Aussagekraft seiner Linie. In ihr schreibt sich, scheinbar wie im mühelosen Spiel, doch mit äußerster zuchtvoller Konzentration, eine Genialität des Schauens und der zeichnerischen Bannkraft ihr Zeugnis.

Als der älteste Sohn eines dörflichen Kaufmanns wird Wilhelm Busch am 15. April 1832 im hannöverschen Wiedensahl geboren; ein Bruder der Mutter, Pfarrer und großer Imker, übernimmt den Part der Schulbildung, die den Sechzehnjährigen an das Polytechnikum nach Hannover entläßt. Aber so glänzend ein Zwischenexamen gerät, »I mit Auszeichnung«, er will kein Techniker der Praxis werden. Der Vater muß resignieren, da die Mutter den Sohn stützt. Freunde gewinnen ihn, auf die Akademie nach Düsseldorf mitzukommen; das Jahr scheint wenig ergiebig. Das Studium wird in Antwerpen fortgesetzt, offenbar nur eben, weil die Freunde dorthin gehen. Man glaubt zu spüren, der junge Mann ist ziemlich unsicher in seinen Entscheidungen, zwar fleißig – das blieb er immer –, aber kein aktives Temperament. Aber hier geschieht nun die durch ein Leben nachwirkende Begegnung mit den flämischen und holländischen Meistern Rubens und Hals (wer ist der größere?), mit Brouwer und Ostade: sie zeigen ein Maß, vom Malerischen her, das zugleich nach oben zieht, weil es so groß ist, und nach unten drückt, weil es so anspruchsvoll. Das derbe Genre der virtuosen Kleinmeister gibt im Nebenbei stoffliche Ermunterung. Ein paar Jahrzehnte später weilt er, einer Einladung des befreundeten Lenbach folgend, wenige Wochen in Rom. Im Grunde kann er mit der Wucht und der großen Dekoration dieser Kunst nichts anfangen. Vorübergehend scheint auch auf ein hannöversches Dorf die italienische Sonne, aber sie verblaßt bald; die Palette des Malers der Verborgenheit bleibt den Holländern verpflichtet.

Die Beziehung zu Lenbach, auch zu Friedrich August von Kaulbach, zu Lorenz Gedon entstammt Buschs Münchener Jahren, die man von 1854 bis zum Ausgang der sechziger Jahre rechnen mag, doch mit langen Aufenthalten in der Heimat. Sie haben ihm, was die »Schule« anlangt, wohl gar nichts geboten, Ausklang des gespreizt gewordenen Nazarenertums in einer monumentalisierenden Historienmalerei; aber es gab in dieser wunderbaren Stadt auch immer die Künstlervereinigungen, in denen die Zukunft geboren und bis zu diesem Vorgang die Gegenwart verhöhnt und genossen wurde. Das wurde für Buschs Entfaltung schlechthin schicksalhaft. Seine Gruppe nannte sich »Jung-München«; man übte in ihr auch den wechselseitigen Spott der heiteren Karikatur. Der an sich zurückhaltende, doch kameradschaftlich brauchbare Niedersachse beteiligte sich daran, nicht ohne Erfolg. Da hatte nun ein Mann namens Kaspar Braun das Jahr 1848 auf seine Weise interpretiert und eine politisch-polemische Witz-Zeitung gegründet, »Fliegende Blätter«, sie hat damals die Typenfiguren geschaffen, die seitdem durch die zeichnende Journalistik wandern. Das unmittelbar Oppositionelle hatte man sich nach der Wiederkehr der »Reaktion« einigermaßen abgewöhnt, aber das Bedürfnis nach ablenkender Heiterkeit war nun nicht entschwunden, sondern eher gewachsen. Braun erkannte, hier ist eine Begabung, gab Busch Aufträge, der nahm sie an, denn es war erfreulich, die Mutter von den Taler-Sendungen entlasten zu können. Die Thematik war zunächst vorgeschrieben, aber man durfte sich ja selber etwas einfallen lassen, man konnte die Dinge ja auch selber textieren, und es würde vielleicht lustig sein, wenn die erklärenden, die kommentierenden Worte sich reimten – das ist, in ein paar Sätzen zusammengerafft, die »Soziologie«, über die Wilhelm Busch in die Unsterblichkeit stolperte. Daß er sich in ihr, an die er gar nicht dachte, ohne Störung bewegen könne, hat er München nach ein paar Jahren wieder verlassen, um in Wiedensahl, am Schluß (1899) in dem Pfarrhaus zu Mechtshausen zu arbeiten, für diese »Pflicht«, unter der er wegen der Termine manchmal stöhnte, in der Abgeschiedenheit für sich ganz allein, Gemälde stapelnd, die keiner zu sehen bekam, um durch die Felder zu streifen, die Linien und Tönungen der flachen Hügel mit seinem immer wachen Auge abzuvisieren, um über die Eitelkeit dieser Welt zu meditieren, vielleicht, vielleicht auch, um zu träumen.

War er, der in späten Jahren ein paar phantastische Prosa-Erzählungen schrieb, »Eduards Traum« und »Der Schmetterling«, schließlich doch ein verborgener, ein verbogener Romantiker? Frühe Studien stehen in der Nähe der schildernden Anmut von Richter und Schwind – das bleibt nur Durchgang; das Element der romantischen Ironie freilich ist ihm zu eigen, und Buschs interessiertes Sammlertum von etymologischen Sonderlichkeiten, von Volksgeschichten, die er sich erzählen ließ und aufschrieb, fast im Stil der Brüder Grimm, spiegelt geistesgeschichtlich ein romantisches Erbe. Aber falls zur Romantik Illusion und Verklärung gehören – es sieht so aus –, dann war er Antiromantiker, weil mit seinem Zeichengriffel und mit seiner öffentlichen Schreibfeder Desillusionist. Die »Kritik des

Herzens«, die durch ihn selber veranstaltete Sammlung von Gedichten, würde, so reizvolle Stücke sie enthielt - die berühmte Definition des Humors von dem Vogel, der zu singen beginnt, da er doch sein elendes Schicksal unmittelbar vor sich sieht -, würde als »Literatur« ohne den Verfassernamen kaum mehr existent sein. Der »Poet«, nicht verbogen, aber verborgen, lebt in der versonnenen und doch anschaulichen, manchmal freundlich spielenden Artistik der Briefe.
Busch hat sich nicht dagegen wehren können, daß viele von ihnen postum veröffentlicht wurden, und das ist gut so. Vermutlich hätte er sich gewehrt. Denn er hat Einspruch erhoben, als reizende individuelle Karikaturen, die er gezeichnet hatte und die im Grunde sehr liebenswürdig waren, ohne seine Zustimmung veröffentlicht wurden. Wir sind durch dieses Öffnen von Schubladen ihm menschlich sehr viel nähergekommen, und er hat dadurch - keineswegs der normale Fall - nicht verloren. Ja, sein Sterben ist, wenn man so sagen darf, sachlich zu einem Gewinn geworden. Da lernte man einen Busch kennen, der sich selber gar nicht kennenlernen ließ: den Maler der mittleren, der späten Jahre, wenige »Kompositionen«, doch immerhin ein paar Bilder aus der griechischen Mythologie, viele Landschaften aus der heimischen Umgebung, manche von sehr wagender Farbigkeit, ungezählte Studien von Bäumen, Hügelbewegungen, daneben vielerlei Tierzeug, auch Menschengruppen - ein Porträt, das man in die Nähe des Leibl-Kreises, des jungen Trübner, bevor dieser in seinem Könnertum erstarrt war, rücken würde. Der »Einsiedler von Wiedensahl« hatte nie etwas davon »ausgestellt«, er verbarg die Sachen, vernichtete viel, wie die Neffen berichten - war er, an die alten Holländer denkend, mit sich selber unzufrieden? Es sind unter den Zeichnungen, Bäumen, Tieren, Menschen, in weicher Bleistift-Schraffur in ihrer anspruchslosen Gekonntheit, hinreißend schöne Blätter, unter den Ölbildern, meist kleinen Formates, wie es gerade die ihm vertrauten Meister bevorzugten, Stücke von sicherer und subtiler Tonigkeit - die Busch-Spezialisten berechnen Blätter und Tafeln in die Tausende. Aber haben sie etwas, was haben sie, W.B. gezeichnet, mit dem Verfasser der »Frommen Helene« oder des »Balduin Bählamm« zu tun?
Dessen Strich wirkt, zumal die Bildfläche nicht durch einen festigenden Rand eingegrenzt, wie die Improvisation einer Laune; an Vorarbeiten denkt man nicht. Aber sie sind mit einer handwerklichen Zuverlässigkeit gemacht worden. Natürlich gab es für die Situationen, zumal für die geliebten Sturzkatastrophen und dergleichen keine »Modell«-Studien. Aber das Erstaunliche: sie vollziehen sich, bei höchster Turbulenz, in anatomisch richtiger Ordnung. Das bedeutet ein ungeheures Formengedächt-

nis, das nun in völliger Sicherheit über alle Möglichkeiten der waghalsigen Bewegung wie der ausdrucksvollen Ruhe verfügt. Die frühen Stücke arbeiten noch einigermaßen mit Schattenwirkung, die Schraffierung ist um den Raum, um körperliche Plastik bemüht. Das wird später entbehrlich. Die knappen Verkürzungen zaubern ins Ungewisse die verdeutlichende Perspektive. Das wird nun seine Technik des humoristisch Illustrativen, die letzte Vereinfachung der expressiven Linie. Es ist nicht der einzige Weg: der Mann, der unter den Zeitgenossen in entwickelter Eigenform dem Rang von Busch sich nähert, Adolf Oberländer, hat ganz andere Verfahren entwickelt: seine Blätter sind mit dichten Strichbündeln gefüllt, ein Wasserkübel erfährt die gleiche Aufmerksamkeit im Detail wie ein Mensch, ein Tier. Hier wird das geistreich Überdeutliche zum spezifischen Ausdrucksmittel einer Erzählung gemacht; der manchmal gespenstisch wirkende Eindruck einer pedantischen Zuverlässigkeit bricht aus der Fülle. Busch beschenkt mit der Sparsamkeit, die ihres Reichtums gewiß ist. (Der geistreiche Thomas Theodor Heine hat einmal die gute Zeichnung eine »Stenographie des Angeschauten« genannt und Busch »den eigentlichen Erfinder der zeichnerischen Kurzschrift« – ein hübsches, aber etwas verwirrendes Wort; denn die gute Zeichnung spricht zu jedem, die Kurzschrift, mancher ihrer kunstvollen Grundformen ungeachtet, nur zu den jeweils »Eingeweihten«.)
Buschs Doppelbegabung des knappen Strichs und des knappen Reimes schafft nun jenen einiges Ungemach, die einen katalogisierenden Platz für ihn suchen. Das Bildnerische ist, das erweist ja schon die frühe Berufsentscheidung, das Primäre. Illustrationsaufträge, für die ihm die Motive vorgeschlagen, auch erste Texte geliefert werden, führen auf den Weg zu den »Bildergeschichten«. Er findet, daß die Texte, die er selber verfaßt, eigentlich das, was er im Bild zeigen will, netter sagen als fremde und daß den Reimen, je nach der Aufgabe, eine steigernde, aber auch (und dies gibt eine Pointierung sonderlicher Art) eine retardierende Wirkkraft innewohnt. So wird er zum »Dichter«. Dieser Begriff bleibt dann an der unabsehbaren Menge der Zwei- und Vierzeiler hängen, die das Alltägliche, das Banale »in Form« bringen und die durch die Formung, in der Kontrastwirkung zum Inhalt, fast immer, mit voller Bewußtheit und großem Gelingen, antipathetisch wirken. Dies eben hat dem Mann die ungeheure Volkstümlichkeit verschafft. Das Wesenhafte des dichterischen Vermögens aber liegt nun nicht in dieser knappen Reimtechnik voll skurriler Antithesen; es ist natürlich auch nicht so, daß der Mann lustig drauflos zeichnete und hinterher den Zeichenstift als Schreibstift verwandte – das geht nebeneinander, ineinander. Das Erfinden einer Geschichte, die

Disposition ihres Ablaufs in der Szenenfolge, die Befrachtung mit »Moral«, das Finden einer Figur, wie »Julchen«, den »Bählamm«, den »Klecksel«, wobei ein Typus gesehen oder geschaffen wird, aber mit höchster physiognomischer Artistik individualisiert bleibt, das ist das letztlich völlig Originale des Mannes.

Die Freude an skurriler sprachlicher Verbindung oder an einprägsamer Namensgebung mag ihn in die Nähe des Verfassers von »Horacker« und »Wunnigel«, des niedersächsischen Landmannes Raabe rücken, auch mancher Zug skeptischer Beurteilung dieser ihnen beiden zugewiesenen Gegenwart. Das sozusagen technische Verfahren, in den quasilyrischen Rhythmus durch das Alltagswort der Nüchternheit das Element der sprachlichen oder auch seelischen Parodie aufzunehmen, ist ohne Heinrich Heine, vielleicht auch ohne Kortum, den Schöpfer der »Jobsiade«, nicht recht zu denken; der badische Oberamtsrichter Ludwig Eichrodt, der gleichzeitig mit Busch die »Fliegenden Blätter« belieferte, der Erfinder der »Biedermeier»-Figur, war ein Virtuose in dieser Branche. Aber Busch hat sie alle geschlagen, vermutlich weil er weniger kokett war.

Damit meldet sich wieder das menschliche Rätsel. Es gibt Leute von hohem geistigen Rang, keine pädagogischen Pedanten, die das artistische Können von Busch respektieren, aber ihn oder doch seine Wirkung hassen: er sei ein heimlicher Sadist, seine Geschichten seien nur voll Roheit, es komme kaum ein edler Zug in ihnen vor, die Anständigen seien immer nur die Dummen, und ihr Schicksal werde von einem billigen Hohn begleitet. Es kostete einige Mühe, solches Urteil abzuschleifen – der Hinweis auf die Briefe tat dabei gute Dienste. Doch der Augenblick wird kommen, da die Psychoanalytiker sich seiner bemächtigen werden. Es gibt für sie recht bunte Komplexe zu klären, zumal eine Liebesbeziehung nur in einem nicht sehr erheblichen Gedicht zu vermuten ist. Der Mann, der mit »Max und Moritz« die Epopöe des so einfallreichen wie rücksichtslosen Lausbuben geschrieben hat, hielt als Sozusagen-Miterzieher der Neffen – die haushaltende Schwester war frühe verwitwet – auf die wohlanständigste, bescheidene Korrektheit. Der Mann, der mit stummen Linien den großartigsten, schier hörbaren Krach und Lärm zu machen verstand, war in Musikdingen von einer zarten, angenehm kennerischen Empfindsamkeit. Ungesellig und verstimmt in größerem Kreis, heiter und aufgeräumt im vertrauten Gespräch.

Man kann den Schopenhauer nicht für alles verantwortlich machen, und das gut möblierte Studierzimmer des »Pessimismus« als die Wohnstube des »Humors« zu deklarieren, reicht zu einem anregenden Feuilleton, aber nicht zu einer überzeugenden Klarstellung. Busch, der so viel Unord-

nung dargestellt hat, war für eine – so etwas gibt es – unpedantische Ordnung, nachsichtig im Kalkül des menschlichen Wesens – daher sein Reagieren gegen behördliche oder kirchliche Intoleranz. Kein »Menschenfeind« – sein Leben hat zuviel Züge der sorgenden Wärme –, aber ein Freund der Distanz, die er gerne selber bestimmte. Die Rousseausche Mitteilung »Der Mensch ist gut« schien ihm gewiß als Sehfehler; man könnte ihn eher für einen Illustrator der Erbsünde halten, die nun eben im Kostüm seiner Gegenwart auftritt.
Diese Gegenwart war ihm spürbar in vielen ihrer Züge gegensätzlich, ja peinlich. Das darf man dem allegorischen Prosastück »Eduards Traum« entnehmen – aber man soll, meinen wir, diese »Abrechnung« mit der Zeit nicht überschätzen, man kann sie auch – das klingt für manche Leute, die hier ein weltanschauliches Bekenntnis finden, blasphemisch – als eine Folge von Motiven für nicht mehr ausgeführte Bildergeschichten nehmen. So viel im rein Visuellen Anregendes steckt in der Szenenfolge des zwar märchenkundigen, im übrigen recht zweckhaften und rationalen Träumers, es kommt fast alles dran. Den sensitiven Mann beunruhigt, ärgert, belästigt das neumodische »Getu's« dieser Zeit – ein Lieblingswort. Er wird siebzig, fünfundsiebzig Jahre alt, Besitz der Nation, man will ihn feiern, er ist unauffindbar. In Briefen aus diesen Tagen: »Diese Jubiläen- und Denkmälerwirtschaft ist förmlich widerwärtig. Wir stecken in einem geradezu ekelhaften Byzantinismus. Es ist aber schwer für den einzelnen, sich dem Schwindel zu entziehen.« Oder: »Jeder Baumeister und Flurschütz muß heut sein Jubiläum feiern.« Das ist die Antwort eines Mannes, der wohl einmal Freude empfand, als er erfuhr, daß er Freude geweckt hatte – man soll sein menschliches Wesen nicht zum asketischen Puritanertum umstilisieren. Doch die Indiskretion, die sich seines verschwiegenen dörflichen Seins immer wieder bemächtigen wollte, war ihm tief zuwider; er entzog sich ihr abschließend, um seine Ruhe zu gewinnen, durch einen gelassenen Tod am 9. Januar 1908.

Theodor Heuss

Sorglos

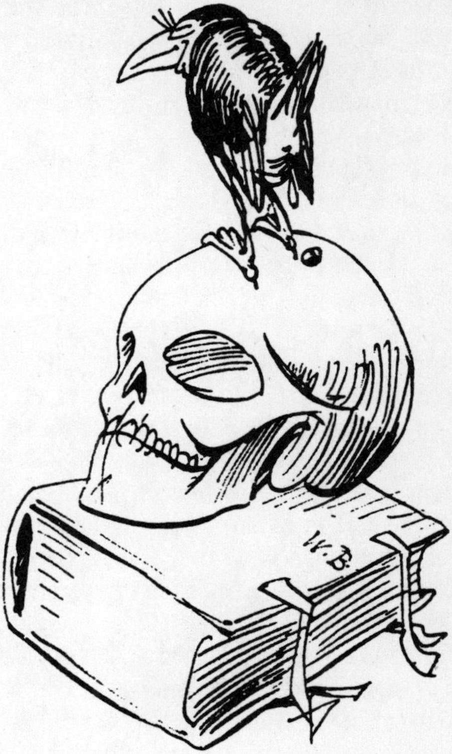

Selbst mancher Weise
Besieht ein leeres Denkgehäuse
Mit Ernst und Bangen. –
Der Rabe ist ganz unbefangen.

Max und Moritz

Eine Bubengeschichte
in sieben Streichen

Max und Moritz machten beide,
Als sie lebten, keinem Freude:
Bildlich siehst du jetzt die Possen,
Die in Wirklichkeit verdrossen,
Mit behaglichem Gekicher,
Weil du selbst vor ihnen sicher.
Aber das bedenke stets:
Wie man's treibt, mein Kind, so geht's.

Vorwort

Ach, was muß man oft von bösen
Kindern hören oder lesen!
Wie zum Beispiel hier von diesen,
Welche Max und Moritz hießen;
Die, anstatt durch weise Lehren
Sich zum Guten zu bekehren,
Oftmals noch darüber lachten
Und sich heimlich lustig machten.
Ja, zur Übeltätigkeit,
Ja, dazu ist man bereit!
Menschen necken, Tiere quälen,
Äpfel, Birnen, Zwetschgen stehlen,
Das ist freilich angenehmer
Und dazu auch viel bequemer,
Als in Kirche oder Schule
Festzusitzen auf dem Stuhle.
Aber wehe, wehe, wehe!
Wenn ich auf das Ende sehe!!
Ach, das war ein schlimmes Ding,
Wie es Max und Moritz ging!
Drum ist hier, was sie getrieben,
Abgemalt und aufgeschrieben.

Erster Streich

Mancher gibt sich viele Müh'
Mit dem lieben Federvieh;
Einesteils der Eier wegen,
Welche diese Vögel legen;
Zweitens: Weil man dann und wann
Einen Braten essen kann;
Drittens aber nimmt man auch
Ihre Federn zum Gebrauch
In die Kissen und die Pfühle,
Denn man liegt nicht gerne kühle.
Seht, da ist die Witwe Bolte,
Die das auch nicht gerne wollte.

Ihrer Hühner waren drei
Und ein stolzer Hahn dabei.

Max und Moritz dachten nun:
Was ist hier jetzt wohl zu tun?
Ganz geschwinde, eins, zwei, drei,
Schneiden sie sich Brot entzwei,
In vier Teile, jedes Stück
Wie ein kleiner Finger dick.
Diese binden sie an Fäden,
Übers Kreuz, ein Stück an jeden,
Und verlegen sie genau
In den Hof der guten Frau.

Kaum hat dies der Hahn gesehen,
Fängt er auch schon an zu krähen:
Kikeriki! Kikikerikih!! –
Tak, tak, tak! – Da kommen sie.

Hahn und Hühner schlucken munter
Jedes ein Stück Brot hinunter;

Aber als sie sich besinnen,
Konnte keines recht von hinnen.

In die Kreuz und in die Quer
Reißen sie sich hin und her,

Flattern auf und in die Höh',
Ach herrje, herrjemine!

Ach, sie bleiben an dem langen,
Dürren Ast des Baumes hangen,
Und ihr Hals wird lang und länger,
Ihr Gesang wird bang und bänger.

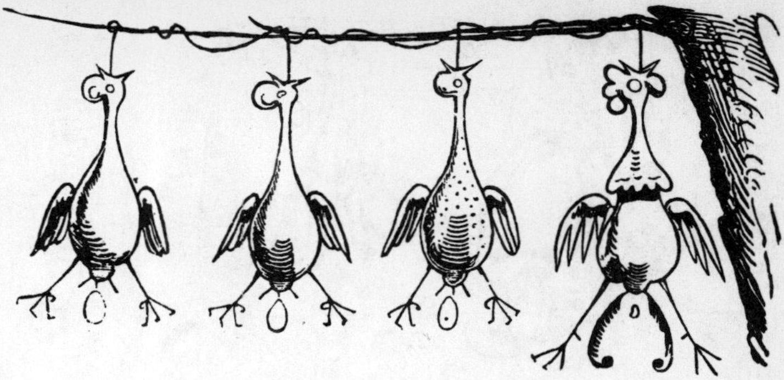

Jedes legt noch schnell ein Ei,
Und dann kommt der Tod herbei.

Witwe Bolte in der Kammer
Hört im Bette diesen Jammer;

Ahnungsvoll tritt sie heraus,
Ach, was war das für ein Graus!

»Fließet aus dem Aug', ihr Tränen!
All mein Hoffen, all mein Sehnen,
Meines Lebens schönster Traum
Hängt an diesem Apfelbaum!«

Tiefbetrübt und sorgenschwer
Kriegt sie jetzt das Messer her,
Nimmt die Toten von den Strängen,
Daß sie so nicht länger hängen,

Und mit stummem Trauerblick
Kehrt sie in ihr Haus zurück.
Dieses war der erste Streich,
Doch der zweite folgt sogleich.

Zweiter Streich

Als die gute Witwe Bolte
Sich von ihrem Schmerz erholte,
Dachte sie so hin und her,
Daß es wohl das beste wär',
Die Verstorbnen, die hienieden
Schon so frühe abgeschieden,
Ganz im stillen und in Ehren
Gut gebraten zu verzehren.
Freilich war die Trauer groß,
Als sie nun so nackt und bloß
Abgerupft am Herde lagen,
Sie, die einst in schönen Tagen
Bald im Hofe, bald im Garten
Lebensfroh im Sande scharrten. –

Ach, Frau Bolte weint aufs neu,
Und der Spitz steht auch dabei.
Max und Moritz rochen dieses.
»Schnell aufs Dach gekrochen!« hieß es.

Durch den Schornstein mit Vergnügen
Sehen sie die Hühner liegen,

Die schon ohne Kopf und Gurgeln
Lieblich in der Pfanne schmurgeln.

Eben geht mit einem Teller
Witwe Bolte in den Keller,
Daß sie von dem Sauerkohle
Eine Portion sich hole,
Wofür sie besonders schwärmt,
Wenn er wieder aufgewärmt.

Unterdessen auf dem Dache
Ist man tätig bei der Sache.
Max hat schon mit Vorbedacht
Eine Angel mitgebracht.

Schnupdiwup! Da wird nach oben
Schon ein Huhn heraufgehoben.
Schnupdiwup! Jetzt Numro zwei;
Schnupdiwup! Jetzt Numro drei;
Und jetzt kommt noch Numro vier:
Schnupdiwup! Dich haben wir!

Zwar der Spitz sah es genau,
Und er bellt: Rawau! Rawau!

Aber schon sind sie ganz munter
Fort und von dem Dach herunter.

Na! Das wird Spektakel geben,
Denn Frau Bolte kommt soeben;
Angewurzelt stand sie da,
Als sie nach der Pfanne sah.

Alle Hühner waren fort. –
»Spitz!!« – Das war ihr erstes Wort.

»O du Spitz, du Ungetüm!
Aber wart! Ich komme ihm!«

Mit dem Löffel groß und schwer
Geht es über Spitzen her;
Laut ertönt sein Wehgeschrei,
Denn er fühlt sich schuldenfrei.

Max und Moritz im Verstecke
Schnarchen aber an der Hecke,
Und vom ganzen Hühnerschmaus
Guckt nur noch ein Bein heraus.
Dieses war der zweite Streich,
Doch der dritte folgt sogleich.

Dritter Streich

Jedermann im Dorfe kannte
Einen, der sich Böck benannte.
Alltagsröcke, Sonntagsröcke,
Lange Hosen, spitze Fräcke,
Westen mit bequemen Taschen,
Warme Mäntel und Gamaschen,
Alle diese Kleidungssachen
Wußte Schneider Böck zu machen.
Oder wäre was zu flicken,
Abzuschneiden, anzustücken,
Oder gar ein Knopf der Hose
Abgerissen oder lose,
Wie und wo und wann es sei,
Hinten, vorne, einerlei,
Alles macht der Meister Böck,
Denn das ist sein Lebenszweck.
Drum so hat in der Gemeinde
Jedermann ihn gern zum Freunde.
Aber Max und Moritz dachten,
Wie sie ihn verdrießlich machten.
Nämlich vor des Meisters Hause
Floß ein Wasser mit Gebrause.

Übers Wasser führt ein Steg,
Und darüber geht der Weg.

Max und Moritz, gar nicht träge,
Sägen heimlich mit der Säge,
Ritzeratze! voller Tücke,
In die Brücke eine Lücke.

Als nun diese Tat vorbei,
Hört man plötzlich ein Geschrei:
»He, heraus! Du Ziegen-Böck!
Schneider, Schneider, meck, meck, meck!«
Alles konnte Böck ertragen,
Ohne nur ein Wort zu sagen;
Aber wenn er dies erfuhr,
Ging's ihm wider die Natur.

Schnelle springt er mit der Elle
Über seines Hauses Schwelle,
Denn schon wieder ihm zum Schreck
Tönt ein lautes: »Meck, meck, meck!«

Und schon ist er auf der Brücke,
Kracks! Die Brücke bricht in Stücke;

Wieder tönt es: »Meck, meck, meck!«
Plumps! Da ist der Schneider weg!

Grad als dieses vorgekommen,
Kommt ein Gänsepaar geschwommen,
Welches Böck in Todeshast
Krampfhaft bei den Beinen faßt.

Beide Gänse in der Hand
Flattert er auf trocknes Land.

Übrigens bei alledem
Ist so etwas nicht bequem;

Wie denn Böck von der Geschichte
Auch das Magendrücken kriegte.

Hoch ist hier Frau Böck zu preisen!
Denn ein heißes Bügeleisen,
Auf den kalten Leib gebracht,
Hat es wiedergutgemacht.

Bald im Dorf hinauf, hinunter,
Hieß es: »Böck ist wieder munter!«
Dieses war der dritte Streich,
Doch der vierte folgt sogleich.

Vierter Streich

Also lautet ein Beschluß,
Daß der Mensch was lernen muß.
Nicht allein das Abc
Bringt den Menschen in die Höh';
Nicht allein in Schreiben, Lesen
Übt sich ein vernünftig Wesen;
Nicht allein in Rechnungssachen
Soll der Mensch sich Mühe machen,
Sondern auch der Weisheit Lehren
Muß man mit Vergnügen hören.
Daß dies mit Verstand geschah,
War Herr Lehrer Lämpel da.
Max und Moritz, diese beiden,
Mochten ihn darum nicht leiden;
Denn wer böse Streiche macht,
Gibt nicht auf den Lehrer acht.
Nun war dieser brave Lehrer
Von dem Tobak ein Verehrer,
Was man ohne alle Frage
Nach des Tages Müh und Plage
Einem guten, alten Mann
Auch von Herzen gönnen kann.
Max und Moritz, unverdrossen,
Sinnen aber schon auf Possen,
Ob vermittelst seiner Pfeifen
Dieser Mann nicht anzugreifen.

Einstens, als es Sonntag wieder
Und Herr Lämpel, brav und bieder,
In der Kirche mit Gefühle
Saß vor seinem Orgelspiele,

Schlichen sich die bösen Buben
In sein Haus und seine Stuben,
Wo die Meerschaumpfeife stand;
Max hält sie in seiner Hand;
Aber Moritz aus der Tasche
Zieht die Flintenpulverflasche,
Und geschwinde, stopf, stopf, stopf!
Pulver in den Pfeifenkopf. –
Jetzt nur still und schnell nach Haus,
Denn schon ist die Kirche aus. –

Eben schließt in sanfter Ruh
Lämpel seine Kirche zu;

Und mit Buch und Notenheften
Nach besorgten Amtsgeschäften
Lenkt er freudig seine Schritte
Zu der heimatlichen Hütte,

Und voll Dankbarkeit sodann
Zündet er sein Pfeifchen an.

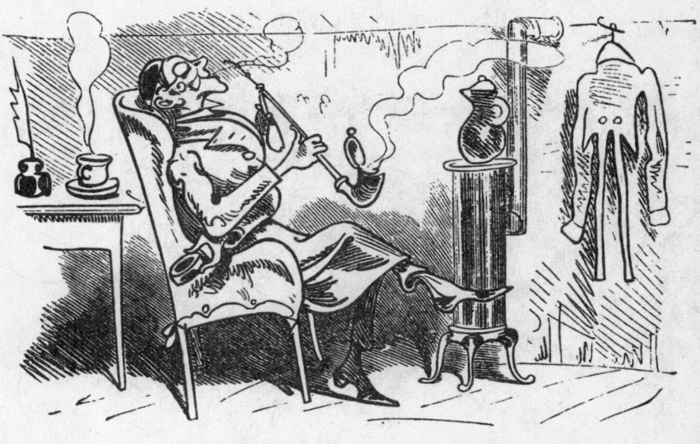

»Ach!« – spricht er – »Die größte Freud
Ist doch die Zufriedenheit!!«

Rums!! – Da geht die Pfeife los
Mit Getöse, schrecklich groß.
Kaffeetopf und Wasserglas,
Tobaksdose, Tintenfaß,
Ofen, Tisch und Sorgensitz –
Alles fliegt im Pulverblitz. –

Als der Dampf sich nun erhob,
Sieht man Lämpel, der gottlob
Lebend auf dem Rücken liegt;
Doch er hat was abgekriegt.

Nase, Hand, Gesicht und Ohren
Sind so schwarz als wie die Mohren,
Und des Haares letzter Schopf
Ist verbrannt bis auf den Kopf.

Wer soll nun die Kinder lehren
Und die Wissenschaft vermehren?
Wer soll nun für Lämpel leiten
Seine Amtestätigkeiten?
Woraus soll der Lehrer rauchen,
Wenn die Pfeife nicht zu brauchen?
Mit der Zeit wird alles heil,
Nur die Pfeife hat ihr Teil.
Dieses war der vierte Streich,
Doch der fünfte folgt sogleich.

Fünfter Streich

Wer in Dorfe oder Stadt
Einen Onkel wohnen hat,
Der sei höflich und bescheiden,
Denn das mag der Onkel leiden.
Morgens sagt man: »Guten Morgen!
Haben Sie was zu besorgen?«
Bringt ihm, was er haben muß:
Zeitung, Pfeife, Fidibus.
Oder sollt' es wo im Rücken
Drücken, beißen oder zwicken,
Gleich ist man mit Freudigkeit
Dienstbeflissen und bereit.
Oder sei's nach einer Prise,
Daß der Onkel heftig niese,
Ruft man: »Prosit!« alsogleich.
»Danke!« - »Wohl bekomm' es Euch!«
Oder kommt er spät nach Haus,
Zieht man ihm die Stiefel aus,
Holt Pantoffel, Schlafrock, Mütze,
Daß er nicht im Kalten sitze -
Kurz, man ist darauf bedacht,
Was dem Onkel Freude macht.

Max und Moritz ihrerseits
Fanden darin keinen Reiz.
Denkt euch nur, welch schlechten Witz
Machten sie mit Onkel Fritz!

Jeder weiß, was so ein Mai-
Käfer für ein Vogel sei.
In den Bäumen hin und her
Fliegt und kriecht und krabbelt er.

Max und Moritz, immer munter,
Schütteln sie vom Baum herunter.

In die Tüte von Papiere
Sperren sie die Krabbeltiere.

Fort damit und in die Ecke
Unter Onkel Fritzens Decke!

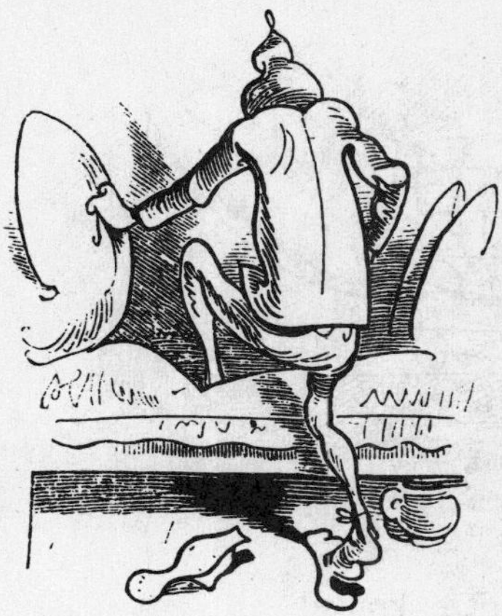

Bald zu Bett geht Onkel Fritze
In der spitzen Zipfelmütze;

Seine Augen macht er zu,
Hüllt sich ein und schläft in Ruh.

Doch die Käfer, kritze, kratze!
Kommen schnell aus der Matratze.

Schon faßt einer, der voran,
Onkel Fritzens Nase an.

»Bau!« - schreit er - »Was ist das hier?!!«
Und erfaßt das Ungetier.

Und den Onkel, voller Grausen,
Sieht man aus dem Bette sausen.

»Autsch!!« – Schon wieder hat er einen
Im Genicke, an den Beinen;

Hin und her und rundherum
Kriecht es, fliegt es mit Gebrumm.

Onkel Fritz, in dieser Not,
Haut und trampelt alles tot.

Guckste wohl! Jetzt ist's vorbei
Mit der Käferkrabbelei!

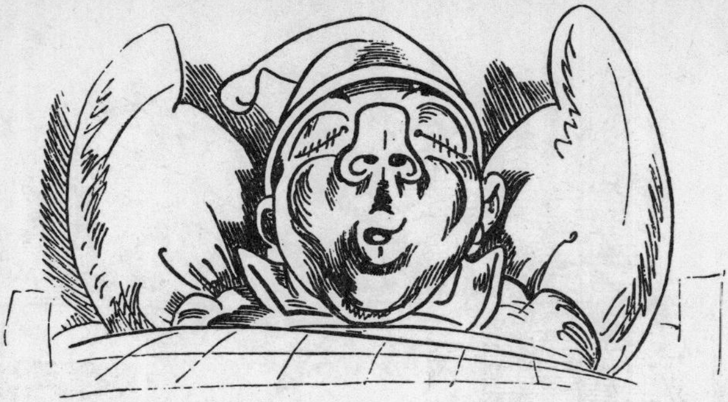

Onkel Fritz hat wieder Ruh
Und macht seine Augen zu.

Dieses war der fünfte Streich,
Doch der sechste folgt sogleich.

Sechster Streich

In der schönen Osterzeit,
Wenn die frommen Bäckersleut'
Viele süße Zuckersachen
Backen und zurechte machen,

Wünschten Max und Moritz auch
Sich so etwas zum Gebrauch.

Doch der Bäcker, mit Bedacht,
Hat das Backhaus zugemacht.

Also will hier einer stehlen,
Muß er durch den Schlot sich quälen.

Ratsch! Da kommen die zwei Knaben
Durch den Schornstein, schwarz wie Raben.

Puff! Sie fallen in die Kist',
Wo das Mehl darinnen ist.

Da! Nun sind sie alle beide
Rundherum so weiß wie Kreide.

Aber schon mit viel Vergnügen
Sehen sie die Brezeln liegen.

Knacks!! – Da bricht der Stuhl entzwei;

Schwapp!! – Da liegen sie im Brei.

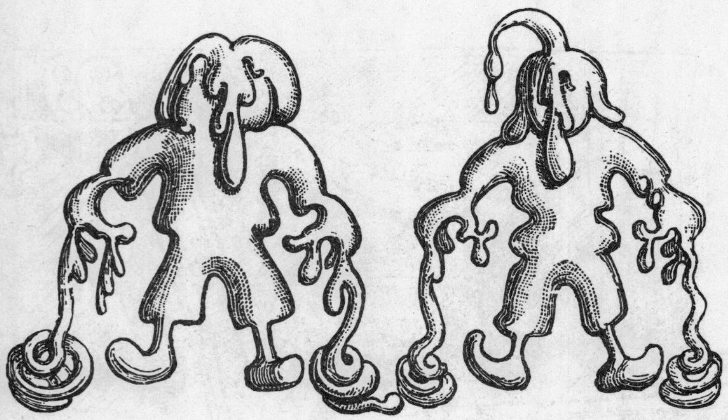

Ganz von Kuchenteig umhüllt
Stehn sie da als Jammerbild.

Gleich erscheint der Meister Bäcker
Und bemerkt die Zuckerlecker.

Eins, zwei, drei! – Eh' man's gedacht,
Sind zwei Brote draus gemacht.

In dem Ofen glüht es noch –
Ruff!! – damit ins Ofenloch!

Ruff!! – man zieht sie aus der Glut;
Denn nun sind sie braun und gut.

Jeder denkt, die sind perdü!
Aber nein! – Noch leben sie!

Knusper, knasper! – wie zwei Mäuse
Fressen sie durch das Gehäuse;

Und der Meister Bäcker schrie:
»Ach herrje! Da laufen sie!«

Dieses war der sechste Streich,
Doch der letzte folgt sogleich.

Letzter Streich

Max und Moritz, wehe euch!
Jetzt kommt euer letzter Streich!

Wozu müssen auch die beiden
Löcher in die Säcke schneiden??

Seht, da trägt der Bauer Mecke
Einen seiner Maltersäcke.

Aber kaum daß er von hinnen,
Fängt das Korn schon an zu rinnen.

Und verwundert steht und spricht er:
»Zapperment! Dat Ding werd lichter!«

Hei! Da sieht er voller Freude
Max und Moritz im Getreide.

Rabs!! - in seinen großen Sack
Schaufelt er das Lumpenpack.

Max und Moritz wird es schwüle,
Denn nun geht es nach der Mühle.

»Meister Müller, he, heran!
Mahl er das, so schnell er kann!«

»Her damit!« Und in den Trichter
Schüttet er die Bösewichter.

Rickeracke! Richeracke!
Geht die Mühle mit Geknacke.

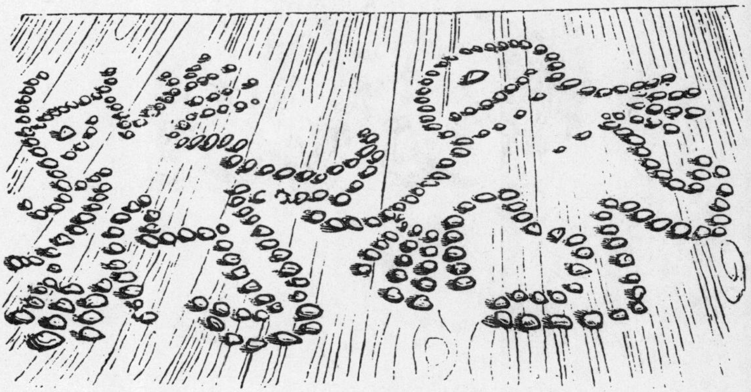

Hier kann man sie noch erblicken,
Fein geschroten und in Stücken.

Doch sogleich verzehret sie
Meister Müllers Federvieh.

Schluß

Als man dies im Dorf erfuhr,
War von Trauer keine Spur.
Witwe Bolte, mild und weich,
Sprach: »Sieh da, ich dacht' es gleich!«
»Jajaja!« rief Meister Böck.
»Bosheit ist kein Lebenszweck!«
Drauf so sprach Herr Lehrer Lämpel:
»Dies ist wieder ein Exempel!«
»Freilich«, meint' der Zuckerbäcker,
»Warum ist der Mensch so lecker!«
Selbst der gute Onkel Fritze
Sprach: »Das kommt von dumme Witze!«
Doch der brave Bauersmann
Dachte: Wat geiht meck dat an!
Kurz, im ganzen Ort herum
Ging ein freudiges Gebrumm:
»Gott sei Dank! Nun ist's vorbei
Mit der Übeltäterei!«

Fliegende Blätter
und
Münchner Bilderbogen

Beiträge aus den Jahren 1858 – 1870

Die kleinen Honigdiebe

»Du«, sagt der Peterl zum Hansel, »gehn wir 'nüber zu dem Nachbar seinen Bienenstock, der ist bis obenauf voll vom schönsten Honig!« Und

richtig, sie gehen 'nüber und begucken lüstern des Nachbars Bienenstock.

»Den werden wir gleich haben«, sagt's Peterl, packt den Bienenstock und hebt ihn, aber im Nu spürt jeder von den zwei Schleckern einen Stich auf der Nase, der nicht von ungefähr zu kommen scheint.

»Ha ha«, sagt der Nachbar, der auf das Zetergeschrei herbeikommt, »habt ihr's gemerkt, wie es beim Honigstehlen zugeht, jetzt lauft nur heim mit euerm Denkzettel.«

Und einen ordentlichen Denkzettel haben sie davon getragen, so daß keiner mehr den andern gekannt hat.

Und die Mutter hat geschaut, wie's heimgekommen sind!

Der Vater hat erst gewaltig gezankt, dann hat er aber helfen wollen, allein es war umsonst, und die zwei haben allweil geschrien, als ob sie am Spieße stäken.

Jammernd saßen sie vor ihrem Lieblingsessen, einer Schüssel voll duftender Knödel. Der Vater aber überlegte hin und her, wie man die zwei Stacheln, welche die Bienen zurückgelassen, wieder herausziehen und dadurch helfen möchte.

Da der Schmied im Dorfe der Gescheiteste ist, so führt der Vater den Peterl und das Hanserl zu ihm. Der Schmied aber ist ein resolvierter Mann, packt die Bienenstachel gleich mit der großen Zange und zieht sie auch wirklich glücklich heraus.

Jetzt war allerdings die Hauptsache geschehen, allein die Wunden, welche die Stacheln hinterlassen, mußten erst verheilt werden, und da mußte der Bader Dr. Bauxel kommen und auf jede Nase ein großes Pflaster legen.

Damit sind die zwei drei Wochen im Bett gelegen, bis die Sache wieder gut war.

Endlich aber sind sie wieder gesund geworden und haben vor einer großen Schüssel voll Knödel feierlich gelobt, nie mehr zu einem Bienenstock zu gehn. Und das sollen sich alle Kinder merken, denn die Bienen stechen noch alle Tage, und nicht immer ist ein so resolvierter Mann wie der Schmied bei der Hand, der von den Folgen des Naschens helfen kann.

Der kleine Maler mit der großen Mappe

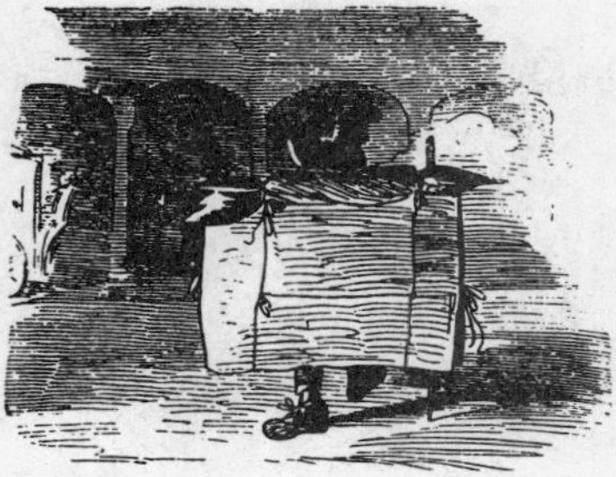

Auszug zu einer Studienreise ins Gebirge. Die große Mappe als erstes Schutzmittel gegen Rauch. Die große Mappe leistet vortreffliche Dienste

bei Regenwetter und bei einem Stromübergange.

Mittagsruhe im Schatten der großen Mappe.

Bei der ersten Bergpartie erweist sich die große Mappe beim Abrutsch und nachfolgendem Geröll ungemein praktisch. Notwendige Restaura-

tionsarbeiten und Vorbereitungen zu einer neuen Partie. Ein Zug Ameisen verfolgt den mit Studien eifrig beschäftigten Künstler und läßt sich

durch die energischsten Maßregeln nicht beseitigen. Endlich statuiert der erzürnte Künstler ein furchtbares Exempel und treibt die Feinde in die Flucht.

Um allen Unannehmlichkeiten, welche dem Sterblichen in niederen Regionen beschieden, ein für allemal zu entgehen, wird die höchste Spitze des Berges erstiegen, allein ein gewaltiger Sturmwind zerstört auch dieses Projekt und nur der großen Mappe verdankt es der Künstler, daß er von

einem mitleidigen Baume aufgefangen und durch noch einen mitleidigeren Bauern gerettet wird.

Nachdem noch der mit Farnkraut geschmückte Hut von einem für ihn durchaus nicht passenden Kopfe heruntergeholt wurde, wird, bereichert mit neuen Erfahrungen und Studien, der Heimweg angetreten.

Der Deserteur

Während eines Truppentransportes gelingt es einem Soldaten, auf dem Bahnhofe zu entspringen und sich in den nahen Wald zu flüchten.

Um dieselbe Zeit begibt sich der Herr Privatier Mausbäuchl mit einem gebratenen Händl und einer Bouteille Wein in der Tasche – 's Brot versteht sich von selbst – in denselben Wald, um darin zu lustwandeln und den schönen Sommertag zu genießen.

Wie er so anderthalb Stund' bereits herumgestiegen ist, fangen seine Beine an auszulassen, weil s' so dünn sind, er sucht sich ein recht schönes Platzl heraus zwischen zwei Stauden, setzt sich nieder, tut die Bouteille Wein aus der Waidtasche und sein 'bratenes Händl, riecht dran und lacht damit und will grad anfangen, es zu verschnabulieren.

Auf einmal tut wer die Stauden auseinander, der Herr Mausbäuchl schaut um, aber im selben Augenblick rutscht der verfluchte Deserteur auf ihn zu, wirft den Herrn Mausbäuchl um, nimmt ihm sein gebratenes Händl und seinen Wein - mitsamt den Semmeln. Der Herr Mausbäuchl kann vor lauter Überraschung über die Unverschämtheit kein Sterbenswörtel über die Zunge bringen, denn jetzt fangt der unverschämte Kerl von einem Deserteuer an und zieht dem Herrn Mausbäuchl den Rock aus, knöpft ihm das Gilet auf und die Hosen, nimmt ihm die Halsbinde, die Socken, die Zeugstieferln, kurz alles, was er angehabt hat.

Der Kerl wirft wie's Donnerwetter seine lumpige Kommißmontur weg, zieht dem Herrn Mausbüchl sein Gewand an, nimmt das 'bratne Händl, die Bouteille Wein, wirft dem Herrn Mausbäuchl seine Lumpen um den Kopf, lacht wie noch mal der Teufel, und eh' man drei zählte, ist er im Holz drin auf Nimmerwiedersehen, grad so, als wenn er in die Erd' geschloffen wär'.

Jetzt steht der Herr Mausbäuchl da und weiß sich nit zu raten und zu helfen. So wie ihn unser Herrgott erschaffen hat, kann er doch nicht heimlaufen in den Marktflecken! Und verflucht kalt ist's auch im Wald, zu regnen fangt's auch noch an, und er schnattert vor lauter Frost. Verfrieren kann er ja doch nit – aber was tun? Dem Deserteur seine lumpige Uniform hat er angezogen, sonst wär' er frei umgekommen in dem Wald vor lauter Frieren und Bauchzwicken. Während der Weil wird dem Herrn Landrichter die Anzeige gemacht, daß derselbig' Deserteur desertiert wär', und der schickt sogleich seine ganz bewaffnete Macht aus, den Kerl zu fangen.

Die bewaffnete Macht ist noch gar nicht weit vorgedrungen in den Wald, da sieht sie auch schon einen Menschen daherkommen in der Deserteurs-Uniform. Sie fahren gleich auf ihn zu wie die Kettenhund' und schreien: »Halt! Wer da?« Der Herr Mausbäuchl, froh, daß er nur wieder einen lebendigen Menschen sieht, sagt ganz gemütlich: »Gut Freund, meine Herren!« Die aber reden ihn gleich per du an und sagen:

»Hab'n mer dich, du Lump! Wart, wir geben dir gleich gut Freund!« – packen den Herrn Mausbäuchl, nehmen ihn in die Mitt', der eine zieht ein Strickl aus der Tasch' und bindet ihm die beiden Hände zusammen; der Herr Mausbäuchl protestiert wie ein Advokat. Es hilft ihm aber alles nix, die bewaffnete Macht stößt ihn herum und pufft ihn wie einen Nußsack; was will er machen? Er geht halt mit und wird aber vor lauter Verdruß so blaß wie ein flanellenes Jankerl.

So marschieren's dem Landgericht zu. Wie's jetzt aber aufs Landgericht kommen und in die Amtsstuben, kriegt er wieder Courage, der Herr Mausbäuchl; der Schmidfranzl war auch grad bei Gericht mit sein'm Schwager und seiner Basen, bei der der Herr Mausbäuchl wohnt, der Herr Assessor schaut erst – natürlich wie e Narr – die g'spaßig' Maskerad an – aber wie der Herr Mausbäuchl nur's Maul auftut, kennt er ihn gleich, und alle miteinander, wie sie da waren, schreien mit einmal: »Ja, Herr Mausbäuchl, das sind ja Sie! – Ja, was ist denn das? Ja, um Gottes willen, wie kommen denn Sie zu dem Verzug?« und fangen an zu lachen nur grad' naus, daß alles gescheppert hat. Aber wie mehr die lachen, wie zorniger wird der Herr Mausbäuchl, so daß er sich gar nicht mehr auskennt, und am End' wird er fuchsteufelswild und fahrt den Herrn Assessor an wie eine Wildkatz' »In meinem Leben tarock' ich nicht mehr mit Ihnen, Herr Assessor!«

Schreckliche Folgen eines Bleistifts

Ballade

1 O Madrid, ich muß dich hassen,
Denn du hast ihn schnöd verkannt,
Den Murillo seinen besten
Schüler stets mit Stolz genannt.

Keiner hatte wie Pedrillo
Dieses lange Lockenspiel,
Keiner trug Hispaniens Mantel
Mit so vielem Kunstgefühl;

Keiner wiegte auf dem Haupte
Solchen hohen, spitzen Hut,
Und das edle Bleistiftspitzen
Konnt' er aus dem Grunde gut.

Meistens nahm er Nr. 7,
Und mit kunstgeübter Hand
Spitzt' er ihn an beiden Enden,
Weil er dieses praktisch fand.

Einstmals merkte dies Murillo,
Und er sprach mit ernstem Ton:
»Was ich eben da bemerke,
Das gefällt mir nicht, mein Sohn;

Denn ich glaube, daß du hierin
Sehr auf falschem Wege bist,
Weil es erstens sehr gefährlich,
Zweitens auch nicht nötig ist.«

Doch Pedrillo (wie gewöhnlich
Diese jungen Leute sind)
Schlug Murillos weise Lehre
Lirum larum! in den Wind.

2 Übrigens (das muß man sagen)
Was die edle Kunst betraf,
Überhaupt in seinem Fache,
War Pedrillo wirklich brav.

So z.B. die Madonna;
Ja, wer hätte das gedacht?
Selbst der große Don Murillo
Hätte Beßres nicht gemacht.

Aber so was kostet Mühe,
Und es kostet auch noch Geld,
Denn Pedrillo hatte häufig
Sich dazu Modell bestellt.

Sie war eine Schneiderstochter
Aus der Vorstadt von Madrid,
Schwarze Augen, blonde Flechten
Brachte dieses Mädchen mit.

Als Pedrillo nun gemalet
Dieses Mädchen als Porträt,
War der große Don Murillo
Auch nicht ungern in der Näh'.

Früh vom Morgen bis zum Abend
Unterweist der Meister ihn,
Und Pedrillo folgte willig
Stets mit eifrigem Bemühn.

Aber abends, wo ein jeder
Gerne seine Ruhe hat,
Führt Pedrillo jenes Mädchen
Oft spazieren vor die Stadt.

Einstmals merkte dies Murillo,
Und er sprach mit ernstem Ton:
»Was ich eben da bemerkte,
Das gefällt mir nicht, mein Sohn;

Denn ich glaube, daß du hierin
Sehr auf falschem Wege bist,
Weil es erstens sehr gefährlich,
Zweitens auch nicht nötig ist.«

Doch Pedrillo (wie gewöhnlich
Diese jungen Leute sind)
Schlug Murillos weise Lehre
Lirum, larum! in den Wind.

3 Schon am nächsten Donnerstage,
Als ein schöner Abend war,
Sah man draußen vor dem Tore
Dieses pflichtvergeßne Paar.

Zu dem dort'gen Myrtenhaine
Gingen sie im Mondeslicht,
Aber keiner sah sie wieder,
Wenigstens lebendig nicht.

Denn es sprach zu ihr Pedrillo:
»Sprich, Geliebte, liebst du mich?«
Und sie preßt ihn an den Busen,
Sprechend: »Ja, ich liebe dich!«

»Au!« schrie plötzlich da Pedrillo,
Und das Mädchen schrie es auch;
Tödlich fielen beide nieder
Unter einen Myrtenstrauch.

Keiner wußte, was geschehen,
Bis des Morgens in der Früh,
Denn da kam ein alter Klausner
Durch den Wald und merkte sie.

Und als er die beiden Leichen
In der Nähe sich besah,
Fand er alles sehr natürlich,
Denn, ach Gott! was fand er da?

Ach, ein Bleistift Nr. 7,
Den Pedrillo zugespitzt,
Zugespitzt an beiden Enden,
Hatte dieses Blut verspritzt.

Als Murillo dies vernommen,
Sprach er sanft und weinte sehr:
»Ach! O Jüngling, spitze niemals
Einen harten Bleistift mehr;

Führe Mädchen nie spazieren,
Denn dies Beispiel zeigt es klar,
Daß es erstens sehr gefährlich,
Zweitens auch nicht nötig war.«

Trauriges Resultat einer vernachlässigten Erziehung

Ach, wie oft kommt uns zu Ohren,
Daß ein Mensch was Böses tat,
Was man sehr begreiflich findet,
Wenn man etwas Bildung hat.

Manche Eltern sieht man lesen
In der Zeitung früh bis spät;
Aber was will dies bedeuten,
Wenn man nicht zur Kirche geht!

Denn man braucht nur zu bemerken,
Wie ein solches Ehepaar
Oft sein eignes Kind erziehet.
Ach, das ist ja schauderbar!

Ja, zum Ins-Theater-Gehen,
Ja, zu so was hat man Zeit
Abgesehn von andren Dingen –
Aber wo ist Frömmigkeit?

Zum Exempel, die Familie,
Die sich Johann Kolbe schrieb,
Hat es selbst sich zuzuschreiben,
Daß sie nicht lebendig blieb.

Einen Fritz von sieben Jahren
Hatten diese Leute bloß,
Außerdem, obschon vermögend,
Waren sie ganz kinderlos.

Nun wird mancher wohl sich denken:
Fritz wird gut erzogen sein,
Weil ein Privatier sein Vater;
Doch da tönt es leider: Nein!

Alles konnte Fritzchen kriegen,
Wenn er seine Eltern bat,
Äpfel-, Birnen-, Zwetschgenkuchen,
Aber niemals guten Rat.

Das bewies der Schneider Böckel,
Wohnhaft Nr. 5 am Eck;
Kaum daß dieser Herr sich zeigte,
Gleich schrie Fritzchen: »Meck, meck, meck!«

Oftmals, weil ihn dieses kränkte,
Kam er und beklagte sich,
Aber Fritzchens Vater sagte:
Dieses wäre lächerlich.

Wozu aber soll das führen,
Ganz besonders in der Stadt,
Wenn ein Kind von seinen Eltern
Weiter nichts gelernet hat?

So was nimmt kein gutes Ende. –
Fast verging ein ganzes Jahr,
Bis der Zorn in diesem Schneider
Eine schwarze Tat gebar.

Unter Vorwand eines Kuchens
Lockt er Fritzchen in sein Haus,
Und mit einer großen Schere
Bläst er ihm das Leben aus.

Kaum hat Böckel dies verbrochen,
Als es ihn auch schon geniert,
Darum nimmt er Fritzchens Kleider,
Welche grün und blau kariert.

Fritzchen wirft er schnell ins Wasser,
Daß es einen Plumpser tut,
Kehrt beruhigt dann nach Hause,
Denkend: So, das wäre gut!

Ja, es setzte dieser Schneider
An die Arbeit sich sogar,
Welche eines Tandlers Hose
Und auch sehr zerrissen war.

Dazu nahm er Fritzchens Kleider,
Weil er denkt: Dich krieg' ich schon!
Aber ach! Ihr armen Eltern,
Wo ist Fritzchen, euer Sohn?

In der Küche steht die Mutter,
Wo sie einen Fisch entleibt,
Und sie macht sich große Sorge:
Wo nur Fritzchen heute bleibt?

Als sie nun den Fisch aufschneidet,
Da war Fritz in dessen Bauch. –
Tot fiel sie ins Küchenmesser,
»Fritzchen!« war ihr letzter Hauch.

Wie erschrak der arme Vater,
Der grad eine Prise nahm;
Heftig fängt er an zu niesen,
Welches sonst nur selten kam.

Stolpern und durchs Fenster stürzen,
Ach, wie bald ist das geschehn!
Ach! Und Fritzchens alte Tante
Muß auch grad vorübergehn.

Dieser fällt man auf den Nacken,
Knacks! Da haben wir es schon! –
Beiden teuren Anverwandten
Ist die Seele sanft entflohn.

Drob erstaunten viele Leute,
Und man munkelt allerlei,
Doch den wahren Grund der Sache
Fand die wackre Polizei.

Nämlich eins war gleich verdächtig:
Fritz hat keine Kleider an!
Und wie wäre so was möglich,
Wenn es dieser Fisch getan?

Lange fand man keinen Täter,
Bis man einen Tandler fing,
Der, es war ganz kurz nach Ostern,
Eben in die Kirche ging.

Ein Gendarm, der auf der Lauer,
Hatte nämlich gleich verspürt,
Daß die Hose dieses Tandlers
Hinten grün und blau kariert.

Und es war ein dumpf' Gemurmel
Bei den Leuten in der Stadt,
Daß 'ne schwarze Tandlerseele
Dieses Kind geschlachtet hat.

Hochentzücket führt den Tandler
Man zur Exekution;
Zwar will er noch immer mucksen,
Aber wupp! Da hängt er schon. –

Nun wird mancher hier wohl fragen:
Wo bleibt die Gerechtigkeit?
Denn dem Schneidermeister Böckel
Tut bis jetzt man nichts zuleid.

Aber in der Westentasche
Des verstorbnen Tandlers fand
Man die Quittung seiner Hose
Und von Böckels eigner Hand.

Als man diese durchgelesen,
Schöpfte man sogleich Verdacht,
Und man sprach zu den Gendarmen:
»Kinder, habt auf Böckel acht!«

Einst geht Böckel in die Kirche.
Plötzlich fällt er um vor Schreck,
Denn ganz dicht an seinem Rücken
Schreit man plötzlich: »Meck, meck, meck!«

Dies geschah von einer Ziege;
Doch für Böckel war's genug,
Daß sein schuldiges Gewissen
Ihn damit zu Boden schlug.

Ein Gendarm, der dies verspürte,
Kam aus dem Versteck herfür,
Und zu Böckel hingewendet,
Sprach er: »Böckel, geh mit mir!«

Kaum noch zählt man 14 Tage,
Als man schon das Urteil spricht:
Böckel sei aufs Rad zu flechten.
Aber Böckel liebt dies nicht.

Ach! Die große Schneiderschere
Ließ man leider ihm, und schnapp!
Schnitt er sich mit eignen Händen
Seinen Lebensfaden ab.

Ja, so geht es bösen Menschen.
Schließlich kriegt man seinen Lohn.
Darum, o ihr lieben Eltern,
Gebt doch acht auf euren Sohn.

Der Floh

oder Die gestörte und wiedergefundene Nachtruhe

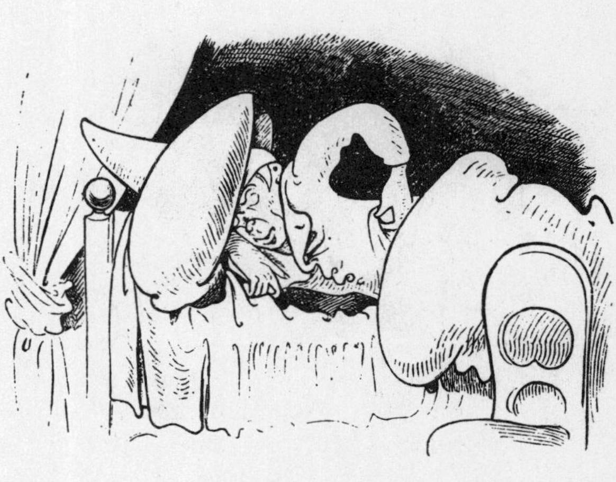

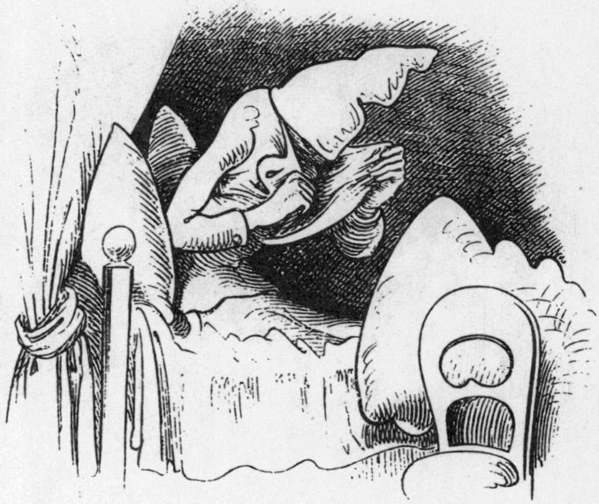

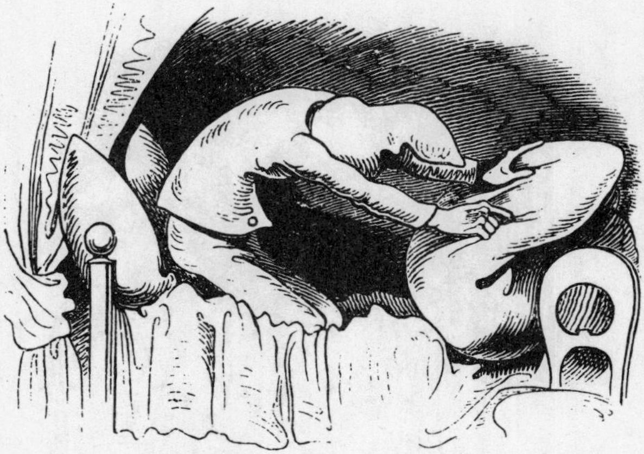

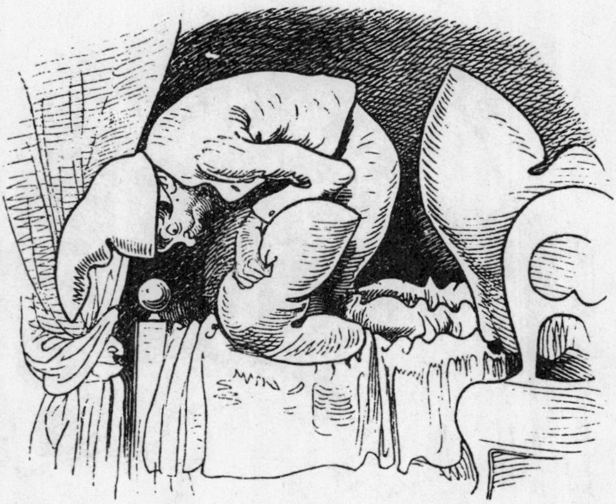

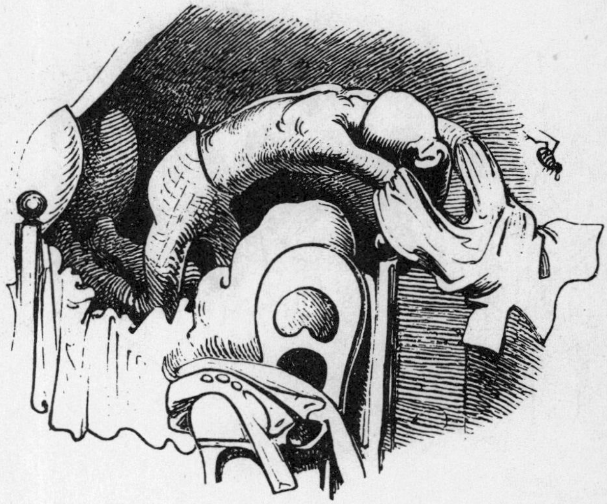

Der kleine Pepi mit der neuen Hose

Dem kleinen Pepi, welcher eine neue Hose braucht, wird eine solche von seinem Paten angemessen.

Als die Hose fertig ist, wird sie auf einer Landpartie probiert.

Die Probe fällt schlecht aus, und der kleine Pepi kommt in große Gefahr.

Ganz durchnäßt setzt sich der Pepi zum Trocknen vor den Laden des Schusters Knieriem, fühlt sich aber auf einmal an der neuen Hosen festgehalten.

Da der kleine Pepi von seinem Sitze nicht los kann, so müssen freundliche Menschen den Herrn Paten holen, welcher ihn mit großer Sorgfalt frei macht und den Schaden kunstverständig ausbessert.

Der Vater zieht den Pepi übrigens noch zur strengen Verantwortung, denn eine jede neue Hose, selbst wenn der Herr Pate für den Macherlohn nichts berechnet, kostet viel Geld.

Der Pepi ist aber ein Sapperlotskerl und hat das erste Unglück nur zu schnell vergessen, und da er einmal gehört hat, daß der Mensch sich das Leben so süß als möglich machen soll, so geht er über des Nachbars Sirup-

faß. Mit dem Naschen hat aber schon so mancher ein Unglück gehabt. Der Pepi kriegt das Übergewicht und purzelt mit der neuen Hose in das Faß.

Der Nachbar hört, daß an seinem Sirupfasse etwas vorgeht, und zieht ein Wesen aus der Tiefe, von dem er gar nicht weiß, was er daraus machen soll. Doch scheint es ihm ein Mensch, und zwar ein kleiner, zu sein.

Er stellt das sonderbare Geschöpf in den Hof, um zu sehen, was daraus wird. Der Pepi kann aber weder sehen noch hören und spürt nur von allen Seiten ein höchst unangenehmes Stechen, als wenn ihn hundert Schneidergesellen mit Nadeln bearbeiteten. Endlich legt sich das Stechen, und der Pepi fühlt, daß ihn jemand mit großem Eifer abwischt und von seinem Überzuge auf die uneigennützigste Weise befreit. – Als er aber sehen kann, schreit er laut auf, als er entdeckt, daß ihn der große Hofhund in der Arbeit hat.

Den Lärm hört am allerersten die Frau Mutter und macht sogleich energische Versuche zur Wiederherstellung der äußeren Ansicht ihres einzigen Sohnes.
Allein erst nach Anwendung der kräftigsten Wasch- und Schönheitsmittel bekommt der Pepi seine vorige Gestalt wieder.

Der Herr Vater aber läßt es an den eindringlichsten moralischen Ermahnungen nicht fehlen, damit der Pepi nicht vergißt, daß, wenn auch der Herr Pate auf den Macherlohn verzichtet, doch jede neue Hose viel Geld kostet.

Die wunderbare Bärenjagd

Es war im Herbst des Jahres 1858, als sich das Gerücht verbreitete, es habe sich in dem nahe gelegenen Walde ein mächtig großer Bär gezeigt. Da ich nun ein eifriger und, ich darf wohl sagen, sehr geübter Jäger bin, so warf ich eines schönen Morgens meine Flinte über die Schulter, bewaffnete mich außerdem mit zwei Flaschen gutem Portwein, und nachdem ich mir noch eine echte Havanna unter die Nase gepflanzt, zog ich guten Mutes waldeinwärts. - Eifrig, wie ich war, hatte ich noch nicht daran gedacht, zu frühstücken, lehnte darum meine Flinte an einen Baum und setzte mich auf einen Haufen Moos und Reisig, um das Versäumte nachzuholen. Kaum aber habe ich Platz genommen, so fühle ich mich emporgehoben und falle rücklings auf den Boden hin. Zugleich arbeitet sich aus dem Reisig ein brummendes Ungetüm hervor, welches ich sofort für einen Bären erkannte. Zum Glück hat mich die Natur mit großer Kaltblütigkeit ausgestattet, darum lief ich denn auch schleunigst davon, so schnell ich nur

immer laufen konnte. Der Bär mir nach. - Plötzlich befinde ich mich, zu meinem Entsetzen, am Rande einer schroffen, mindestens 1000 Fuß

hohen Felsenwand. Vor mir gähnt der Abgrund, hinter mir der grimmige Bär. Kurz entschlossen stürze ich mich, den einen meiner Frackschöße in den Zähnen des Bären hinterlassend, in die fürchterliche Tiefe. - Wie ich herunterkam, weiß ich nicht. - Mein erster Griff, als ich die Besinnung wiederfand, war nach den Weinflaschen; sie waren zu meiner unaus-

sprechlichen Freude ganz unversehrt geblieben; zugleich fühle ich aber in

meinem linken Schenkel einen solch durchdringenden Schmerz, daß es mir rein nicht menschenmöglich war, auch nur einen einzigen Schritt weiter zu gehen. –

Als ich nun so daliege und über meine hilflose Lage nachdenke, vernehme ich plötzlich dicht hinter mir ein Gebrumm. Eilig raffe ich mich auf, und, den Bären dicht auf der Ferse, laufe ich wohl eine Stunde lang, bis ich einen Baum finde, der mir seine hilfreichen Arme entgegenstreckt. Schon habe ich die ersten Zweige erfaßt, aber in demselben Augenblicke packt mich auch schon der fürchterliche Bär bei beiden Beinen an. Zum Glück hatte ich meine dicke Buckskinhose angezogen. Wir beide, der Bär und ich, tun einen heftigen Ruck – die Knöpfe springen –, er behält die Buckskinhose in den Krallen, während ich, beschirmt von meiner Unterhose, die Spitze des Baumes gewinne. Dieses Asyl hätte mir nun freilich wenig geholfen, wenn nicht glücklicherweise durch jenen heftigen Ruck eine meiner Weinflaschen sich losgemacht hätte und dem Bären auf die Hühneraugen gefallen wäre. Er hob sie mürrisch auf – besah sie – beroch sie – schüttelte sie; er brach ihr den Kopf ab – roch wieder – schmeckte und schmeckte noch einmal, und dann trank er sie schmunzelnd aus. Danach,

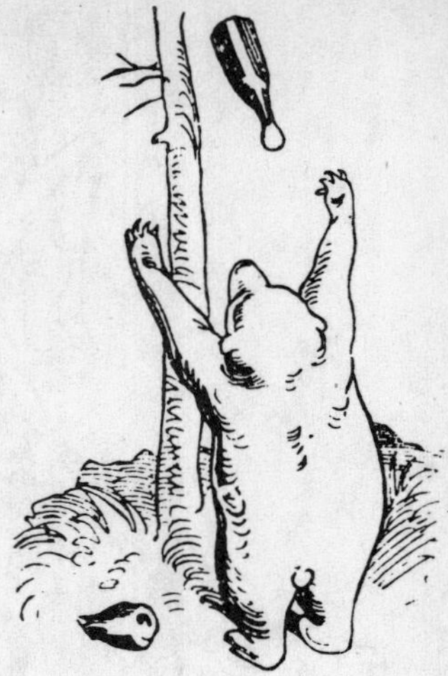

als er sich den Bart gewischt, machte er Anstalt, zu mir den Baum heraufzusteigen. Ich dachte: »Sei's drum!« und warf ihm auch die zweite Flasche hinunter.

Diese soff das Vieh ebenfalls aus und tanzte dabei ganz lustig um den Baum herum, wobei ich zu meiner Freude die Bemerkung machte, daß es, trotz seiner Bärennatur, nicht mehr recht fest auf den Beinen war. – Aber o weh! Jetzt tappte der Bär aufs neue am Baume herauf – trotz seines Rau-

sches immer höher und höher, immer näher und näher. Mein Wein war zu Ende, meine Lage verzweiflungsvoll. Da – auf einmal – knarr – bog sich

der Baum – und knacks! brach er ab, und wir lagen unten. Zum Glück fiel ich sehr weich, weil ich unglücklicherweise auf den Bären fiel. Dieser

umarmte mich sogleich mit seinen Vorderfüßen; ich hielt mich für verloren. Der Bär aber, welcher in dem zärtlichen Stadium seines Rausches angekommen sein mußte, beleckte mich auf das freundschaftlichste im ganzen Gesichte herum, drückte mich aber dabei so heftig an seine Brust, daß ich, um nicht zu ersticken, genötigt war, ihn unter den Armen zu kitzeln. Der Bär, welcher darüber in ein krampfhaftes Lachen geriet, ließ

mich los und wälzte sich im Grase herum. Dann untersuchte er die beiden Flaschen, und als er sich überzeugt hatte, daß sie wirklich ganz leer, legte er sich unter den Baum und fing an zu schnarchen wie ein Bär. Dies war mir natürlich sehr angenehm. Ich dachte darüber nach, wie ich das Ungetüm am besten in meine Gewalt bekäme. Mein Taschenmesser war eine

schlechte Waffe, und mein Gewehr stand wer weiß wo. Hier wäre nun wohl mancher andere ratlos dagestanden oder gar davongelaufen. Ich aber griff in meine linke Westentasche, nahm meinen Korkzieher hervor, zog durch den Griff desselben eine Schnur, die ich an dem verhängnisvollen Baum befestigte, und schraubte den Stöpselzieher sodann mit ein paar kräftigen Druckern dem Bären in das Nasenbein. Dies alles war das Werk

eines Augenblicks. Der Bär, welchen das Ding zu genieren schien, grunzte höchst unwillig, nieste dreimal hintereinander, erwachte und wollte mir alsogleich auf den Leib rücken. Aber der Riß, den es ihm gab! –

Zwar sprang die Bestie noch einige Male gegen mich an, weil sie aber merkte, daß es wehe tat, so ergab sie sich endlich mit Fassung in ihr unvermeidliches Schicksal. Ich hatte während der Zeit ein wenig gefrühstückt. Als ich damit fertig, zündete ich mir eine neue Zigarre an, nahm meinen Bären, der ein äußerst katzenjämmerliches Gesicht schnitt, am Strick und brachte ihn unter dem Jubel einer großen Menschenmenge in die Stadt, wo ich ihn, trotz Frackschoß und Unterhose, an die dortige Behörde ablieferte. – Äußerst ermüdet nach allen diesen gefahrvollen Abenteuern,

legte ich mich nun sogleich ins Bett. – Vierundzwanzig Stunden mochte ich wohl ganz sanft geschlafen haben, als mich ein unerträglicher Schmerz aus meinen süßesten Träumen weckte. – Ich schickte zum Arzt. – Und nun zeigte sich etwas, was ich in der Hitze der Aktion nicht beachtet hatte; durch den Sturz von der Felswand hatte ich mir zweimal den Schenkel gebrochen, der Bär aber hatte mir bei seiner zärtlichen Umarmung drei Rippen im Leibe zerdrückt.

Die Ballade von den sieben Schneidern

Es hatten sieben Schneider gar einen grimmen Mut;
Sie wetzten ihre Scheren und dürsteten nach Blut.
Dort auf der breiten Heide lief eine Maus daher,
Und wär' sie nicht gelaufen, so lebte sie nicht mehr.

Und zu derselben Stunde (es war um halber neun)
Sah dieses mit Entsetzen ein altes Mütterlein.
Die Schneider mit den Scheren, die kehrten sich herum,
Sie stürzten auf die Alte mit schrecklichem Gebrumm.

»Heraus nun mit dem Gelde! Da hilft kein Ach und Weh!«
Das Mütterlein, das alte, das kreischte: »Ach herrje!«
Ein Geisbock kam geronnen, so schnell er eben kann,
Und stieß mit seinem Horne den letzten Schneidersmann.

Da fielen sieben Schneider pardauz auf ihre Nas
Und lagen beieinander maustot im grünen Gras.
Und sieben Schneiderseelen, die sah man aufwärts schwirr'n,
Sie waren anzuschauen wie sieben Fäden Zwirn.

Der Teufel kam geflogen, wie er es meistens tut,
Und fing die sieben Seelen in seinem Felbelhut.

Der Teufel, sehr verdrießlich, dem war der Fang zu klein,
Drum schlug er in die Seelen gleich einen Knoten drein.

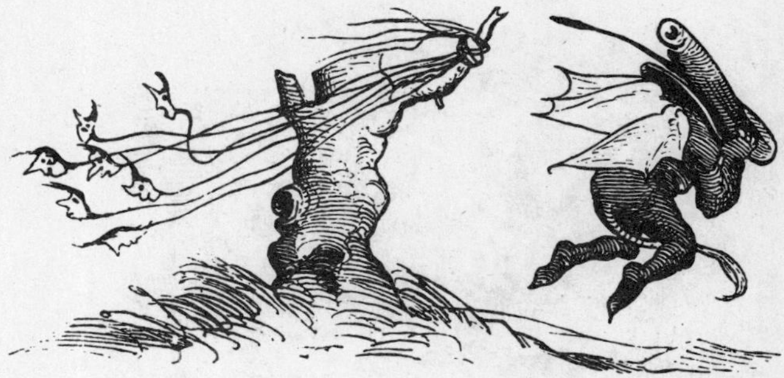

Er hängt das leichte Bündel an eine dürre Lind',
Da pfeifen sie gar kläglich, piep, piep, im kühlen Wind.

Und zieht ein Wandrer nächtlich durch dieses Waldrevier,
So denkt er bei sich selber: Ei, ei, wer pfeift denn hier?

Der zu wachsame Hund

Vom Wirtshaus kommt Herr Petermann,
Sein treuer Hund geht ihm voran.

Pardauz! Da liegt Herr Petermann,
Weil er den Steg nicht finden kann.

Und traurig schaut der Hund ihn an,
Doch sieh! Dort naht ein Wandersmann.

Mitleidig naht der Wandersmann,
Zu retten den Herrn Petermann.

Doch als er faßt Herrn Petermann,
Packt ihn der Hund von hinten an.

Der Wandrer läuft, so schnell er kann,
Im Graben bleibt Herr Petermann.

Und als die dunkle Nacht verrann,
Schlug seinen Hund Herr Petermann.

Moral
So du nachts gern zur Schenke gehst
Und heimwärts nicht recht feste stehst,
Dann halt ein Hündlein dir zumeist,
Was weder vorn noch hinten beißt.

Wie der Mann
um den Hausschlüssel bitten lernt

Gewaltsame Annexion
des Hausschlüssels.

Triumph und Abschied.

Fatales Mißgeschick
und Vergeltung.

Gezwungene Bitte.

Gewährung und definitiver Abschied.

Der Lohn einer guten Tat

(Eine wahre Geschichte)

Wenn man von dem Lohn der Tugend
Hin und wieder was erfährt,
So ist das im allgemeinen
Jedenfalls nur wünschenswert.

Aber so was kann mich ärgern,
Wenn man in der Zeitung sieht,
Was dem Johann Luenicka
Für sein gutes Werk geschieht.

Von Geburt aus Leitomischl,
Handwerksbursche von Metier,
Kam er auch auf seiner Reise
Einst an einen großen See.

Plötzlich sieht er einen Knaben,
Welcher etwa dreizehn Jahr,
Und, nachdem er sich gebadet,
Eben beim Ertrinken war.

Dieses kann Johann nicht leiden,
Stürzt sich mutig in die Flut,
Faßt das Kind beim linken Beine,
Aber ach! verliert den Hut.

Erst jedoch, nachdem er alle
Rettungsmittel angewandt,
Fühlt er mittelst seiner Hände,
Daß er seinen Hut nicht fand.

Unbemittelt und vertrauend
Auf das Werk, das er getan,
Hält er bei der Ortsgemeinde
Höflich um Belohnung an.

Hier nimmt man das Anersuchen
Auch sogleich zu Protokoll
Und berichtet an das Kreisamt,
Wie man sich verhalten soll.

Von dem Kreisamt schreibt man wieder,
Und der Brave ist schon froh;
Aber groß war sein Erstaunen,
Denn die Antwort lautet so:

»Erstens, da der Luenicka
Schwimmen kann, so ist es klar,
Daß sein Leben bei der Sache
Nicht besonders in Gefahr;

Drum, nach reiflichem Bedenken,
Lautet unser Amtsbeschluß,
Daß die fragliche Belohnung
Jedenfalls von Überfluß.

Zweitens hat der Luenicka
Sein Ersuchen eingeschickt,
Ohne daß, wie es gesetzlich,
Ihm ein Stempel aufgedrückt;

Drum, nach reiflichem Bedenken,
Lautet unser Amtsbeschluß,
Daß er 72 Kreuzer
Stempeltaxe zahlen muß.«

Ja, so lautet die Erkenntnis. -
Zahlen muß der junge Mann,
Ob ihm gleich von jedem Auge
Eine stille Träne rann.

Und wir fragen uns im stillen:
Wozu nützt die gute Tat,
Wenn ein tugendsamer Jüngling
Obendrein noch Kosten hat!

Die kluge Ratte

Es war einmal eine alte graue Ratte,
Die, wie man sieht, ein Faß gefunden hatte.

Darauf, so schaut die Ratte hin und her,
Was in dem Fasse drin zu finden wär'.

Schau, schau! Ein süßer Honig ist darein,
Doch leider ist das Spundloch viel zu klein.

Indes die Ratten sind nicht gar so dumm,
Sieh nur, die alte Ratte dreht sich um.

Sie taucht den langen Schwanz hinab ins Faß
Und zieht ihn in die Höh' mit süßem Naß.

Nun aber ist die Ratte gar nicht faul
Und zieht den Schwanz sich selber durch das Maul.

Der zerstreute Rektor

»Glückliche Reise, lieber Mann! Und vergiß nicht, alle Tage ein frisch gewaschenes Hemd anzulegen!«

»Das war ein tüchtiger Weg! Da lob' ich mir ein frisches Hemd!«

»Ah! - die Wohltat nach dem Regen!«

»Du kommst mir recht bei der Hitze!«

»Da schau her, Frau! Bewegung und frische Luft, die tun halt gut!«

»O du vergeßliches Ungetüm! Ich glaub' gar, du hast alle vier Hemden übereinander gezogen.«
»Nun, nun! Man kann halt nicht zugleich an alles denken!« – So brummt der Rektor und zieht richtig vier Hemden aus.

Die Rutschpartie

Da kommt der Hans auf seinem Schlitten
Vergnügt den Berg herabgeritten.

Grad geht der Küster da vorbei
Und friert und denkt sich allerlei.

Schwupp! hat der Schlitten ihn gefaßt.
Warum hat er nicht aufgepaßt?!

Ein Jäger raucht und geht nach Haus;
Der Schlitten kommt in vollem Saus.

Schau, schau!
Den Hund, den hat's bereits,
Der Jäger spränge gern abseits.

Jedoch der Schlitten faßt ihn schon,
Die Tabakspfeife fliegt davon.

Nun kommt trotz Ach- und Wehgeschrei
Die Botenfrau auch an die Reih'.

So saust man unaufhörlich fort
Bis zu dem steilen Abhang dort.

Ein jeder fliegt von seinem Sitze;
Der Schuß geht los und durch die Mütze.

Hier steckt ein jeder tief im Schnee
Und reckt die Beine in die Höh'.

Doch gleich hat man sich aufgerafft
Und prügelt sich mit aller Kraft.

Zum Schluß geht man voll Schmerz beiseit;
Das macht die Unvorsichtigkeit.

Die Verwandlung

Die gute Schwester Anna spricht
Zu Bruder Karl: »Ach, nasche nicht!«

Doch der will immer weiter lecken.
Da kommt die Mutter mit dem Stecken.

Er läuft bis vor das Hexenhaus,
Da baumelt eine Wurst heraus.

Schwipp! fängt ihn an der Angel schlau
Die alte, böse Hexenfrau.

Dem Karl ist sonderbar zumute,
Die Hexe schwingt die Zauberrute

Und macht durch ihre Hexerein

Aus Karl ein kleines Quiekeschwein.

Schon fängt der Hexe böser Mann
Das Messer scharf zu schleifen an.

Da findet das treue Schwesterlein
Die Wunderblume mit lichtem Schein.

Und eben als die Bösen trachten,
Das Quiekeschwein sich abzuschlachten,

Da tritt herein das Ännchen. - Das Schwein quiekt und rennt;
Die Hexe fällt ins Messer, der böse Mann verbrennt.

Und Bruder Karl verliert auch bald
Die traurig-schweinerne Gestalt.

Da ist er froh
Und spricht: Nie mach' ich's wieder so!

Der Wurstdieb

Hier hängt die Wurst – dort an der Mauer
Steht Louis heimlich auf der Lauer.

Und schon bemerkt man sein Bestreben,
Sich eine Wurst herauszuheben.

Jetzt hat er sie und schleicht davon;
Doch Graps, der Hund, erblickt ihn schon.

Eh' Louis denkt, daß er ihn packe,
Hat Graps ihn hinten bei der Jacke.

Die zwei, die schaun sich ins Gesicht,
Der eine froh, der andre nicht.

Graps aber trägt mit sanftem Schritte
Die Wurst zu seiner stillen Hütte.

Indessen Graps sich so ergötzt,
Hat Louis aufrecht sich gesetzt

Und will ganz heimlich sich soeben
Aus dieser Gegend fortbegeben;

Doch Graps, der wachsam, zieht ihn wieder
Mit kühnem Griff nach hinten nieder.

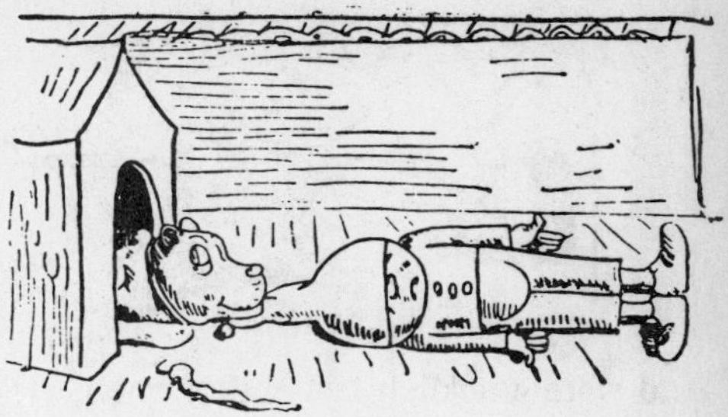

Er legt sich klüglich auf die Spitze
Von Louis seiner Zipfelmütze.

Der treue Graps, der denkt sich: Nun
Kann ich getrost ein wenig ruhn!

Doch Louis zog ganz in der Stille
Den Kopf aus seiner spitzen Hülle

Und wäre glücklich fast entkommen,
Hätt' ihn der Graps nicht festgenommen.

Er steht und darf sich nicht bewegen;
Von oben strömt ein kühler Regen.

Der Regen wird zu kaltem Reif;
Der Louis friert ganz starr und steif.

Der gute Nachbar sah ihn stehn
Und will mit ihm zum Ofen gehn.

Bauz! Klirr! Er stolpert an der Schwelle;
Der Louis ist ein Eisgerölle.

Da nimmt der gute Nachbar schnell den Besen
Und fegt hinaus, was Louis einst gewesen.

Ehre dem Fotografen

Denn er kann nichts dafür!

Wie häufig tadelt man den Fotografen,
und doch, wie ungerecht!
Der Fotograf ist eigentlich Maler;
denn

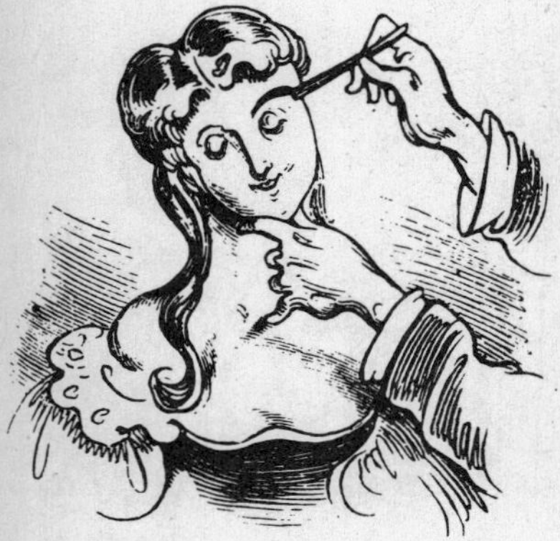

er zeichnet

und lasiert,

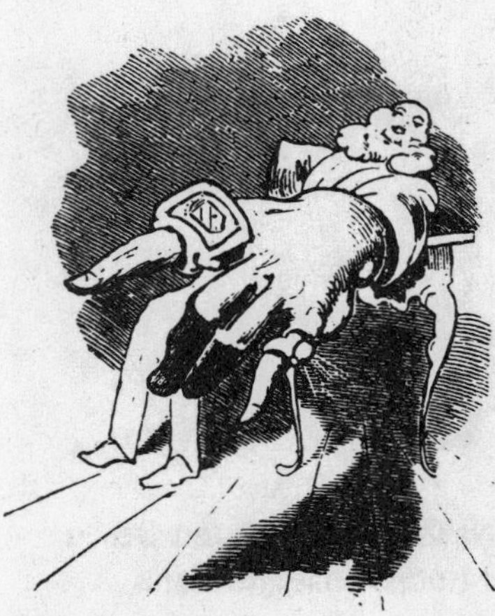

er wählt die richtige Distanz für Goldsachen

und neue Zylinder.

Er arrangiert die Neuverlobten, und wohlgelungen wäre die Gruppe, hätte nicht das männliche Objekt der Kunst die rechte untere Extremität eigenmächtig nach vorne geschoben.

Hier ist Fräulein Adele im Begriffe, für ihren Ferdinand sich fotografieren zu lassen.

Der Fotograf verfährt mit der äußersten Sorgfalt.

Er hat die Position zu seiner Zufriedenheit geordnet. Aber unbefriedigend ist das Resultat; denn was kann der Apparat gegen die unaufhaltsamen Schwingungen eines zärtlich erregten Herzens.

Auch Hanno von Hinkelsmark will sich aufnehmen lassen. »Den Kopf

etwas mehr nach rechts!« »Oder, bitte, stehen Sie gefälligst lieber auf! Und

nur recht freundlich, wenn ich bitten darf!«

»So! Es beginnt!« »Sieben –

acht - neun - zehn - elf -«

»Fertig!« »Hier ist die Platte!« - Was die Kritik

von einem guten Kunstwerk verlangt, ist drin: Vergangenheit, Gegenwart und Zukunft. Bloß die ruhige Haltung fehlt. Wie kommt das nur? Der Mensch tut's, der Apparat macht's, und der Fotograf verkauft's! Drum Ehre dem Fotografen! Denn er kann nichts dafür.

Die kühne Müllerstochter

Der Schreihals

Die Prise

Die kühne Müllerstochter

Es heult der Sturm, die Nacht ist graus,
Die Lampe schimmert im Müllerhaus.

Da schleichen drei Räuber wild und stumm –
Husch, husch, pist, pist! – ums Haus herum.

Die Müllerstochter spinnt allein,
Drei Räuber schaun zum Fenster herein.

Der zweite will Blut, der dritte will Gold,
Der erste, der ist dem Mädel hold.

Und als der erste steigt herein
Da hebt das Mädchen den Mühlenstein.

Und - patsch! - der Räuber lebt nicht mehr,
Der Mühlstein druckt ihn gar zu sehr.

Doch schon erscheint mordgierig-heiter
Und steigt durchs Loch der Räuber zweiter.

Ha! Hu! - Er ist, eh' er's gewollt,
Wie Rollenknaster aufgerollt.

Jetzt aber naht mit kühnem Schritte
Voll Goldbegierigkeit der dritte.

Schnapp! - ist der Hals ihm eingeklommen;
Er stirbt, weil ihm die Luft benommen.

So starben die drei ganz unverhofft.
O Jüngling! Da schau her!
So bringt ein einzig Mädchen oft
Drei Männer ins Malheur!!!

Der Schreihals

»Da, Lina, zieh ihm's Nachtzeug an,
Daß ich die Flasche wärmen kann.«

Die Mutter geht, und eh' sie scheidet,
Wird Willi schon des Hemds entkleidet.

Die Wäscherei gefällt ihm nicht,
Vor allen Dingen im Gesicht.

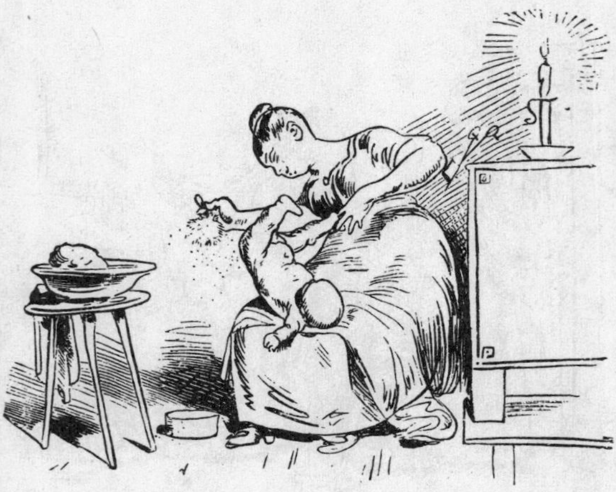

Doch schreit er nicht und hält ganz still
Und läßt sich pudern, wo man will

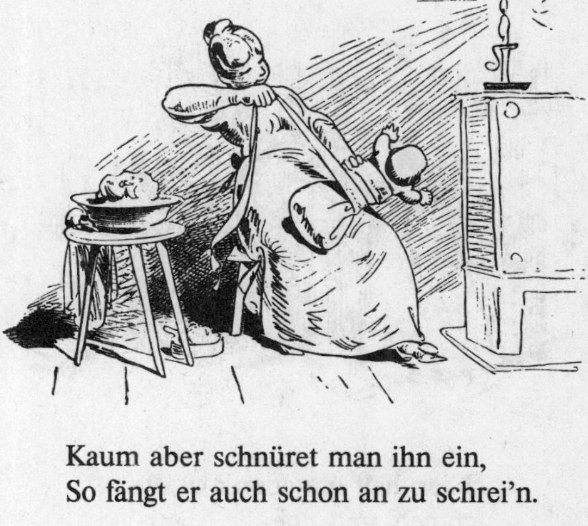

Kaum aber schnüret man ihn ein,
So fängt er auch schon an zu schrei'n.

Habäh! – So tönt sein Wehgeschrei
Und lockt den Vater selbst herbei.

»Hier, halt ihn eben mal, Papa!
Ich geh' und rufe die Mama!«

Der Vater trommelt an den Scheiben,
Um Willis Trauer zu vertreiben.

Er läßt ihn in den Spiegel schau'n. –
Der Willi schreit,bis daß er braun.

»Horch, Willi, horch, die Ticktackuhr!« –
Der Willi schreit noch ärger nur.

»Susu, mein Herz!
Schlaf ein, schlaf ein!«
Er fängt noch lauter
an zu schrei'n.

Mit List zeigt er
die Zipfelhauben -
Umsonst! - der Willi
will's nicht glauben.

Jetzt macht er einen Butzenmann. -
O weh! - Nun geht's noch schlimmer an.

Die Mutter öffnet grad die Tür:
»Mein Herz! Was machen sie mit dir?!«

Die Mutter macht ein ernst Gesicht:
»Ja, was ist das? - Auch dieses nicht?!« -

Grad kommt die Tante auf Visite
Und ruft erschreckt: »Du meine Güte!« –

Voll Weisheit öffnet sie den Bund. –
Da haben wir's! – Das war der Grund! –

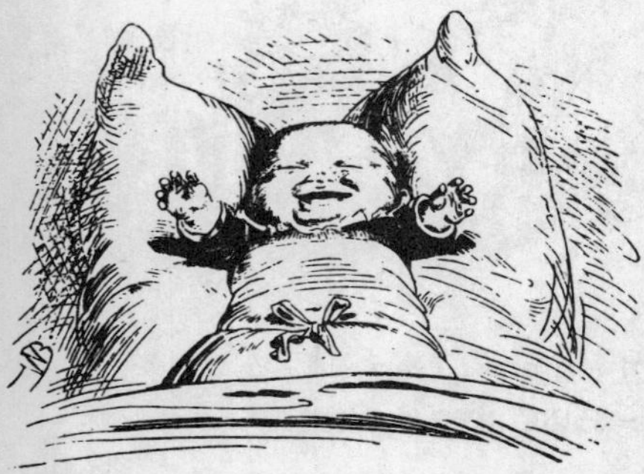

Und Willi, der von Schmerz befreit,
Lacht laut vor lauter Heiterkeit.

Die Prise

Der Herr Direktor
sitzt beim Wein
Und schaut gar sehr
verdrießlich drein.

Das Auge schweift ins Grenzenlose;
Die Hand greift nach der Tabaksdose.

Das wohlgeübte Fingerpaar
Erfaßt so viel, als möglich war.

Und sparsam, selbst im Überfluß,
Vertieft er sich in den Genuß.

Zwar fühlt er sich zunächst geniert,
Weil er nur halbe Wirkung spürt.

Doch soll ein mildes Nasenreiben
Die Sache fördern und betreiben.

Auch wird das Sacktuch, blaugeblümt,
Als Nasenfeile sehr gerühmt.

Und hilft auch alles dieses nicht,
So hilft ein Blick ins Sonnenlicht.

Die Spannung steigt, der Drang wird groß -
Nur still! Gebt acht! - Gleich drückt er los!

Haptschi! –
Wer schnupft und dieses hört,
Der findet es beneidenswert.

Denn was die Seele dumpf umhüllt,
Wird plötzlich heiter, klar und mild.

Ja! – Sehr erheitert uns die Prise,
Vorausgesetzt, daß man auch niese!

Schnurrdiburr

oder Die Bienen

O Muse! Reiche mir den Stift, den Faber
In Nürnberg fabrizieren muß!
Noch einmal sattle mir den harten Traber,
Den alten Stecken-Pegasus!
Nu jüh! – So reiten wir zu Imker Drallen
Und zu Christinen, welche schön,
Und zu Herrn Knörrje, dem sie sehr gefallen,
Und dessen Neffen, dem Eugen!

Erstes Kapitel

Sei mir gegrüßt, du lieber Mai,
Mit Laub und Blüten mancherlei!
Seid mir gegrüßt, ihr lieben Bienen,
Vom Morgensonnenstrahl beschienen!
Wie fliegt ihr munter ein und aus
In Imker Dralles Bienenhaus

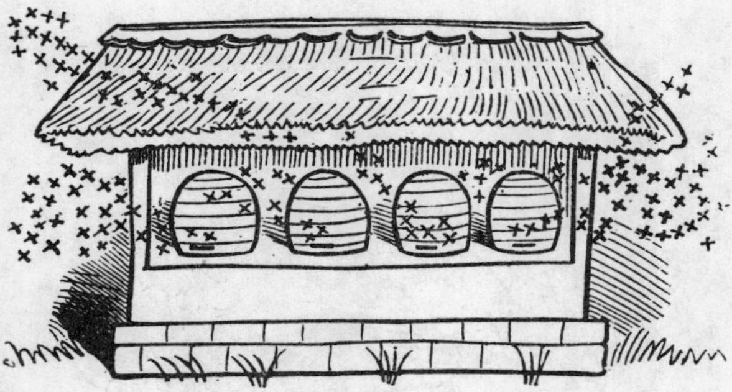

Und seid zu dieser Morgenzeit
So früh schon voller Tätigkeit.

Für Diebe ist hier nichts zu machen,
Denn vor dem Tore stehn die Wachen.

Und all die wackern Handwerksleute
Die hauen, messen stillvergnügt,

Bis daß die Seite sich zur Seite
Schön sechsgeeckt zusammenfügt.

Schau! Bienenlieschen in der Frühe
Bringt Staub und Kehricht vor die Tür;
Ja! Reinlichkeit macht viele Mühe,
Doch später macht sie auch Pläsier.

Wie zärtlich sorgt die Tante Linchen
Fürs liebe kleine Wickelkind.

»Hol Wasser«, ruft sie, »liebes Minchen,
Und koch den Brei, und mach geschwind!«

Auch sieht die Zofen man, die guten,
Schon emsig hin und wider gehn;
Denn Ihre Majestät geruhten,
Höchstselbst soeben aufzustehn.

Und nur die alten Brummeldrohnen,
Gefräßig, dick und faul und dumm,
Die ganz umsonst im Hause wohnen,
Faulenzen noch im Bett herum.

»Hum!« brummelt so ein alter Brummer,
»Was, Donner! Ist es schon so spät!?

He, Trine! Lauf einmal herummer
Und bring uns Honigbrot und Met!« –
»Geduld«, ruft sie, »ihr alten Schlecker!«
Und fliegt zu Krokus, dem Bienenbäcker. –

»Hier diese Kringel, frisch und süße«,
So lispelt Krokus, »nimm sie hin;
Doch höre, sei so gut und grüße
Aurikelchen, die Kellnerin!«

Hier steht Aurikel in der Schenke
Und zapft den Gästen das Getränke.
Als sie den Brief gelesen hat,
Da schrieb sie auf ein Rosenblatt:

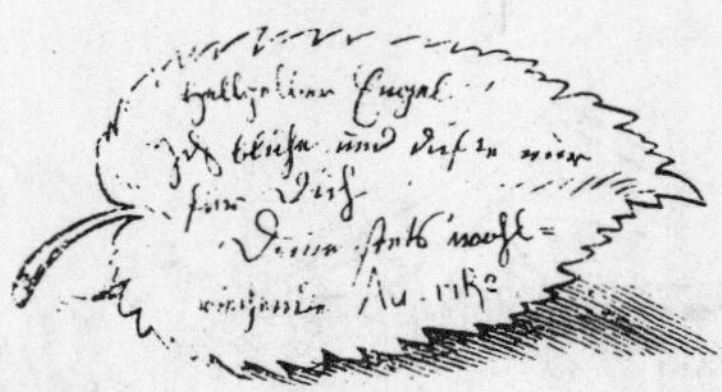

Schnell fliegt das Bienchen von Aurikel
Zu Krokus mit dem Herzartikel. –

Jetzt heim! – Denn schon mit Zorngebrumme
Rumort und knurrt die Drohnenbrut:

»Du dumme Trine! Her die Mumme! –
Wenn man nicht alles selber tut!«

Zweites Kapitel

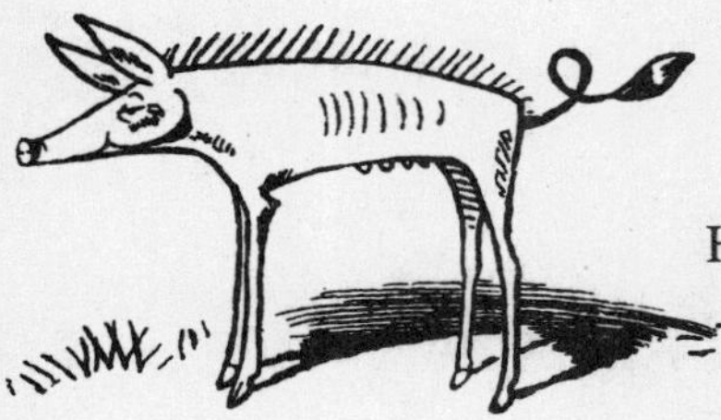

Hans Dralle hat ein Schwein gar nett,

Nur ist's nicht fett.

Es schnuppert keck in allen Ecken
Und schabt sich an den Bienenstöcken.

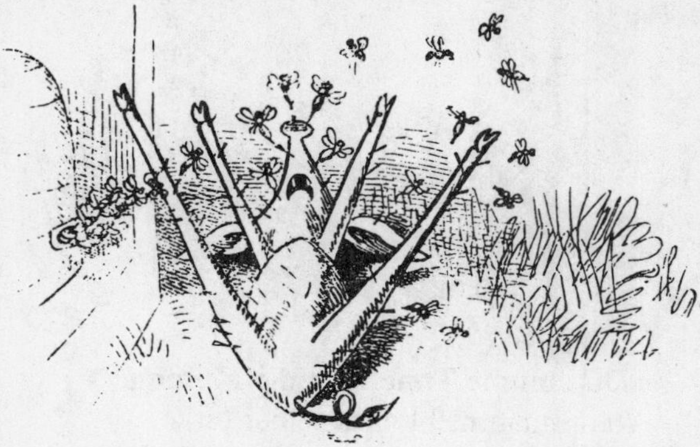

Die Bienen kommen schnell herfür
Und sausen auf das Borstentier.
U,ik! U,ik! - So hat's geschrien. -
Hans Dralle denkt: Was hat dat Schwien?!

Wie staunt Hans Dralle, als er's da
Schön abgerundet stehen sah! -
Der Schweinekäufer geht vorüber:
Was wollt Ihr für das Schwein, mein Lieber?

»So'n twintig Daler, heb ick dacht!«
Hier sind sie, fertig, abgemacht!

Hans Dralle denkt sich still und froh:
Wat schert et meck! Hei woll dat jo!

Er stellt sich flugs vor seine Bienen
Und pfeift ein altes Lied von ihnen:
Fliege, liebe Biene, fliege
Über Berg und Tal
Auf die Blumen hin und wiege
Dich im Sonnenstrahl.
Kehre wieder, kehre wieder,
Wenn die Kelche zu;
Leg die süße Bürde nieder
Und geh auch zur Ruh!

Ei, ei! Was soll denn dieses geben?!
Zwei Bienen schon mit Wanderstäben?!

Hans Dralle schaut ins Immenloch:
Wat Deuker! Hüte swarmt se noch!

Die Luft ist klar, die Luft ist warm.
Hans Dralle wartet auf den Schwarm.

Ihm wird so dumm und immer dummer;
Hans Dralle sinkt in sanften Schlummer.

Tüt, tüt! Sim, sim! So tönt es leise.
Im Bienenstocke her und hin;
Es sammelt sich das Volk im Kreise,
Denn also spricht die Königin:
»Auf, Kinder! Schnürt die Bündel zu!
Er schnarcht, der alte Staatsfilou! –
Nennt sich gar noch Bienenvater!
Ein schöner Vater! Sagt, was tat er?
Und wozu taugt er?
Aus seinem Stinkehaken raucht er! –
Ist ein Gequalm und ein Geblase,
Ewig hat man den Dampf in der Nase! –
– Da hält man sich nun im Sommer knapp,
Schleppt und quält und rackert sich ab;
Denkt sich was zurückzulegen,
In alten Tagen den Leib zu pflegen . . .
Jawohl!
Kaum sind Kisten und Kasten voll,

Trägt uns der Schelm den Schwefel ins Haus
Und räuchert und bläst uns das Leben aus.
- Kurzum! Er ist ein Schwerenöter! -
Ein Honigdieb und Bienentöter! -
Drum auf! Und folgt der Königin!!«
Schnurrdiburr! Da geht er hin!

Drittes Kapitel

Zuweilen brauchet die Familie
Als Suppenkraut die Petersilie. –
Und da nun grad Christine Dralle
Heut morgen auch in diesem Falle,
So sieht man sie mit Wohlgefallen

In ihres Vaters Garten wallen. –
– Herrn Knörrjes Garten liegt daneben;
Und ach! sie denk an Knörrje eben.
Zu Anfang schätzt sie ihn als Lehrer,
Dann aber immer mehr und mehrer;
Und also schlich die süße Pein
Sich peu à peu ins Herz hinein –
Die Liebe – meistens schmerzlich heiter –
Vergißt gar leicht die Suppenkräuter;

Sie liebt vielmehr die Blumenkelche,
Und auch Christine pflückt sich welche.

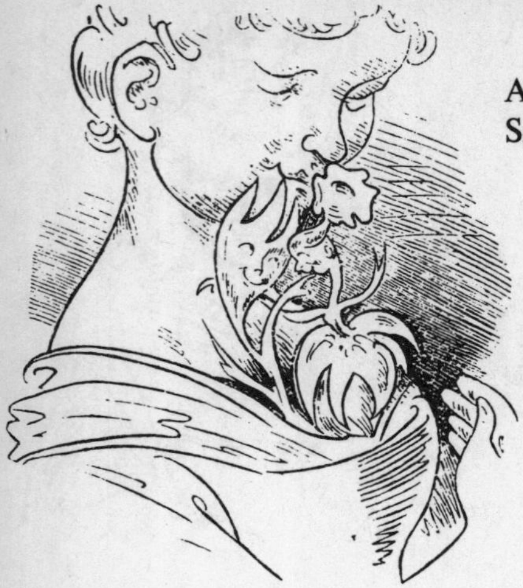

Aurikel - Krokus - diese Guten
Sind so vereint, eh' sie's vermuten.

Christine aber läßt sich nieder
Unterm Flieder. -
Herrn Knörrjes Neffe, der Eugen,
Hat dies mit Freuden angesehn;
Denn dieser Knab' von vierzehn Jahren,
So jung er ist und unerfahren,
Fühlt doch, obschon noch unbewußt,
Ein süßes Ahnen in der Brust. -

Behutsam schleichend, auf der Lauer,
Drückt er sich an die Gartenmauer;

Dann plötzlich macht er einen Satz,
Und - pitsch! - Christine kriegt 'n Schmatz.

Und - schwapp! - da tönt's im tiefen Baß:
»Ha, Ungetüm, was ist denn das?!!«
- Herr Knörrje schlägt mit seinem Stabe,
Und tief gekränkt entflieht der Knabe.

Herr Knörrje aber faßt ans Kinn
Christinen, seiner Nachbarin.
Er hebt es leise in die Höh' –
Ach ja! Und sie errötete! –

»Hier diese Blumen,
darf ich's wagen?«
Christine wagt nicht,
nein zu sagen.

Jetzt faßt er sanft ihr
um das Mieder.
Ach ja!
Und sie errötet wieder.

Und jetzt, da gibt er
gar zum Schluß
Dem guten Mädchen
einen Kuß.

»Ade! Und also so um zehn
Beim Bienenhaus! Auf Wiedersehn!«
Eugen, der horcht, bemerkt mit Schmerzen
Das Einverständnis dieser Herzen. –

Nun steht er da
und schreit und lärmt:
»He, Nachbar, he!
Der Imme schwärmt!«

Viertes Kapitel

Hans Dralle, der noch immer schlief,
Als ihn Eugen so heftig rief,
Erwacht aus seinem sanften Traum –
Da hängt der Schwarm im Apfelbaum! –

Schnell Kappe her und Korb und Leiter,
Sonst fliegt er noch am Ende weiter!

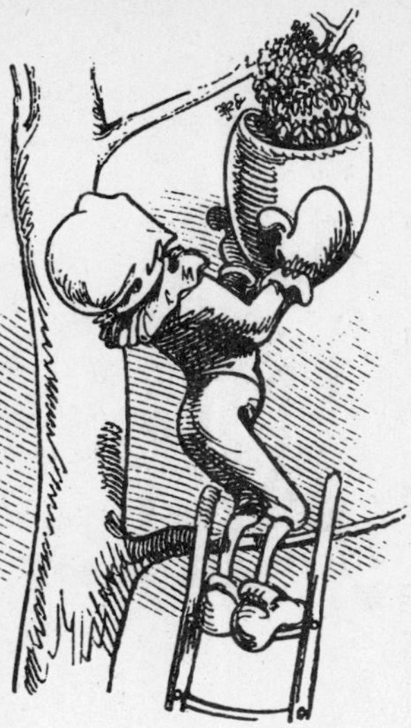

Gar wohl vermummt, doch ohne Bangen
Hat er den Schwarm bereits gefangen;

Hoch oben steht er
kühn und grade,
Da sticht's ihn
in die linke Wade.

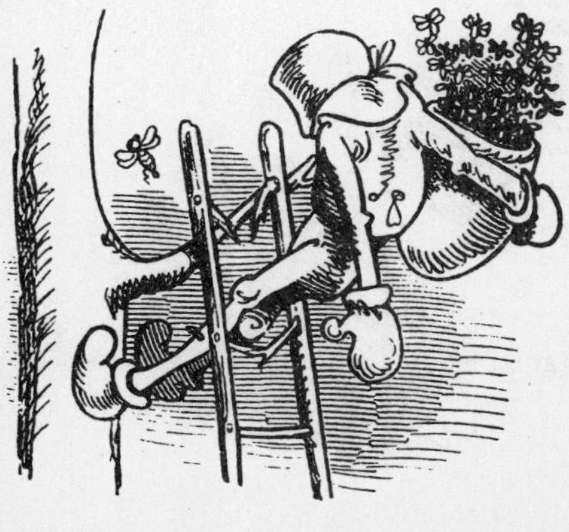

Au jau! –
Die erste Sprosse bricht,
Denn viel zu groß
ist das Gewicht;

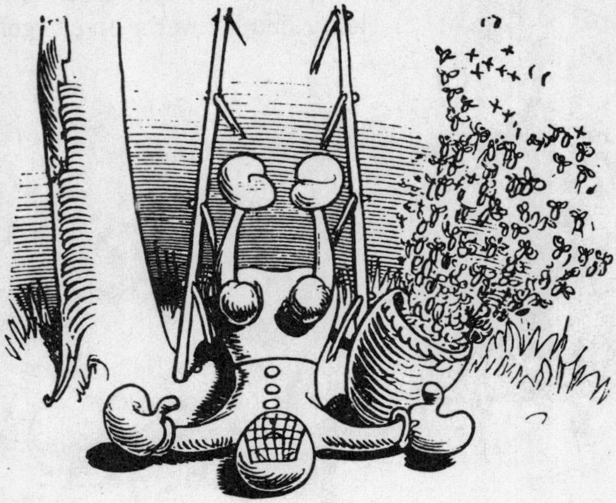

Und – kracks! – ist er herabgeschossen
Durch alle sieben Leitersprossen.

Die Bienen aber mit Gebraus
Sausen ums Haus.

Zwei Knaben sitzen an der Pfütze
Und spritzen mit der Wasserspritze. -
Die Bienen kümmern sich nicht drum,
Sie sausen weiter mit Gebrumm.

Den Besen schwingt die alte Grete,
Der Kirmesanton bläst Trompete.

Ernst, Fritz und Wilhelm pfeifen, schrei'n;
Der Schwarm läßt sich darauf nicht ein.

Jetzt ist er oben am Kamin,
Der Schornsteinfeger sieht ihn ziehn.

Jetzt geht er
übers Kirchendach;
Krach! – schießt
der Förster hinten nach.

Jetzt hinkt
Hans Dralle auch daher;
Und jetzo sieht
man gar nichts mehr. –

Mi ärgert man –
denkt er –, datt dat
Min Nawer Knörrje seihen hat.

So machet dem Apisticus
Die Schwärmerei gar viel Verdruß;
Und ganz besonders hat sie Drallen
Seit der Geschichte sehr mißfallen. –
Doch solcherlei Verdrüsse pflegen
Die Denkungskräfte anzuregen. –

Platz mot'r sin! – So denkt er weise
Und macht zwo große Strohgehäuse. –
– »Recht guten Morgen auch, mein Lieber!«
Ruft Knörrje da zu ihm herüber.
»So fleißig?! Nun, wie geht es Ihnen?
Und dann, wie geht's den lieben Bienen?«
»Jaja, de Minsche mot sick plagen!«
»Mein Freund, das müssen Sie nicht sagen!
Die Immen sind ja ein Vergnügen,
Wie sie so umeinander fliegen;
Und standen auch in großem Ruhme
Bereits im grauen Heidentume.
– So zum Exempel hielt Virgil,
Der ein Poet, von ihnen viel;
Denn als die römischen Legionen,
Die ja bekanntlich nichts verschonen,
Am Ende auch bei ihm erschienen,
Wer half ihm da wie seine Bienen?«

Friedlich lächelt Virgil, umsäuselt von summsenden Bienen;
Aber die runzlige Schar bärtiger Krieger entfleucht!
»Wenn man de Schwarmeri nich wör!«
Sagt Dralle - »Dat is dat Malheur!«
»Mein lieber Freund, das ist zum Lachen;
Ableger, Nachbar, müßt Ihr machen;
So habt Ihr, ehe man's gedacht,
Aus einem Stocke zwei gemacht;

Ableger, Freund, das heißt Methode!!«
»Adje! Dat is de nie Mode!!«

Sechstes Kapitel

Eugen, der nach dem Mittagessen
Im schattenkühlen Wald gesessen,
Sieht hier mit herzlichem Vergnügen
Aus einem Baume Bienen fliegen. –
Aha, das müssen wir versuchen,
Da drinnen gibt es Honigkuchen! –

Schnell steigt der Eugen auf den Baum
Von oben in den hohlen Raum.

Nur Vorsicht,
Immer leise! - Schrapp! -
Da rutscht er
auf den Grund hinab.

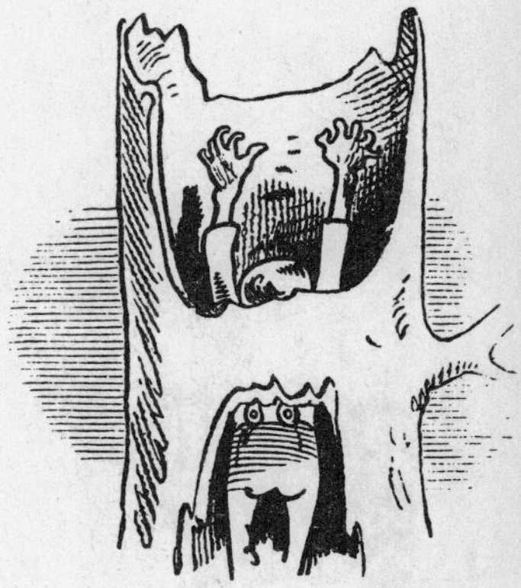

Da sitzt er nun im Baume fest,
Die Beine stehn im Immen-Nest.

Und leider haben auch nach oben
Die Hosenschläuche sich verschoben,
so daß auf seine bloßen Waden
Die Bienen ihren Zorn entladen. -

Ein alter,
rupp'ger Tanzebär,
Der durchgebrannt,
kommt auch daher.

Da muß ich wohl
von oben kommen!
Denkt er –
und ist hinaufgeklommen.

Ach! – Wie erschrak der Jüngling da,
Als er das Tier von hinten sah.

Uhuu! - Mit schrecklichem Geheul
Faßt er des Bären Hinterteil.
Dem Bären fährt es durch die Glieder,
Der Schreck treibt ihn nach oben wieder.

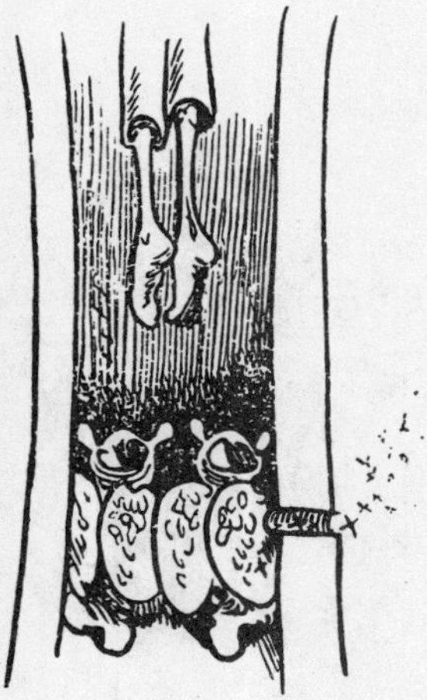

Er reißt den Knaben aus den Ritzen,
Doch beide Stiefel bleiben sitzen.

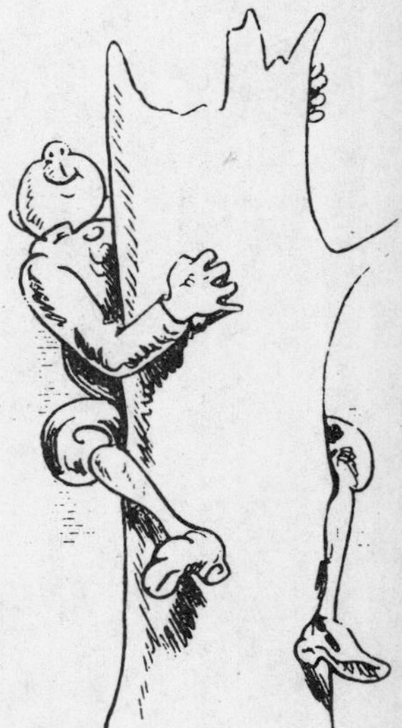

Grad ist Hans Dralle hergekommen
Und auch auf diesen Baum geklommen.

Habuh! – Was war das für ein Graus –
Grad krabbelt da der Bär heraus.

Und alle drei kopfüber purzeln
Hernieder auf des Baumes Wurzeln,

Und grad kommt Förster Stakelmann
Und legt die lange Flinte an.

Fürwahr! Er hätte ihn getroffen,
Wär' nur der Bär nicht fortgeloffen.

Jetzt, eins, zwei, drei, geht man dabei
Und sägt den Honigbaum entzwei.

Und denkt nicht dran, daß man durchbohre
Des Jünglings beide Stiefelrohre.

Hans Dralle aber trägt Verlangen,
Das Bienenvolk sich einzufangen.
»Nu sühst du woll! Nu heb ick deck!«
Schnurr! geht der Schwarm von unten weg.

Siebentes Kapitel

Der Knabe Eugen, der indessen
Aufs Honigessen ganz versessen,
Gedenkt denselben ganz verstohlen
Aus Dralles Körben sich zu holen.

Ojemine! Ein ganzes Korps
Von Bienen rückt auf einmal vor,
Und pudelrauh ist der Eugen
Vom Kopf herab bis zu den Zehn.

Zum Glück ist Wasser in der Näh' –
Perdums! Kopfüber in den See!

Sieh da! Er taucht schon wieder auf
Und eilt nach Haus in schnellem Lauf.

Dem guten Knaben ist recht übel;
Drum schnell mit ihm zu Doktor Siebel.

Der Doktor Siebel horcht am Magen:
»Da murkst ja einer, möcht' ich sagen!
Und judizier' ich, daß der Knabe
Ein Ungetier im Leibe habe;

Als welches wir sogleich mit Listen
Gewissermaßen fangen müßten!«

»Schau, schau! Da ist der Bösewicht!«

»Allez! – Der Schönste bist du nicht!«

Schnell huckt der Frosch zum nahen Teich
Und nimmt ein kühles Bad sogleich.
Er rüttelt sich, er schüttelt sich:
»Quarks dreckeckeck! Da danke ich!« –

Achtes Kapitel

Man sollte denken, daß nach allen
Verdrüssen, welche vorgefallen,
Am Ende dieser gute Knabe
Vor Süßigkeiten Abscheu habe! -
Ach nein! - Schon spekuliert der Tropf
Auf Vater Dralles Honigtopf,
Der, wie er weiß, auf einem Brett
Dicht über dessen Bette steht.

Als heut nun Dralle lag und schlief,
So gegen zehn recht fest und tief,

Da ist's ihm so, als ob was rauscht. -
Hans Dralle spitzt das Ohr und lauscht.

Ha! Schleicht nicht dort aus jener Tür
Ein greulich Phänomen herfür??!!

In seinen Augen kann man’s lesen:
Dies ist fürwahr kein menschlich Wesen!

Ein Quadruped ist hier zu schauen,
Ein Flügeltier mit Schweif und Klauen.

Hans Dralle steht das Haar nach oben,
Die Zipfelhaube wird gehoben.

Schon kommt's mit fürchterlichen Sprüngen,
Den Bienenvater zu verschlingen.

Und dumpf ertönt's wie Geisterstimmen:
»Hans Dralle, kiek na dinen Immen!«

Es hebt sich auf die Hintertatzen,
Man hört es an den Wänden kratzen.

Gottlob! Jetzt kehrt es wieder um!
Hans Dralle ist vor Schrecken stumm.

Ihm hängt der Schweiß an jedem Haar,
Bis das Phantom verschwunden war.

Bald drauf sitzt der Eugen zu Haus
Und schleckt den Topf voll Honig aus.

Neuntes Kapitel

Die Blumen, die Christine pflückte,
Womit sie Knörrje hochbeglückte,

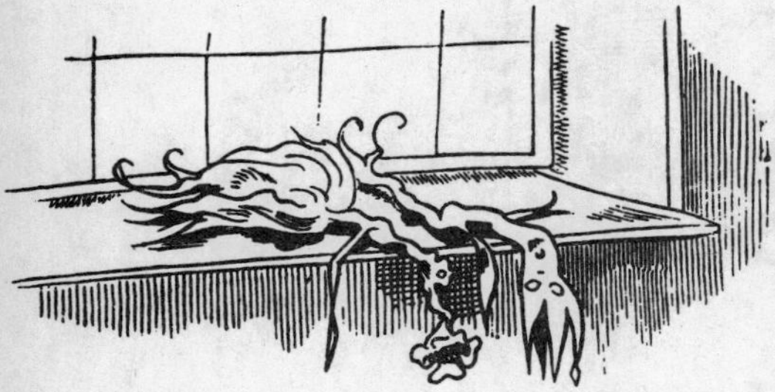

Sie hängen auf dem Fensterbort
Und sind verdorrt.

Herr Knörrje nimmt und legt sie nieder
Und preßt sie in sein Buch der Lieder,

Wo diese treuen Seelen nun
Auf ewig beieinander ruhn.

Vom Kirchenturme tönt es zehn,
Für Knörrje ist es Zeit zum Gehn.
Er eilt aus seiner stillen Klause
Zum Rendezvous beim Bienenhause,

Wo schon Christine harrend weilt
Und ihrem Freund entgegeneilt. –

Doch horch! Was hör' ich dort sich regen?
Es ist ein Dieb auf bösen Wegen. –

Der Bienenraub ist sein Gewerbe;
Nur schnell hier in die großen Körbe!!

»Ja«, spricht der Dieb, »da ist's am besten,
Ich nehme gleich den allergrößten!«

Er packt sich richtig Knörrjen auf
Und eilt davon im Dauerlauf.

»Hoho!« - schreit Knörrje - »Wart, du Tropf!«
Und stülpt den Korb ihm übern Kopf.

Vergebens sucht er,
sich zu sträuben,
Er muß im Korbe
sitzenbleiben. -

Doch ach! Was muß Christine schau'n?!
Der Zottelbär steigt übern Zaun,

Riecht in den Korb, und mit Geblase
Steckt er durchs Spundloch seine Nase.

Hier diesen Pflock, nur flink, nur flink!
Quer durch des Bären Nasenring!

Ja, brülle nur!
Die Nase geht nicht mehr retour! –

So wär' nun alles wohl gelungen;
Die Liebenden stehn fest umschlungen.

Da naht Hans Dralle. - Die Geschichte
Sieht er mit staunendem Gesichte.

Er steht und staunt und wundert sich:
»Ne Kinders, düt verstah eck nich!«

Doch Knörrje, der das Wort genommen,
Erzählt, wie alles so gekommen.

»No ja!« - spricht Dralle - »Minetwegen!«
Und gibt dem Paare seinen Segen. -

Schon stehn umher voll Schreckensfreude
Des Dorfes wackre Biederleute.

Der Förster will den Bären schießen,
Wenn sie ihn nur zufrieden ließen.

Die Wache naht. - Sie trägt sofort
Den Dieb an einen stillen Ort.

Und auch der Bärenführer kommt
Und nimmt den Bären, welcher brommt.

Der Anton stößt in die Trompete
Und »Vivat!« schreit die alte Grete;

Und »Vivat!« schreien sie nun alle,
»Vivat, es lebe unser Dralle!!«

Zehntes Kapitel

Die Nacht ist warm, die Menschen träumen,
Und leise flüstert's in den Bäumen,
Und leise schleicht der Mondenschein

In Dralles Garten sich hinein. –
Von seinem Dämmerlicht beschienen,
In Gras und Blüten, summen Bienen.
Die feiern heut bei des Mais Beginn
Das Hochzeitsfest der Königin.

Schon sitzen
im hohen Rosensaal
Die Königin
und der Prinzgemahl.

Sie winkt – da schießet mit Getos
Der Bombardör den Böller los.

Zing, zing! Traromm! – Und auf der Stelle
Ertönen die Klänge der Hofkapelle.

Die Fliege blus Trompete,
Der Mück Klarinette,
Die Hummel die Trummel,
Der Heuschreck die Geigen;
Das gab fürwahr einen lustigen Reigen. –

Schau! Holzbock, der Lange,
Ist eifrig im Gange
Mit Bienenlieschen
Auf zierlichen Füßchen –

Und da der Kleine
Mit Minchen, dem Bienchen,
Rührt auch die Beine. –

Und seht mir nur das nette Trinchen!

Da macht ja wohl Herr Schröter
Den angenehmen Schwerenöter!

Im Apfelbaum
sitzt auch der Mond
Und hat dem Feste
beigewohnt. –

Nun waren da auch zwei Maienkäfer,
Recht nette Bübchen,
Doch blöde Schäfer;
Die rauchen und trinken im Nebenstübchen,

Bis daß sie im nassen Grase liegen
Und können nicht mehr nach Hause fliegen.
– Der Wächter Schuhu findet sie.
Er spricht: »Aha, das sind ja die!! –
Schon wieder mal!!« –

Und bringt sie in sein Wachtlokal.

Der Mond, der auch nicht recht mehr munter,
Hüllt sich in Wolken und geht unter.

Fipps der Affe

Anfang

Pegasus, du alter Renner,
Trag mich mal nach Afrika,
Alldieweil so schwarze Männer
Und so bunte Vögel da.

Kleider sind da wenig Sitte;
Höchstens trägt man einen Hut,
Auch wohl einen Schurz zur Mitte;
Man ist schwarz und damit gut. –

Dann ist freilich jeder bange,
Selbst der Affengreis entfleucht,
Wenn die lange Brillenschlange
Zischend von der Palme kreucht.

Kröten fallen auf den Rücken,
Ängstlich wird das Bein bewegt;
Und der Strauß muß heftig drücken,
Bis das große Ei gelegt.

Krokodile weinen Tränen,
Geier sehen kreischend zu;
Sehr gemein sind die Hyänen;
Schäbig ist der Marabu.

Nur die Affen, voller Schnaken,
Haben Vor- und Hinterhand;
Emsig mümmeln ihre Backen;
Gerne hockt man beieinand.

Papa schaut in eine Stelle,
Onkel kratzt sich sehr geschwind,
Tante kann es grad so schnelle,
Mama untersucht das Kind,

Fipps – so wollen wir es nennen –
Aber wie er sich betrug,
Wenn wir ihn genauer kennen,
Ach, das ist betrübt genug. –

Selten zeigt er sich beständig,
Einmal hilft er aus der Not;
Anfangs ist er recht lebendig,
Und am Schlusse ist er tot.

Erstes Kapitel

Der Fipps, das darf man wohl gestehn,
Ist nicht als Schönheit anzusehn.
Was ihm dagegen Wert verleiht,
Ist Rührig- und Betriebsamkeit.

Wenn wo was los, er darf nicht fehlen;
Was ihm beliebt, das muß er stehlen;
Wenn wer was macht, er macht es nach;
Und Bosheit ist sein Lieblingsfach.

Es wohnte da ein schwarzer Mann,
Der Affen fing und briet sie dann.

Besonders hat er junge gern,
Viel lieber als die ältern Herrn.
»Ein alter Herr ist immer zäh!«
So spricht er oft und macht »Bebä!«

Um seine Zwecke zu erfüllen,
Wählt er drei leere Kürbishüllen.
Für auf den Kopf die große eine,
Für an die Hände noch zwei kleine.

So kriecht er in ein Bündel Stroh,
Macht sich zurecht und wartet so. –

Dies hat nun allerdings den Schein,
Als ob hier schöne Früchte sein.

Fipps, der noch nie so große sah,
Kaum sieht er sie, so ist er da.

Er wählt für seinen Morgenschmaus
Sich gleich die allergrößte aus.

Doch wie er oben sich bemüht,
Erfaßt ihn unten wer und zieht,
Bis daß an jeder Hinterhand
Ringsum ein Kürbis sich befand.

So denkt ihn froh und nach Belieben
Der böse Mann nach Haus zu schieben.

An dieses Mannes Nase hing
Zu Schmuck und Zier ein Nasenring.
Fipps faßt den Reif mit seinem Schweif,
Der Schwarze wird vor Schrecken steif.

Die Nase dreht sich mehre Male
Und bildet eine Qualspirale.

Jetzt biegt der Fipps den langen Ast,
Bis er den Ring der Nase faßt.

Dem Neger wird das Herze bang,
Die Seele kurz, die Nase lang.

Am Ende gibt es einen Ruck.
Und oben schwebt der Nasenschmuck.
Der Schwarze aber aß seit dieser
Begebenheit fast nur Gemüser.

Zweites Kapitel

Natürlich läßt Fipps die ekligen Sachen,
Ohne neidisch zu sein, von anderen machen.
Dagegen aber, wenn einer was tut,
Was den Anschein hat, als tät es ihm gut,
Gleich kommt er begierig und hastig herbei,
Um zu prüfen, ob's wirklich so angenehm sei.

Mal saß er an des Ufers Rand
Auf einer Palme, die dorten stand.
Ein großes Schiff liegt auf dem Meer;
Vom Schiffe schaukelt ein Kahn daher.

Im kleinen Kahn, da sitzt ein Mann,
Der hat weder Schuhe noch Stiefel an;
Doch vor ihm steht ganz offenbar
Ein großes und kleines Stiefelpaar.

Das kleine, das er mit sich führt,
Ist innen mit pappigem Pech beschmiert;
Und wie der Mann an das Ufer tritt,
Bringt er die zwei Paar Stiefel mit.

Er trägt sie sorglich unter dem Arm
Und jammert dabei, daß es Gott erbarm.
Kaum aber ziehet der Trauermann

Sich einen von seinen Stiefeln an,
So mildern sich schon ganz augenscheinlich
Die Schmerzen, die noch vor kurzem so peinlich,

Und gar bei Stiefel Numero zwei
Zeigt er sich gänzlich sorgenfrei.
Dann sucht er in fröhlichem Dauerlauf

Den kleinen Nachen wieder auf
Und läßt aus listig bedachtem Versehn
Das kleine Paar Stiefel am Lande stehn.

Ratsch, ist der Fipps vom Baum herunter,
Ziehet erwartungsvoll und munter
Die Stiefel an seine Hinterglieder,

Und schau! Der lustige Mann kommt wieder.

O weh! Die Stiefel an Fippsens Bein
Stören die Flucht. Man holt ihn ein.
Vergebens strampelt er ungestüm,

Der Schiffer geht in den Kahn mit ihm.

Zum Schiffe schaukelt und strebt der Kahn,
Das Schiff fährt über den Ozean,
Und selbiger Mann (er schrieb sich Schmidt)
Nimmt Fipps direkt nach Bremen mit.

Drittes Kapitel

Zu Bremen lebt gewandt und still
Als ein Friseur der Meister Krüll.
Und jedermann in dieser Stadt,
Wer Haare und wer keine hat,
Geht gern zu Meister Krüll ins Haus
Und kommt als netter Mensch heraus.

Auch Schmidt läßt sich die Haare schneiden.
Krüll sieht den Affen voller Freuden,
Er denkt: »Das wäre ja vor mir
Und meine Kunden ein Pläsier.«
Und weil ihn Schmidt veräußern will,
So kauft und hat ihn Meister Krüll.

Es kam mal so und traf sich nun,
Daß Krüll, da anders nichts zu tun,
In Eile, wie er meistens tat,
Das Seitenkabinett betrat.

Wo er die Glanzpomade kocht,
Perücken baut und Zöpfe flocht,
Kurz, wo die kunstgeübte Hand
Vollendet, was der Geist erfand.

Zur selben Zeit erscheint im Laden,
Mit dünnem Kopf und dicken Waden,

Der schlichtbehaarte Bauer Dümmel,
Sitzt auf den Sessel, riecht nach Kümmel
Und hofft getrost, daß man ihn schere,
Was denn auch wirklich nötig wäre.

Wipps! sitzt der Fipps auf seinem Nacken,
Um ihm die Haare abzuzwacken.

Die Schere zwickt, die Haare fliegen;
Dem Dümmel macht es kein Vergnügen.

Oha! das war ein scharfer Schnitt,
Wodurch des Ohres Muschel litt.

»Hör upp!« schreit Dümmel schmerzensbange,
Doch schon hat Fipps die Kräuselzange.

Das Eisen glüht, es zischt das Ohr,
Ein Dampfgewölk steigt draus hervor.

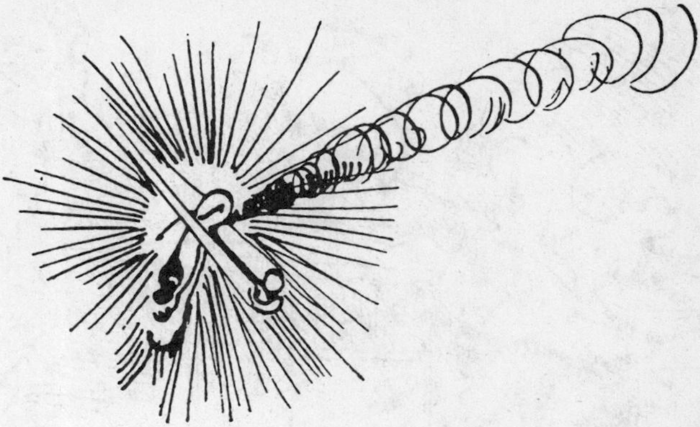

Die Schönheit dieser Welt verschwindet,
Und nur der Schmerz zieht, bohrt und mündet
In diesen einen Knotenpunkt,

Den Dümmel hier ins Wasser tunkt. –

Der Meister kommt. – Hoch schwingt die Rechte,
Wie zum Gefechte, eine Flechte.

Der Spiegel klirrt, die Hand erlahmt;
Der Meister Krüll ist eingerahmt.

»Mir scheint, ich bin hier unbeliebt!«
Denkt Fipps, der sich hinwegbegibt.

Viertes Kapitel

Dämmrung war es, als Adele
Mit dem Freunde ihrer Seele,
Der so gerne Pudding aß,
Traulich bei der Tafel saß.

»Pudding«, sprach er, »ist mein Bestes«
Drum zum Schluß des kleinen Festes
Steht der wohlgeformte große
Pudding mit der roten Sauce
Braun und lieblich duftend da,
Was der Freund mit Wonne sah.
Aber, ach du meine Güte,
Plötzlich stockt das Herzgeblüte. –

Angelockt von Wohlgerüchen
Hat sich Fipps herbeigeschlichen,
Um mit seinen gier'gen Händen
Diesen Pudding zu entwenden,
Hergestellt mit großem Fleiß.
Ätsch! die Sache ist zu heiß! –

Ärgerlich ist solche Hitze.
Schlapp! der Freund hat eine Mütze
Tief bis über beide Backen.

Platsch! und in Adelens Nacken,
Tief bis unten in das Mieder,
Rinnt die rote Sauce nieder.

So wird oft die schönste Stunde
In der Liebe Seelenbunde
Durch Herbeikunft eines Dritten
Mitten durch- und abgeschnitten;
Und im Innern wehmutsvoll
Tönt ein dumpfes: kolleroll!

Fünftes Kapitel

Für Fipps wird es dringende Essenszeit. -

Mit fröhlicher Gelenkigkeit
Durch eine Seitengasse entflieht er
Und schleicht in den Laden von einem Konditer.

Da gibt es schmackhafte Kunstgebilde,
Nicht bloß härtliche, sondern auch milde;
Da winken Krapfen und Mohrenköpfe.
Künstlich geflochtene Brezen und Zöpfe;
Auch sieht man da für gemischtes Vergnügen
Mandeln, Rosinen et cetera liegen. -

»Horch!« ruft voll Sorge Konditor Köck,
»Was rappelt da zwischen meinem Gebäck?«

Die Sorge wandelt sich in Entsetzen,
Denn da steht Fipps mit Krapfen und Brezen.

Die Brezen trägt er in einer Reih
Auf dem Schwanz, als ob es ein Stecken sei,
Und aufgespießt, gleich wie auf Zapfen,
An allen vier Daumen sitzen die Krapfen.

Zwar Köck bemüht sich, daß er ihn greife
Hinten bei seinem handlichen Schweife,

Doch, weil er soeben den Teig gemischt,
So glitscht er ab und der Dieb entwischt.

Nichts bleibt ihm übrig als lautes Gebröll,
Und grad kommt Mieke, die alte Mamsell.

Unter hellem Gequieke fällt diese Gute
Platt auf die Steine mit Topf und Tute.
Durch ihre Beine eilt Fipps im Sprunge.
Ihn wirft ein schwärzlicher Schusterjunge

Mit dem Stulpenstiefel, der frisch geschmiert,
So daß er die schönen Krapfen verliert.

Auch wartet ein Bettelmann auf der Brücken
Mit einem Buckel und zween Krücken.

Derselbe verspürt ein großes Verlangen,
Die Brezeln vermittels der Krücke zu fangen.

Dies kommt ihm aber nicht recht zu nütze,
Denn Fipps entzieht ihm die letzte Stütze. –
Da liegt er nun, wie ein Käfer, am Rücken –
Fipps aber begibt sich über die Brücken
Und eilet gar sehr beängstigt und matt
Mit der letzten Brezel aus dieser Stadt. –

Schon ist es dunkel und nicht geheuer.
Er schwingt sich über ein Gartengemäuer.
Hier hofft er auf angenehm nächtliche Ruh. –

Klapp! schnappt die eiserne Falle zu. –

Sofort tritt aus dem Wohngebäude
Ein Herr und äußert seine Freude.
»Aha!« so ruft er, »du bist wohl der,
Der Hühner stiehlt? Na, denn komm' her!!«

Hiermit schiebt er ihn vergnüglich
In einen Sack. Und unverzüglich

Ohne jede weitre Besichtigung
Beginnt er die schmerzhafte Züchtigung.

Drauf schließt er ihn für alle Fälle
In einen der leeren Hühnerställe,
Damit er am andern Morgen sodann
Diesen Bösewicht näher besichtigen kann.

Sechstes Kapitel

Wer vielleicht zur guten Tat
Keine rechte Neigung hat,
Dem wird Fasten und Kastein
Immerhin erfrischend sein. –

Als der Herr von gestern Abend,
Fest und wohl geschlafen habend,
(Er heißt nämlich Doktor Fink)
Morgens nach dem Stalle ging,
Um zu sehn, wen er erhascht –
Ei, wie ist er überrascht,
Als bescheiden, sanft und zahm,
Demutsvoll und lendenlahm,

Fipps aus seinem Sacke steigt,
Näher tritt und sich verneigt.

Lächelnd reicht Frau Doktorin
Ihm den guten Apfel hin,
Und das dicke, runde, fette,
Nette Kindermädchen Jette
Mit der niedlichen Elise,
Ei, herrje, wie lachten diese. –

Zwei nur finden's nicht am Platze;
Schnipps der Hund und Gripps die Katze.
Die nicht ohne Mißvertrauen
Diesen neuen Gast beschauen.

Fipps ist aber recht gelehrig
Und beträgt sich wie gehörig.

Morgens früh, so flink er kann,
Steckt er Fink die Pfeife an.
Fleißig trägt er dürre Reiser,
Ja, Kaffee zu mahlen weiß er,
Und sobald man musiziert,
Horcht er still, wie sich's gebührt.
Doch sein innigstes Vergnügen
Ist Elisen sanft zu wiegen,
Oder, falls sie mal verdrossen,
Zu erfreun durch schöne Possen.
Kurz, es war sein schönster Spaß,
Wenn er bei Elisen saß. –

Dafür kriegt er denn auch nun
Aus verblümtem Zitzkattun
Eine bunte und famose
Hinten zugeknöpfte Hose;
Dazu, reizend von Geschmack,
Einen erbsengrünen Frack;

Und so ist denn gegenwärtig
Dieser hübsche Junge fertig.

Siebentes Kapitel

Elise schläft in ihrer Wiegen.
Fipps paßt geduldig auf die Fliegen.
Indessen denkt die runde Jette,
Was sie wohl vorzunehmen hätte;
Sieht eine Wespe, die verirrt
Am Fenster auf- und niederschwirrt,

Und treibt das arme Stacheltier
In eine Tute von Papier.

Sanft lächelnd reicht sie ihm die Tute,
Damit er Gutes drin vermute.

Er öffnet sie geschickt und gern,
Denn jeder Argwohn liegt ihm fern.

Schnurr pick! Der Stachel sitzt im Finger,
Der Schmerz ist gar kein so geringer.

Doch Fipps hat sich alsbald gefaßt,
Zermalmt das Ding, was ihm verhaßt,

Setzt sich dann wieder an die Wiegen
Und paßt geduldig auf die Fliegen. –

Vor allem eine ist darunter,
Die ganz besonders frech und munter.
Jetzt sitzt sie hier, jetzt summt sie da,
Bald weiter weg, bald wieder nah.

Jetzt krabbelt sie auf Jettens Jacke,

Jetzt wärmt sie sich auf Jettens Backe.
Das gute Kind ist eingenickt.
Kein Wunder, wenn sie nun erschrickt,

Denn, schlapp! die Fliege traf ein Hieb,

Woran sie starb und sitzen blieb. –

Fipps aber hockt so friedlich da,
Als ob dies alles nicht geschah,
Und schließet seine Augen zu
Mit abgefeimter Seelenruh.

Achtes Kapitel

Kaum hat mal einer ein bissel was,
Gleich gibt es welche, die ärgert das. –

Fipps hat sich einen Knochen stibitzt.
Wo auch noch ziemlich was drannen sitzt.

Neidgierig hocken im Hintergrund
Gripps der Kater und Schnipps der Hund.

Wauwau! Sie sausen von ihrem Platze.
Happs! macht der Hund, kritzekratze! die Katze;
Daß Fipps in ängstlichem Seelendrang

Eilig auf einen Schrank entsprang,
Allwo man aufbewahren tät
Mancherlei nützliches Handgerät.

Und Gripps der Kater und Schnipps der Hund
Schleichen beschämt in den Hintergrund.
Fipps aber knüpft mit der Hand gewandt
Den Knochen an ein Band, das er fand,

Und schlängelt dasselbe voller List
Durch einen Korb, welcher löchricht ist.

Sogleich folgt Gripps dem Bratengebein

Bis tief in das Korbgeflecht hinein.

Schwupp! hat ihn der Fipps drin festgedrückt,
Und mit der Zange, die beißt und zwickt,
Entfernt er sorgsam die scharfen Klauen.

Ach, wie so kläglich muß Gripps miauen,
Denn grade in seinen Fingerspitzen
Hat er die peinlichsten Nerven sitzen.

Jetzt wird auch noch der Schweif gebogen
Und durch des Korbes Henkel gezogen.
Mit einer Klammer versieht er ihn,
Damit er nicht leichtlich herauszuziehn.
Schnipps der Hund schnappt aber derweilen
Den Knochen und möchte von dannen eilen.

Dieses gelingt ihm jedoch nicht ganz,
Denn Fipps erwischt ihn bei seinem Schwanz

Und schwingt ihn solchermaßen im Kreis,
Bis er nichts Gescheits mehr zu denken weiß.

Hiernach, gewissermaßen als Schlitten,
Zieht er ihn durch des Hofes Mitten

Und läßt ihn dorten mal soeben
Über dem Abgrund des Brunnens schweben,
Wo ein schwäch- und ängstlich Gemüt
Nur ungern hängt und hinunter sieht.

Drauf so führt er ihn hinten nach
An des Daches Rinne bis auf das Dach

Und lehnt ihn über den Schlot allhier.
Daraus gehet ein merklicher Dampf herfür. –
Dem Auge höchst peinlich ist der Rauch,
Auch muß man niesen und husten auch,
Und schließlich denkt man nichts weiter als bloß:
»Jetzt wird's mir zu dumm und ich lasse los!«
So wird dieser Rauch immer stärker und stärker,

Schnipps fällt rücküber und auf den Erker,

Und Gripps, der gerad aus der Luke fährt,
Fühlt plötzlich, ihm wird der Korb beschwert.

Hulterpulter, sie rumpeln in großer Hast
Vom Dach und baumeln an einem Ast.

Hier trennt man sich nicht ohne Pein

Und jeder ist wieder

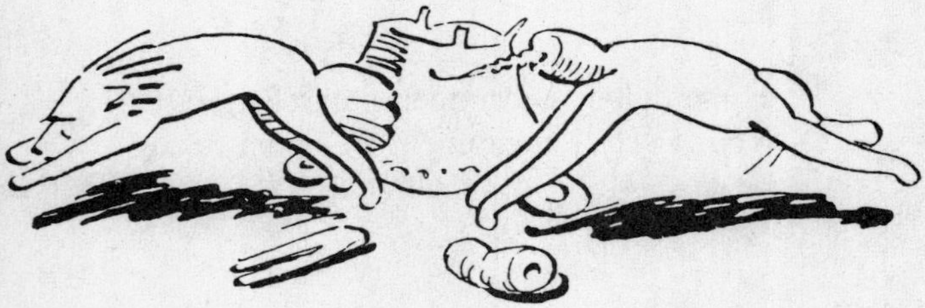

für sich allein.

Seitdem ward Fipps von diesen zween
Als Meister verehrt und angesehn.

Neuntes Kapitel

Mit Recht erscheint uns das Klavier,
Wenn's schön poliert, als Zimmerzier.
Ob's außerdem Genuß verschafft,
Bleibt hin und wieder zweifelhaft.

Auch Fipps fühlt sich dazu getrieben,
Die Kunst in Tönen auszuüben.
Er zeigt sich wirklich recht gewandt,
Selbst mit der linken Hinterhand.

Und braucht er auch die Rechte noch,
Den Apfel, den genießt er doch.

Zu Kattermäng gehören zwei,
Er braucht sich bloß allein dabei.

Piano klingt auf diese Weise
Besonders innig, weich und leise.

Jetzt stimmen ein mit Herz und Mund
Der Kater Gripps und Schnipps der Hund.

Bei dem Duett sind stets zu sehn
Zwei Mäuler, welche offen stehn.

Oft wird es einem sehr verdacht,
Wenn er Geräusch nach Noten macht.

Der Künstler fühlt sich stets gekränkt,
Wenn's anders kommt, als wie er denkt.

Zehntes Kapitel

Wöhnlich im Wechselgespräch beim angenehm schmeckenden
Portwein saßen Professor Klöhn und Fink, der würdige Doktor.
Aber jener beschloß, wie folgt, die belehrende Rede:
». . . Oh, verehrtester Freund! Nichts gehet doch über die hohe
Weisheit der Mutter Natur. - Sie erschuf ja so mancherlei Kräuter,

Harte und weiche zugleich, doch letztere mehr zu Gemüse.

Auch erschuf sie die Tiere, erfreulich, harmlos und nutzbar;
Hüllte sie außen in Häute, woraus man Stiefel verfertigt,
Füllte sie innen mit Fleisch von sehr beträchtlichem Nährwert;
Aber erst ganz zuletzt, damit er es dankend benutze,
Schuf sie des Menschen Gestalt und verlieh ihm die Öffnung
des Mundes.

Aufrecht stehet er da, und alles erträgt er mit Würde.«

Also sprach der Professor, erhub sich und setzte den Hut auf.

Wehe, die Nase hernieder, ins Mundloch rieselt die Tinte.

Wehe, durch Gummi verklebt, fest haftet das nützliche Sacktuch.

Drohend mit Zorngebärde erhebt er den schlanken Spazierstock.

Autsch! Ein schmerzlich Geflecht umschlingt den schwellenden Daumen.

Hastig begibt er sich fort; indessen die Würde ist mäßig.

Elftes Kapitel

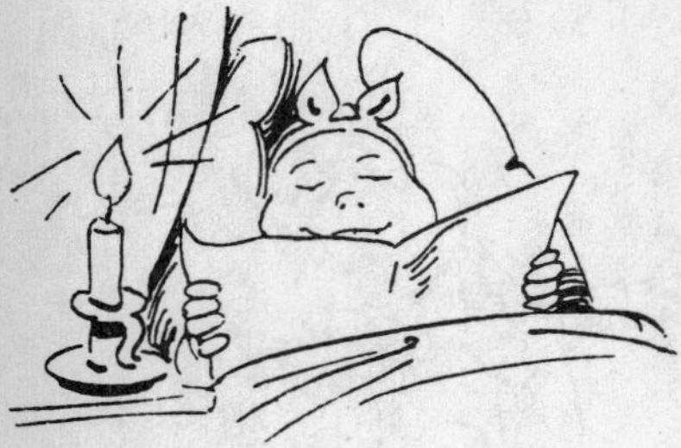

Wie gewöhnlich liest die Jette
Wieder nachts in ihrem Bette.
Auf dem Kopf hat sie die Haube,
In der Hand die Gartenlaube.
Hieran will sie sich erfreun,

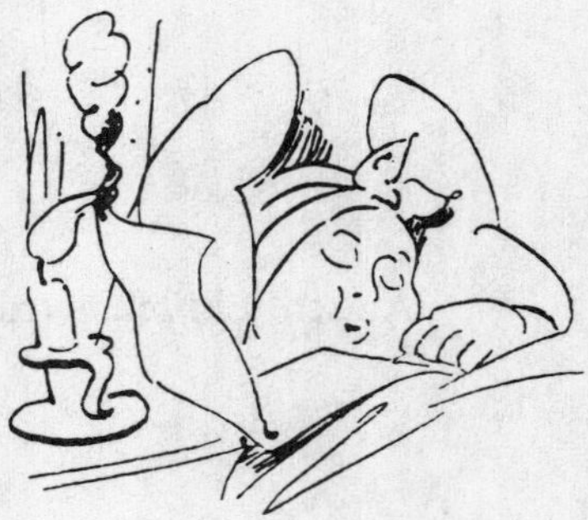

Duselt, nickt und schlummert ein.
An das Unschlittkerzenlicht,
Daran freilich denkt sie nicht. –
Erst brennt nur die Zeitungsecke,

Dann der Vorhang, dann die Decke.
Schließlich brennt das ganze Haus;

Unten läuft man schon heraus. –

Vater Fink, er läuft nicht schlecht,
Trägt den treuen Stiefelknecht.

Mutter Fink, besorgt vor allen,
Rettet ihre Mäusefallen.

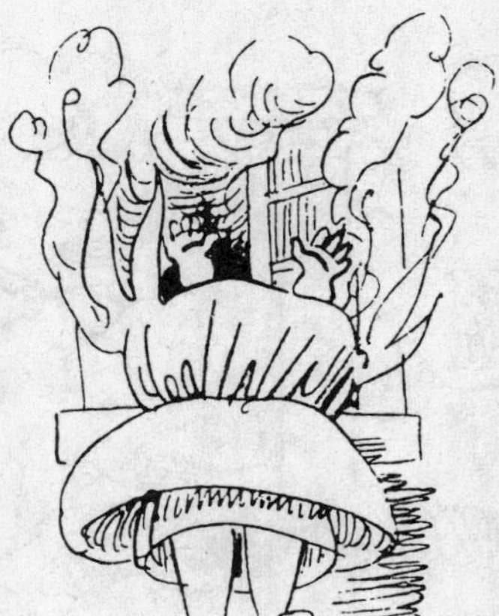

Jette schwebt vom Fensterrand;
Sie ist etwas angebrannt.

Doch sie sinkt ins Regenfaß,

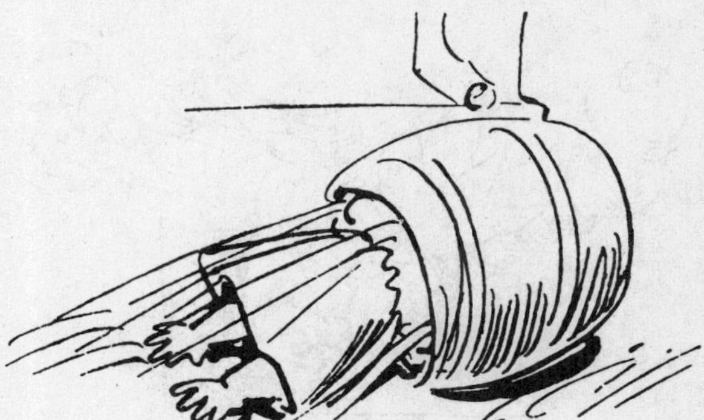

Wo es drinnen kühl und naß. –

Also sicher wären diese. –
Aber ach, wo ist Elise??!

Seht nach oben! Fipps, der Brave,
Hält das Kind, was fest im Schlafe.

Aus dem Fenster, hoch im Raume,
Schwingt er sich zum nächsten Baume.

Höchst besorgt wie eine Amme,
Rutscht er abwärts an dem Stamme.

Sanft legt er Elisen nieder.
Sie hat ihre Eltern wieder;
Und die Flasche steht dabei,
Falls Elise durstig sei. –

Zwölftes Kapitel

Fink hat versichert, Gott Lob und Dank!
Bei der Aachener Feuerversicherungs-Bank,
Und - nach zwei Jahren so ungefähr -
Wohnt er weit schöner als wie vorher.

Fipps natürlich, der hat es seitdem
In jeder Hinsicht angenehm. -

Dies aber wird ihm im höchsten Grad
Unerträglich und wirklich fad.
Denn, leider Gottes, so ist der Schlechte,
Daß er immer was anderes möchte,
Auch hat er ein höchst verruchtes Gelüst,
Grad so zu sein, wie er eben ist.

Mal traf es sich, daß die Familie Fink
Zusammen aus- und spazieren ging,
Um nebst Besorgung von anderen Sachen
Professor Klöhn einen Besuch zu machen. –

Fipps sehnt sich förmlich nach bösen Streichen.
Sein Plan steht fest. Er will entweichen.

Schon ist er im Feld. Die Hasen fliehn.
Einen Wanderer sieht man des Weges ziehn.

Sehr heftig erschrickt der Wandersmann.
Die Töpfersfrau geht still voran.

Zuweilen fällt das Topfgeschirr,
Und dann zerbricht es mit großem Geklirr.
In jenem Haus da, so fügt's der Himmel,
Wohnt grad der bewußte Bauer Dümmel;

Und Dümmels Küchlein piepsen bang,
Denn Fipps zieht ihnen die Hälse lang.

Da staunt auch Dümmels kleiner Sohn
Mit dem Butterbrot. –

Fipps hat es schon.

Des kleinen Dümmels durchdringender Schrei
Lockt seine erschrockene Mutter herbei.

Mit den Schreckensworten: »Da kummt de Dübel!!«
Fällt sie in einen dastehenden Kübel.

Doch Dümmel schreit und kennt ihn gleich wieder:
»Dat is de verdammtige Haresnieder!«

Schnell faßt er die Flinte, ein Schießeding,
Was da seit Anno funfzehn hing.

Auch versammeln sich eilig von jeglicher Seite
die Nachbarsleute, gerüstet zum Streite.

Sie alle machen großmächtige Schritte,

Und plötzlich ruft einer: »Kiek, kiek, da sitt'e!«
Jetzt harrt ein jeglicher ängstlich und stumm.

Dümmel legt an. – Er zielt. – Er drückt. –

Dann geht es: Wumm!!
Groß ist der Knall und der Rückwärtsstoß,
Denn jahrelang ging diese Flinte nicht los.

Ende

Wehe! Wehe! Dümmel zielte wacker.
Fipps muß sterben, weil er so ein Racker. –

Wie durch Zufall kommen alle jene,
Die er einst gekränkt, zu dieser Szene.

Droben auf Adelens Dienersitze
Thront der Schwarze mit dem Nasenschlitze.
Mieke, Krüll und Köck mit seinem Bauch,
Wandrer, Töpfersfrau, der Bettler auch;
Alle kommen; doch von diesen allen
Läßt nicht einer eine Träne fallen.
Auch ist eine solche nicht zu sehn
In dem Auge von Professor Klöhn,
Der mit Fink und Frau und mit Elisen
Und mit Jetten wandelt durch die Wiesen.
Nur Elise faßte Fippsens Hand,
Während ihr das Aug voll Tränen stand.

»Armer Fipps!« so spricht sie herzig treu.
Damit stirbt er. Alles ist vorbei.

Man begrub ihn hinten in der Ecke,
Wo in Finkens Garten an der Hecke
All die weißen Doldenblumen stehn.
Dort ist, sagt man, noch sein Grab zu sehn.
Doch, daß Kater Gripps und Schnipps der Hund
Ganz untröstlich, sagt man ohne Grund.

Die Haarbeutel

Eine milde Geschichte

Fritze

Eine kalte Geschichte

Die ängstliche Nacht

Einleitung

Der Weise, welcher sitzt und denkt
Und tief sich in sich selbst versenkt,
Um in der Seele Dämmerschein
Sich an der Wahrheit zu erfreun,
Der leert bedenklich seine Flasche,
Hebt seine Dose aus der Tasche,
Nimmt eine Prise, macht hapschie!
Und spricht: »Mein Sohn, die Sach ist die!
Eh' man auf diese Welt gekommen
Und noch so still vorliebgenommen,
Da hat man noch bei nichts was bei;
Man schwebt herum, ist schuldenfrei,
Hat keine Uhr und keine Eile
Und äußert selten Langeweile.
Allein man nimmt sich nicht in acht,
Und schlupp! ist man zur Welt gebracht.
Zuerst hast du es gut, mein Sohn,
Doch paß mal auf, man kommt dir schon!

Bereits dein braves Elternpaar
Erscheint dir häufig sonderbar.
Es saust der Stab, dann geht es schwapp!
Sieh da, mein Sohn, du kriegst was ab!
Und schon erscheint dir unabwendlich
Der Schmerzensruf: Das ist ja schändlich!

Du wächst heran, du suchst das Weite,
Jedoch die Welt ist voller Leute;
Vorherrschend Juden, Weiber, Christen,
Die dich ganz schrecklich überlisten
Und die, anstatt dir was zu schenken,
Wie du wohl möchtest, nicht dran denken.
Und wieder scheint dir unabweislich
Der Schmerzensruf: Das ist ja scheußlich!
Doch siehe da, im trauten Kreis
Sitzt Jüngling, Mann und Jubelgreis,
Und jeder hebt an seinen Mund
Ein Hohlgefäß, was meistens rund,

Um draus in ziemlich kurzer Zeit
Die drin enthaltne Flüssigkeit
Mit Lust und freudigem Bemühn
Zu saugen und herauszuziehn.
Weil jeder dies mit Eifer tut,
So sieht man wohl, es tut ihm gut.
Man setzt sich auch zu diesen Herrn,
Man tut es häufig, tut es gern,
Und möglichst lange tut man's auch;
Die Nase schwillt, es wächst der Bauch,
Und bald, mein Sohn, wirst du mit Graun
Im Spiegelglas dein Bildnis schaun,
Und wieder scheint dir unerläßlich
Der Schmerzensruf: Das ist ja gräßlich!!

Mein lieber Sohn, du tust mir leid,
Dir mangelt die Enthaltsamkeit.
Enthaltsamkeit ist das Vergnügen
An Sachen, welche wir nicht kriegen.
Drum lebe mäßig, denke klug.
Wer nichts gebraucht, der hat genug!«

So spricht der Weise, grau von Haar,
Ernst, würdig, sachgemäß und klar,
Wie sich's gebührt in solchen Dingen;
Läßt sich ein Dutzend Austern bringen,
Ißt sie, entleert die zweite Flasche,
Hebt seine Dose aus der Tasche,
Nimmt eine Prise, macht hapschie!
Schmückt sich mit Hut und Paraplü,
Bewegt sich mit Bedacht nach Haus
Und ruht von seinem Denken aus.

Eine milde Geschichte

Selig schwanket Bauer Bunke
Heim von seinem Abendtrunke.

Zwar es tritt auf seinen Wegen
Ihm ein Hindernis entgegen,

Und nicht ohne viel Beschwerden
Kann es überwunden werden.

Aber, siehst du, es gelingt
Schneller, als ihm nötig dünkt.

Pfeife läßt er Pfeife sein,
Drückt sich in sein Haus hinein

Und begibt sich ohne Säumen
Hin zu seinen Zimmerräumen,
Wo Frau Bunke für die Nacht
Einen Teig zurechtgemacht.
Unverzüglich, weil er matt,
Sucht er seine Lagerstatt.

Diese kommt ihm sehr gelegen,
Um darin der Ruh zu pflegen.

Oh, wie wonnig schmiegt das Mus
Sich um Kopf, Leib, Hand und Fuß.

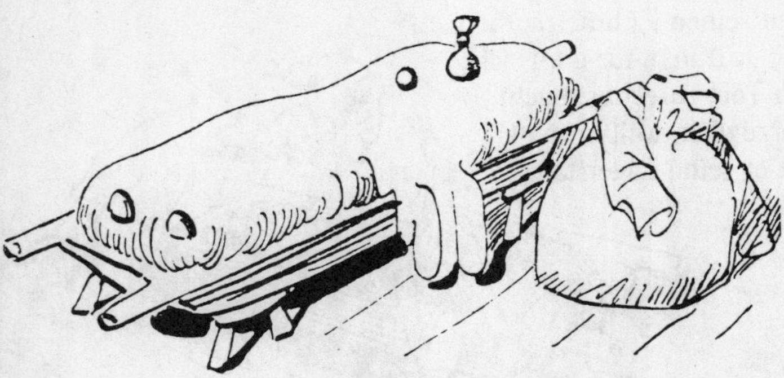

Doch, wie sich der Mund bedeckt,

Wird er ängstlich aufgeschreckt.

Schnell, mit unterdrückter Klage,
Sucht er eine andre Lage.

Auf dem Bauche ruht er milde
Wie die Kröte mit dem Schilde.

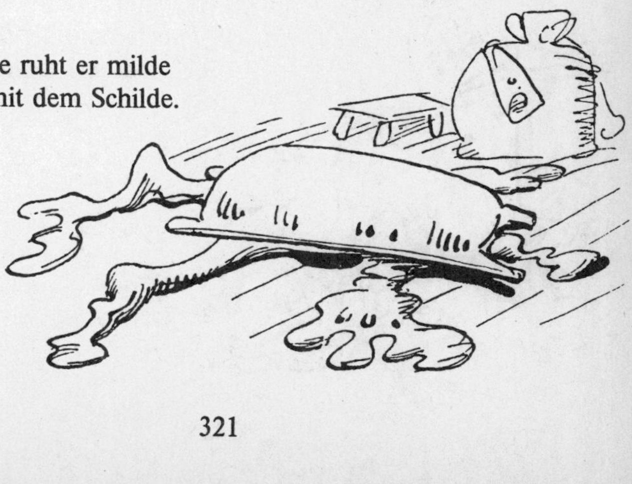

Lange bleibt er nicht so liegen.
Ihn verlangt es, Luft zu kriegen.

Ach, Frau Bunke steht erschrocken;
Ihre Lebensgeister stocken.

Traurig führet sie den Besen.
Kummer füllt ihr tiefstes Wesen;
Weinen kann ihr Angesicht,
Aber backen kann sie nicht.

Fritze

Fritze war ein Ladenjüngling,
Dazu braver Eltern Sohn,
Und er stand bei Kaufmann Kunze
Schon ein Jahr in Konditschon.

»Fritze«, sagte einstens Kunze,
»Ich muß eben mal wohin;
Mache keine dummen Streiche,
Wenn ich nicht zugegen bin.«

Hiermit geht er aus der Türe.
Fritze hält das für ein Glück.
Er ergreift die Kümmelflasche,
Und dann beugt er sich zurück.

Sieh, da naht die alte Grete,
Eine Jungfer ernst und still;
Sie verlangt nach grüner Seife,
Weil sie morgen waschen will.

Auch erhob sie eine Klage,
Daß sie's so im Leibe hat,
Weshalb sie vor allen Dingen
Erst um einen Kümmel bat.

Fritze zeigt sich dienstbeflissen.
Ihm ist recht konfus und wohl.
Statt der großen Kümmelflasche
Nimmt er die mit Vitriol.

Jungfer Grete, voller Freuden,
Greift begierig nach dem Glas;
Fritz, der grünen Seife wegen,
Beugt sich übers Seifenfaß.

Weh, was muß man nun erblicken?
Wo ist Fritzens Gleichgewicht?
Was sind dies für Angstgebärden
Hier auf Gretens Angesicht?

Fritze strampelt mit den Beinen,
Doch die Seife wird sein Grab;
Greten nagt die scharfe Säure
Ihre Mädchenseele ab.

Kümmel zieret keinen Jüngling,
Dazu ist er noch zu klein;
Und ein braves altes Mädchen
Muß nicht mehr so happig sein.

Eine kalte Geschichte

Der Wind, der weht, die Nacht ist kühl.
Nach Hause wandelt Meister Zwiel.

Verständig, wie das seine Art,
Hat er den Schlüssel aufbewahrt.

Das Schlüsselloch wird leicht vermißt,
Wenn man es sucht, wo es nicht ist.

Allmählich schneit es
auch ein bissel;
Der kalten Hand
entfällt der Schlüssel.

Beschwerlich ist die Bückerei;
Es lüftet sich der Hut dabei.

Der Hut ist naß und äußerst kalt;
Wenn das so fortgeht, friert es bald.

Noch einmal bückt
der Meister sich,
Doch nicht geschickt
erweist er sich.

Das Wasser in dem Fasse hier
Hat etwa Null Grad Reaumur.

Es bilden sich in diesem Falle
Die sogenannten Eiskristalle.

Der Wächter singt: Bewahrt das Licht!
Der kalte Meister hört es nicht.

Er sitzt gefühllos, starr und stumm,
Der Schnee fällt drauf und drum herum.

Der Morgen kommt so trüb und grau;
Frau Pieter kommt, die Millichfrau;

Auch kommt sogleich mit ihrem Topf
Frau Zwiel heraus und neigt den Kopf.

»Schau schau!« ruft sie in Schmerz versunken.
»Mein guter Zwiel hat ausgetrunken!
Von nun an, liebe Madam Pieter,
Bitt' ich nur um ein Viertel Liter!«

Die ängstliche Nacht

Heut bleibt der Herr mal wieder lang.
Still wartet sein Amöblemang.

Da kommt er endlich angestoppelt.
Die Möbel haben sich verdoppelt.
Was wär' denn dieses hier? Ei ei!
Aus einem Beine werden zwei.

Der Kleiderhalter, sonst so nütze,
Zeigt sich als unbestimmte Stütze.

Oha! Jetzt wird ihm aber schwach,
Die Willenskräfte lassen nach.

Er sucht auf seiner Lagerstatt
Die Ruhe, die er nötig hat.

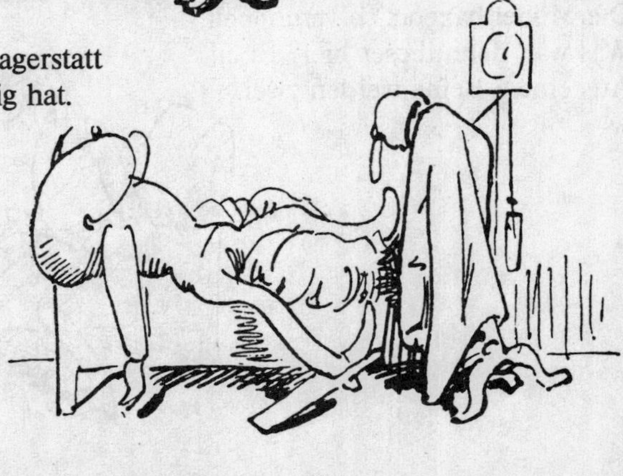

Auweh! der Fuß ist sehr bedrückt;
Ein harter Käfer beißt und zwickt.

Der Käfer zwickt, der Käfer kneift;
Mit Mühe wird er abgestreift.
Jedoch die Ruhe währt nicht lange;
Schon wieder zwickt die harte Zange.

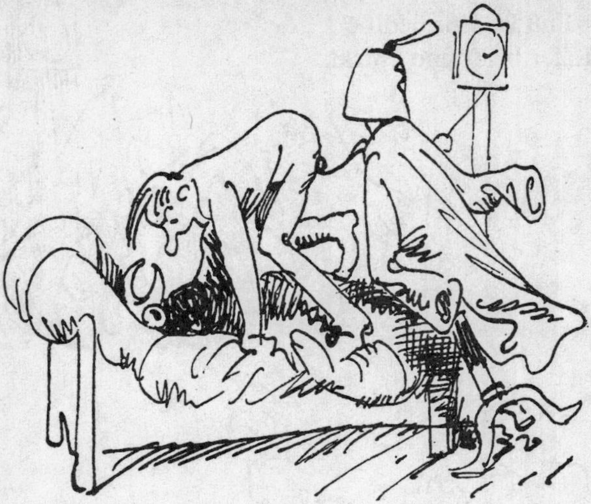

Er dreht sich um, so schnell er kann;
Da stößt ihn wer von hinten an.

Habuh! Da ist er! Steif und kalt;
Ein Kerl von scheußlicher Gestalt.

Ha, drauf und dran! Du oder ich!

Jetzt heißt es, Alter, wehre dich!

Heiß tobt der Kampf, hoch saust das Bein;
Es mischt sich noch ein dritter drein.

Doch siehe da, der Feind erliegt.
Der Kampf ist aus, er hat gesiegt.

Gottlob, so kommt er endlich nun
Doch mal dazu, sich auszuruhn.

Doch nein, ihm ist so dumpf und bang;
Die Nase wird erstaunlich lang.

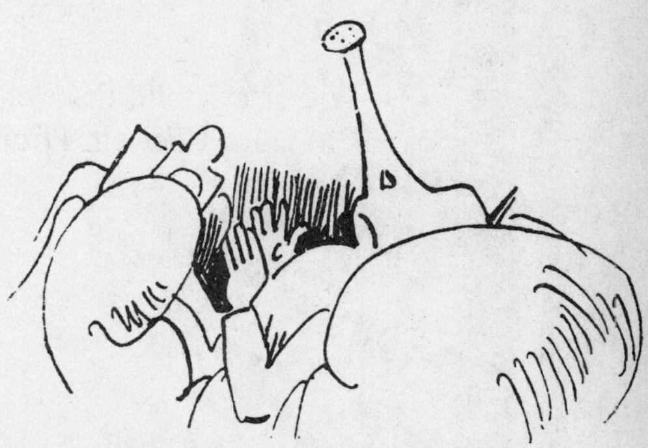

Und dick und dicker schwillt der Kopf;
Er ist von Blech, er wird zum Topf;

Wobei ein Teufel voller List
Als Musikus beschäftigt ist.

Wie er erwacht, das sieht man hier:
Ein jedes Haar ein Pfropfenziehr.

Die Drachen

Schon seit mehren Wochen haben
Drei intim bekannte Knaben –
Fritz, Franz, Conrad hießen sie –
Mit Verstand, Geduld und Müh'
Schöne Drachen sich gepappt
Und zum Flug bereit gehabt,
So daß sie, bis auf den Wind,
Mit der Sache fertig sind.

Endlich weht 'ne frische Brise,
Und fort geht es auf die Wiese.
Conrad wandelt an der Spitze,
Dann kommt Franz und schließlich Fritze.

»Freund!« sprach plötzlich Franz zu Fritzen –
»Siehst du Zöpfels Äpfel sitzen?«

Und als Fritze dies bejaht,
Schreitet man sofort zur Tat.
Doch was Conrad anbetraf,
Der geht weiter klug und brav.

Trefflich gut ging die Geschichte.
Franz hat Zöpfel seine Früchte.
Lirum larum! dachte er –
Fritze hin und Fritze her!
Ich genieße, was ich habe! –
Damit ist der freche Knabe,
Grad als wäre nichts passiert,
Äpfel essend fortmarschiert.
Saftig kann man's knirschen hören.
Soll das Fritzen nicht empören?

Mit dem Fuße und mit Krachen,
Gradesweges durch den Drachen,
Gibt er Franzen rücksichtslos
Einen wirkungsvollen Stoß.

Franz, der dieses krummgenommen,
Ist sofort herumgekommen.

Und es hebt sich und es saust
Seine zorngeballte Faust
Durch den vorgeschützten Drachen,
Gleichfalls unter großem Krachen,
Dergestalt in Fritzens Nacken,
Daß er meint, er muß zerknacken.

Jetzt sucht jeder sich zu decken,
Und es wird so mit den Pflöcken,
Wo die Schnur herumgewickelt,
Emsig hin und her geprickelt.

Franz zuerst durch kühnes Wagen
Trifft genau auf Fritzens Magen.

Dafür sticht ihn Fritz der flinke
In das Nasenlock das linke.

So entspinnt sich auf die Länge
Ein direktes Handgemenge,
Was zunächst und augenscheinlich
Für die Ohren äußerst peinlich.

Dennoch wird der Kampf zuletzt
Noch am Boden fortgesetzt.

Grad kommt Zöpfel wie gewöhnlich,
Um sich wieder mal persönlich
Und gewiß zu überzeugen,
Daß sein Obst noch an den Zweigen.
Wer – ruft er – hat dies getan?
Damit stockt sein Sprachorgan.

Ha! Jetzt wird er grausam heiter.
Er entdeckt die beiden Streiter.

Fritze kriegt den ersten Schlag,
Weil er am bequemsten lag.

Und der Franz war schon vergnügt,
Daß er siegt und oben liegt;
Bis die Peitsche wieder pfiff
Und auch ihn empfindlich kniff.

Gern entrinnen nun die beiden,
Um das Weitre zu vermeiden,
Wären nicht die nötgen Beine
Tief verwickelt in die Leine. –
Also folgt der Rest der Hiebe. –

Zöpfel tut's mit Lust und Liebe.
Sorgsam sammelt hierauf Zöpfel
Seine hochgeschätzten Äpfel.
Einer nur ist angenagt,
Was jedoch nicht viel besagt;
Und so kehrt er hocherfreut
Heim in seine Häuslichkeit.

Aber ach, wie traurig stand's
Um den Fritze und den Franz.
Soviel ist gewiß für sie:
Ihre Drachen steigen nie,
Während Conrad seiner schon,
Dieser Erdenwelt entflohn,
Höher stets und höher steigt,
Bis man vor Erstaunen schweigt.

Der Fuchs

Die Bäurin hat ein Huhn erstochen,
Um Supp mit Huhn davon zu kochen.
Der Bauer sprach: Das gibt 'n Jux!
Mit diesem Huhn fang' ich den Fuchs!

Vors Loch der Mauer stellt er schlau
Die Schlinge heimlich und genau.

Grad denkt der Fuchs: Was ist zu tun?
Ich stehle irgendwo ein Huhn!

Und wie er da was Gutes riecht
Und durch das Loch der Mauer kriecht –
O weh! Der Schreck ist nicht geringe –
Er hat das Huhn, ihn hat die Schlinge.
Schon kommt in froher Hast und Eile
Der Bauer mit dem langen Beile.

Indessen kroch und schlüpfte flugs
Durchs Loch zurück der schlaue Fuchs.
Draus sitzt der Fuchs, drin steht der Bauer,
Dazwischen steht die Gartenmauer.

Er steigt hinauf; er hat von oben
Zum wuchtgen Hieb das Beil erhoben.

Doch unbedacht, weil er in Zorn,
Zieht ihn der Hieb zu sehr nach vorn.

Drin sitz der Fuchs, draus liegt der Bauer,
Dazwischen steht die Gartenmauer.

Er läuft nach innen durch das Tor.
Das Ding ist wieder wie zuvor.

Er sieht, es geht nicht so allein;
Drum fängt er heftig an zu schrein:
Catrine, Catrine!
Komm ’raus, wir haben ihne!

Sie kommt begierig angerannt,
Die Ofengabel in der Hand.
Jetzt, Meister Fuchs, mußt du erliegen,
Wenn sie dich in die Mitte kriegen.

Schnell fährt er auf die Bäurin los.
Zu langsam war der Gabelstoß.
Weh aber, wenn sie noch mal sticht!

Der Fuchs kehrt um und wartet nicht. –
Der Bauer faßt mir aller Kraft
Das Beil und zielt gewissenhaft.

Trotz alledem zerhaut er bloß
Die Schlinge, und der Fuchs ist los.
Der Fuchs beschleunigt seinen Schritt
Und nimmt auch noch das Hühnchen mit.

Verdonnert sehen hinterher
Sowohl die Bäurin wie auch er.

Sie sahen, wie der Fuchs entrann;
Dann sahen sie sich selber an.
»Du dumme Gans!« sprach er zu ihr.
»Du Schafskopf!« nennt sie ihn dafür.

Plisch und Plum

Erstes Kapitel

Eine Pfeife in dem Munde,
Unterm Arm zwei junge Hunde
Trug der alte Kaspar Schlich. –
Rauchen kann er fürchterlich.
Doch, obschon die Pfeife glüht,
Oh, wie kalt ist sein Gemüt! –
»Wozu«, lauten seine Worte,
»Wozu nützt mir diese Sorte?
Macht sie mir vielleicht Pläsier?
Einfach nein! erwidr' ich mir.
Wenn mir aber was nicht lieb,
Weg damit! ist mein Prinzip.«

An dem Teiche steht er still,
Weil er sie ertränken will.
Ängstlich strampeln beide kleinen
Quadrupeden mit den Beinen;
Denn die innre Stimme spricht:
Der Geschichte trau' ich nicht! –

Hubs! fliegt einer schon im Bogen.

Plisch! Da glitscht er in die Wogen.

Hubs! Der zweite hinterher.

Plum! Damit verschwindet er.

»Abgemacht!« rief Kaspar Schlich,
Dampfte und entfernte sich.

Aber hier, wie überhaupt,
Kommt es anders, als man glaubt.
Paul und Peter, welche grade
Sich entblößt zu einem Bade,
Gaben still verborgen acht,
Was der böse Schlich gemacht.

Hurtig und den Fröschen gleich
Hupfen beide in den Teich.

Jeder bringt in seiner Hand
Einen kleinen Hund ans Land.

»Plisch«, rief Paul, »so nenn' ich meinen.«
Plum – so nannte Peter seinen.

Und so tragen Paul und Peter
Ihre beiden kleinen Köter
Eilig, doch mit aller Schonung,
Hin zur elterlichen Wohnung.

Zweites Kapitel

Papa Fittig, treu und friedlich,
Mama Fittig, sehr gemütlich,
Sitzen, Arm in Arm geschmiegt,
Sorgenlos und stillvergnügt
Kurz vor ihrem Abendschmause
Noch ein wenig vor dem Hause,
Denn der Tag war ein gelinder,
Und erwarten ihre Kinder.

Sieh, da kommen alle zwei,
Plisch und Plum sind auch dabei. –
Dies scheint aber nichts für Fittig.
Heftig ruft er: »Na, da bitt' ich!«

Doch Mama mit sanften Mienen,
»Fittig!« bat sie. »Gönn es ihnen!«

Angerichtet stand die frische
Abendmilch schon auf dem Tische.
Freudig eilen sie ins Haus;
Plisch´und Plum geschwind voraus.

Ach, da stehn sie ohne Scham
Mitten in dem süßen Rahm
Und bekunden ihr Behagen
Durch ein lautes Zungenschlagen.

Schlich, der durch das Fenster sah,
Ruft verwundert: »Ei, sieh da!

Das ist freilich ärgerlich –
Hehe! –, aber nicht für mich!«

Drittes Kapitel

Paul und Peter, ungerührt,
Grad als wäre nichts passiert,
Ruhn in ihrem Schlafgemach;
Denn was fragen sie danach.
Ein und aus durch ihre Nasen
Säuselt ein gelindes Blasen.

Plisch und Plum hingegen scheinen
Noch nicht recht mit sich im reinen

In betreff der Lagerstätte.
Schließlich gehn sie auch zu Bette.

Unser Plisch, gewohnterweise,
Dreht sich dreimal erst im Kreise.
Unser Plum dagegen zeigt
Sich zur Zärtlichkeit geneigt.
Denen, die der Ruhe pflegen,
Kommen manche ungelegen.

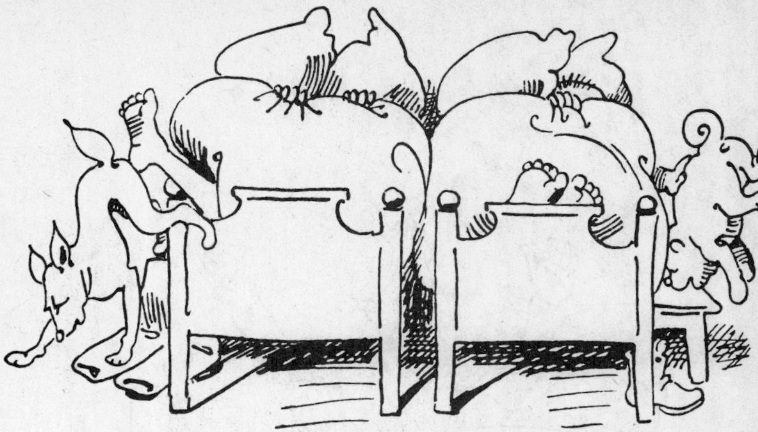

»Marsch!« – Mit diesem barschen Wort
Stößt man sie nach außen fort. –
Kühle weckt die Tätigkeit;
Tätigkeit verkürzt die Zeit.

Sehr willkommen sind dazu
Hier die Hose, da der Schuh;
Welche, eh' der Tag beginnt,

Auch bereits verändert sind.

Für den Vater, welch ein Schrecken,
Als er kam und wollte wecken.
Der Gedanke macht ihn blaß,
Wenn er fragt: Was kostet das?

Schon will er die Knaben strafen,
Welche tun, als ob sie schlafen.
Doch die Mutter fleht: »Ich bitt' dich,
Sei nicht grausam, bester Fittig!«
Diese Worte liebevoll
Schmelzen seinen Vatergroll.

Paul und Peter ist's egal.
Peter geht vorerst einmal
In zwei Schlapp-Pantoffeln los,
Paul in seiner Zackenhos.

Plisch und Plum, weil ohne Sitte,
Kommen in die Hundehütte.

»Ist fatal!« bemerkte Schlich.
»Hehe! Aber nicht für mich!«

Viertes Kapitel

Endlich fing im Drahtgehäuse
Sich die frechste aller Mäuse,
Welche Mama Fittig immer,

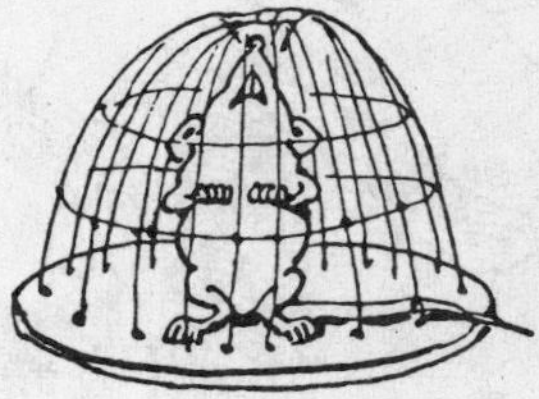

Bald im Keller, bald im Zimmer
Und besonders bei der Nacht
Fürchterlich nervös gemacht.

Dieses gibt für Plisch und Plum
Ein erwünschtes Gaudium;
Denn jetzt heißt es: »Mal heraus,
Alte, böse Knuspermaus!«

Husch! Des Peters Hosenbein,
Denkt sie, soll ihr Schutz verleihn.

Plisch verfolgt sie in das Rohr;
Plum steht anderseits davor.

Knipp! In sein Geruchsorgan
Bohrt die Maus den Nagezahn.

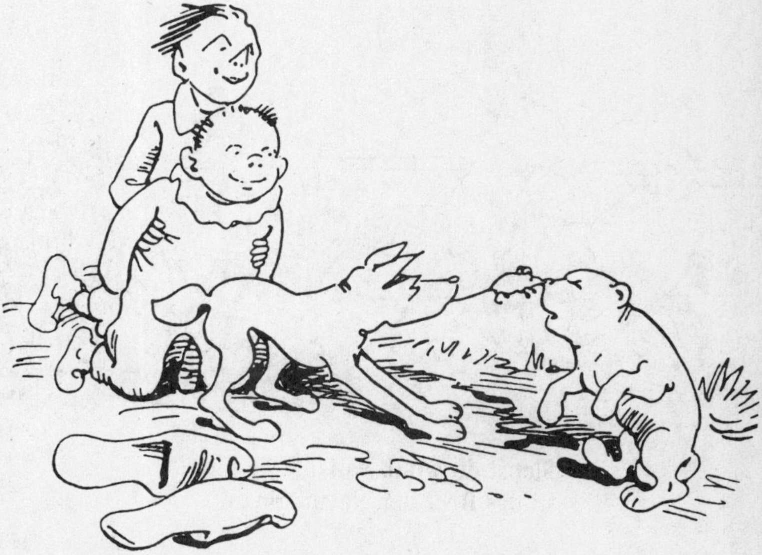

Plisch will sie am Schwanze ziehn,

Knipp! Am Ohre hat sie ihn.

Siehst du wohl, da läuft sie hin
In das Beet der Nachbarin.

Kritzekratze, wehe dir,
Du geliebte Blumenzier!

Madam Kümmel will soeben
Öl auf ihre Lampe geben.
Fast wär' ihr das Herz geknickt,
Als sie in den Garten blickt.

Sie beflügelt ihren Schritt,
Und die Kanne bringt sie mit.

Zornig, aber mit Genuß,
Gibt sie jedem einen Guß;
Erst dem Plisch und dann dem Plum.
Scharf ist das Petroleum;

Und die Wirkung, die es macht,
Hat Frau Kümmel nicht bedacht.

Aber was sich nun begibt,
Macht Frau Kümmel so betrübt,
Daß sie, wie von Wahn umfächelt,
Ihre Augen schließt und lächelt.

Mit dem Seufzerhauche: »Uh!«
Stößt ihr eine Ohnmacht zu.

Paul und Peter, frech und kühl,
Zeigen wenig Mitgefühl;
Fremder Leute Seelenschmerzen
Nehmen sie sich nicht zu Herzen.

»Ist fatal!« bemerkte Schlich.
»Hehe! Aber nicht für mich.«

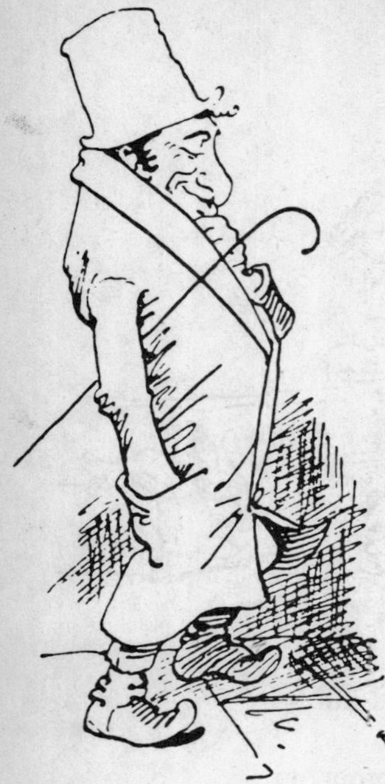

Fünftes Kapitel

Kurz die Hose, lang der Rock,
Krumm die Nase und der Stock,
Augen schwarz und Seele grau,
Hut nach hinten, Miene schlau –
So ist Schmulchen Schievelbeiner.
(Schöner ist doch unsereiner!)

Er ist grad vor Fittigs Tür;
»Rauwauwau!« erschallt es hier. –

Kaum verhallt der rauhe Ton,
So erfolgt das Weitre schon.

Und, wie schnell er sich auch dreht,
Ach, er fühlt, es ist zu spät;

Unterhalb des Rockelores
Geht sein ganze Sach kapores.

Soll ihm das noch mal passieren?
Nein, Vernunft soll triumphieren.

Schnupp! Er hat den Hut im Munde.
Staunend sehen es die Hunde,
Wie er so als Quadruped
Rückswärts nach der Türe geht.

Wo Frau Fittig nur mal eben
Sehen will, was sich begeben. –
Sanft, wie auf die Bank von Moos,

Setzt er sich in ihren Schoß.

Fittig eilte auch herbei. –
»Wai!« rief Schmul. »Ich bin entzwei!
Zahlt der Herr von Fittig nicht,
Werd' ich klagen bei's Gericht!«

Er muß zahlen. – Und von je
Tat ihm das doch gar so weh.

Auf das Knabenpaar zurück
Wirft er einen scharfen Blick,
So als ob er sagen will:

»Schämt euch nur, ich schweige still!«
Doch die kümmern sich nicht viel
Um des Vaters Mienenspiel. –

»Ist fatal«, bemerkte Schlich.
»Hehe! Aber nicht für mich!«

Sechstes Kapitel

Plisch und Plum, wie leider klar,
Sind ein niederträchtig Paar;
Niederträchtig, aber einig,
Und in letzter Hinsicht, mein' ich,

Immerhin noch zu verehren;
Doch wie lange wird es währen?
Bösewicht mit Bösewicht –
Auf die Dauer geht es nicht.

Vis-à-vis im Sonnenschein
Saß ein Hündchen hübsch und klein,
Dieser Anblick ist für beide
Eine unverhoffte Freude.

Jeder möchte vorne stehen,
Um entzückt hinaufzuspähen.

Hat sich Plisch hervorgedrängt,
Fühlt der Plum sich tief gekränkt.

Drängt nach vorne sich der Plum,
Nimmt der Plisch die Sache krumm.

Schon erhebt sich dumpfes Grollen,
Füße scharren, Augen rollen,
Und der heiße Kampf beginnt;

Plum muß laufen, Plisch gewinnt.

Mama Fittig machte grad
Pfannenkuchen und Salat,
Das bekannte Leibgericht,
Was so sehr zum Herzen spricht.

Hurr! Da kommt mit Ungestüm
Plum. und Plisch ist hinter ihm.

Schemel, Topf und Kuchenbrei
Mischt sich in die Beißerei. –
»Warte, Plisch! Du Schwerenöter!«
Damit reichte ihm der Peter

Einen wohlgezielten Hieb. –
Das ist aber Paul nicht lieb.
»Warum schlägst du meinen Köter?«
Ruft der Paul und hat den Peter.

Dieser, auch nicht angefroren,
Klatscht dem Paul um seine Ohren.

Jetzt wird's aber desperat. –
Ach, der köstliche Salat

Dient den aufgeregten Geistern,
Sich damit zu überkleistern.

Papa Fittig kommt gesprungen
Mit dem Stocke hochgeschwungen.
Mama Fittig, voller Güte,
Daß sie dies Malheur verhüte,
»Bester Fittig«, ruft sie, »faß dich!«
Dabei ist sie etwas hastig.

Ihre Haube, zart umflort,
Wird von Fittigs Stock durchbohrt.

»Hehe!« lacht der böse Schlich.
»Wie ich sehe, hat man sich!«

Wer sich freut, wenn wer betrübt,
Macht sich meistens unbeliebt.

Lästig durch die große Hitze
Ist die Pfannenkuchenmütze.

»Höchst fatal!« bemerkte Schlich.
»Aber diesmal auch für mich!«

Siebentes Kapitel

Seht, da sitzen Plisch und Plum
Voll Verdruß und machen brumm!
Denn zwei Ketten, gar nicht lang,
Hemmen ihren Tatendrang.

Und auch Fittig hat Beschwerden.
Dies – denkt er – muß anders werden!
Tugend will ermuntert sein,
Bosheit kann man schon allein!

Daher sitzen Paul und Peter
Jetzt vor Bokelmanns Katheder;
Und Magister Bokelmann
Hub, wie folgt, zu reden an:

»Geliebte Knaben, ich bin erfreut,
Daß ihr nunmehro gekommen seid,
Um, wie ich hoffe, mit allen Kräften
Augen und Ohren auf mich zu heften. –
Zum ersten: Lasset uns fleißig betreiben
Lesen, Kopf-, Tafelrechnen und Schreiben,
Alldieweil der Mensch durch sotane Künste
Zu Ehren gelanget und Brotgewinste.

Zum zweiten: Was würde das aber besagen
Ohne ein höfliches Wohlbetragen;
Denn wer nicht höflich nach allen Seiten,
Hat doch nur lauter Verdrießlichkeiten,
Darum zum Schlusse – denn sehet, so bin ich –
Bitt' ich euch dringend, inständigst und innig,
Habt ihr beschlossen in eurem Gemüte,
Meiner Lehre zu folgen in aller Güte,
So reichet die Hände und blicket mich an
Und sprechet: Jawohl, Herr Bokelmann!«

Paul und Peter denken froh:
Alter Junge, bist du so?
Keine Antwort geben sie,
Sondern machen bloß hihi!
Worauf er, der leise pfiff,
Wiederum das Wort ergriff.

»Dieweil ihr denn gesonnen«, so spricht er,
»Euch zu verhärten als Bösewichter,
So bin ich gesonnen, euch dahingegen
Allhier mal über das Pult zu legen,
Um solchermaßen mit einigen Streichen
Die harten Gemüter euch zu erweichen.«

Flugs hervor aus seinem Kleide,
Wie den Säbel aus der Scheide,

Zieht er seine harte, gute,
Schlanke, schwanke Haselrute,
Faßt mit kund'ger Hand im Nacken
Paul und Peter bei den Jacken
Und verklopft sie so vereint,
Bis es ihm genügend scheint.

»Nunmehr«, so sprach er in guter Ruh,
»Meine lieben Knaben, was sagt ihr dazu?
Seid ihr zufrieden, und wir uns einig?«
»Jawohl, Herr Bokelmann!« riefen sie schleunig.

Dies ist Bokelmanns Manier.
Daß sie gut, das sehen wir.
Jeder sagte, jeder fand:
»Paul und Peter sind charmant!«

Aber auch für Plisch und Plum
Nahte sich das Studium
Und die nötige Dressur,
Ganz wie Bockelmann verfuhr.

Bald sind beide kunstgeübt,
Daher allgemein beliebt,
Und, wie das mit Recht geschieht,
Auf die Kunst folgt der Profit.

Schluß

Zugereist in diese Gegend,
Noch viel mehr als sehr vermögend,
In der Hand das Perspektiv,
Kam ein Mister namens Pief.
»Warum soll ich nicht beim Gehen«,
Sprach er, »in die Ferne sehen?
Schön ist es auch anderswo,
Und hier bin ich sowieso.«

Hierbei aber stolpert er
In den Teich und sieht nichts mehr.

»Paul und Peter, meine Lieben,
Wo ist denn der Herr geblieben?«
Fragte Fittig, der mit ihnen
Hier spazierengeht im Grünen.

Doch wo der geblieben war,
Wird ihm ohne dieses klar.
Ohne Perspektiv und Hut
Steigt er ruhig aus der Flut.

»Allez, Plisch und Plum, apport!«
Tönte das Kommandowort.
Streng gewöhnt an das Parieren,
Tauchen sie und apportieren
Das Vermißte prompt und schnell.

Mister Pief sprach: »Weriwell!
Diese zwei gefallen mir!

Wollt ihr hundert Mark dafür?«
Drauf erwidert Papa Fittig
Ohne weiters: »Ei, da bitt' ich.«
Er fühlt sich wie neu gestärkt,
Als er soviel Geld bemerkt.

»Also, Plisch und Plum, ihr beiden,
Lebet wohl, wir müssen scheiden,
Ach, von dieser Stelle hier,
Wo vor einem Jahr wir vier
In so schmerzlich süßer Stunde
Uns vereint zum schönen Bunde;
Lebt vergnügt und ohne Not,
Beefsteak sei euer täglich Brot!«

Schlich, der auch herbeigekommen,
Hat dies alles wahrgenommen.
Fremdes Glück ist ihm zu schwer.
»Recht erfreulich!« murmelt er.
»Aber leider nicht für mich!«

Plötzlich fühlt er einen Stich,
Kriegt vor Neid den Seelenkrampf,
Macht geschwind noch etwas Dampf,

Fällt ins Wasser, daß es zischt,
Und der Lebensdocht erlischt. –

Einst belebt von seinem Hauche,
Jetzt mit spärlich mattem Rauche
Glimmt die Pfeife noch so weiter

Und verzehrt die letzten Kräuter.
Noch ein Wölkchen blau und kraus. -
Phüt! ist die Geschichte

Kritik des Herzens

(Auswahl)

Es wohnen die hohen Gedanken
In einem hohen Haus.
Ich klopfte, doch immer hieß es:
»Die Herrschaft fuhr eben aus!«

Nun klopf' ich ganz bescheiden
Bei kleineren Leuten an.
Ein Stückel Brot, ein Groschen
Ernähren auch ihren Mann.

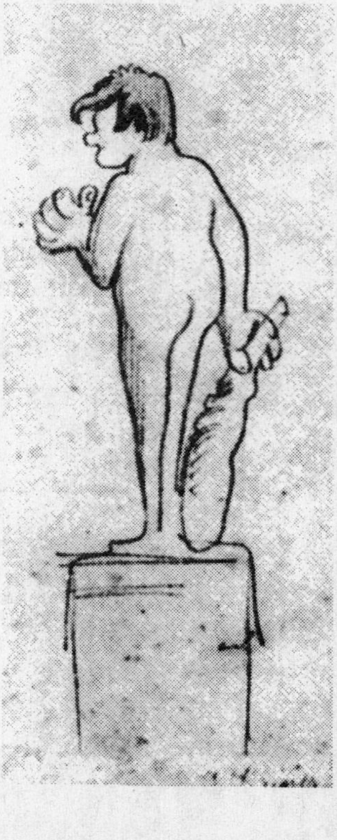

Sei ein braver Biedermann,
Fange tüchtig an zu loben!
Und du wirst von uns sodann
Gerne mit emporgehoben.

Wie, du ziehst ein schiefes Maul?
Willst nicht, daß dich andre adeln?
Na, denn sei mir nur nicht faul
Und verlege dich aufs Tadeln.

Gelt, das ist ein Hochgenuß,
Schwebst du so mit Wohlgefallen
Als ein sel'ger Kritikus
Hocherhaben über allen.

Die Selbstkritik hat viel für sich.
Gesetzt den Fall, ich tadle mich;
So hab' ich erstens den Gewinn,
Daß ich so hübsch bescheiden bin;
Zum zweiten denken sich die Leut,
Der Mann ist lauter Redlichkeit;
Auch schnapp' ich drittens diesen Bissen
Vorweg den andern Kritiküssen;
Und viertens hoff' ich außerdem
Auf Widerspruch, der mir genehm.
So kommt es denn zuletzt heraus,
Daß ich ein ganz famoses Haus.

Es kam ein Lump mir in die Quer
Und hielt den alten Felbel her.
Obschon er noch gesund und stark,
Warf ich ihm dennoch eine Mark
Recht freundlich in den Hut hinein.
Der Kerl schien Philosoph zu sein.
Er sprach mit ernstem Bocksgesicht:
»Mein Herr, Sie sehn, ich danke nicht.
Das Danken bin ich nicht gewohnt.
Ich nehme an, Sie sind gescheit
Und fühlen sich genug belohnt
Durch Ihre Eitelkeit.«

Er stellt sich vor sein Spiegelglas
Und arrangiert noch dies und das.
Er dreht hinaus des Bartes Spitzen,
Sieht zu, wie seine Ringe blitzen,
Probiert auch mal, wie sich das macht,
Wenn er so herzgewinnend lacht,
Übt seines Auges Zauberkraft,
Legt die Krawatte musterhaft,
Wirft einen süßen Scheideblick
Auf sein geliebtes Bild zurück,

Geht dann hinaus zur Promenade,
Umschwebt vom Dufte der Pomade,
Und ärgert sich, als wie ein Stint,
Daß andre Leute eitel sind.

Es sitzt ein Vogel auf dem Leim,
Er flattert sehr und kann nicht heim.
Ein schwarzer Kater schleicht herzu,
Die Krallen scharf, die Augen gluh.
Am Baum hinauf und immer höher
Kommt er dem armen Vogel näher.
Der Vogel denkt: Weil das so ist
Und weil mich doch der Kater frißt,
So will ich keine Zeit verlieren,
Will noch ein wenig quinquilieren
Und lustig pfeifen wie zuvor.
Der Vogel, scheint mir, hat Humor.

Sie hat nichts und du desgleichen;
Dennoch wollt ihr, wie ich sehe,
Zu dem Bund der heil'gen Ehe
Euch bereits die Hände reichen.

Kinder, seid ihr denn bei Sinnen?
Überlegt euch das Kapitel!
Ohne die gehör'gen Mittel
Soll man keinen Krieg beginnen.

Ach, ich fühl' es! Keine Tugend
Ist so recht nach meinem Sinn;
Stets befind' ich mich am wohlsten,
Wenn ich damit fertig bin.

Dahingegen so ein Laster,
Ja, das macht mir viel Pläsier;
Und ich hab' die hübschen Sachen
Lieber vor als hinter mir.

Hoch verehr' ich ohne Frage
Dieses gute Frauenzimmer.
Seit dem segensreichen Tage,
Da ich sie zuerst erblickt',
Hat mich immer hoch entzückt
Ihre rosenfrische Jugend,
Ihre Sittsamkeit und Tugend
Und die herrlichen Talente.
Aber dennoch denk' ich immer,
Daß es auch nicht schaden könnte,
Wäre sie ein bissel schlimmer.

Die Tante winkt, die Tante lacht:
»He, Fritz, komm mal herein!
Sieh, welch ein hübsches Brüderlein
Der gute Storch in letzter Nacht
Ganz heimlich der Mama gebracht.
Ei ja, das wird dich freun!«
Der Fritz, der sagte kurz und grob:
»Ich hol' 'n dicken Stein
Und schmeiß' ihn an den Kopp!«

Gerne wollt ihr Gutes gönnen
Unserm Goethe, unserm Schiller,
Nur nicht Meier oder Müller,
Die noch selber lieben können.

Denn durch eure Männerleiber
Geht ein Konkurrenzgetriebe;
Sei es Ehre, sei es Liebe;
Doch dahinter stecken Weiber.

Es sprach der Fritz zu dem Papa:
»Was sie nur wieder hat?
Noch gestern sagte mir Mama:
›Du fährst mit in die Stadt.‹
Ich hatte mich schon so gefreut
Und war so voll Pläsier.
Nun soll ich doch nicht mit, denn heut,
Da heißt es: ›Fritz bleibt hier!‹ ‹

Der Vater saß am Sorgensitz.
Er sagte ernst und still:
»Trau Langhals nicht, mein lieber Fritz,
Der hustet, wann er will!«

Gestern war in meiner Mütze
Mir mal wieder was nicht recht;
Die Natur schien mir nichts nütze
Und der Mensch erbärmlich schlecht.

Meine Ehgemahlin hab' ich
Ganz gehörig angeblärrt,
Drauf aus purem Zorn begab ich
Mich ins Symphoniekonzert.

Doch auch dies war nicht so labend,
Wie ich eigentlich gedacht,
Weil man da den ganzen Abend
Wieder mal Musik gemacht.

Zwischen diesen zwei gescheiten
Mädchen, Anna und Dorette,
Ist zu allen Tageszeiten
Doch ein ewiges Gekrette.

Noch dazu um Kleinigkeiten –
Gestern gingen sie zu Bette,
Und sie fingen an zu streiten,
Wer die dicksten Waden hätte.

Früher, da ich unerfahren
Und bescheidner war als heute,
Hatten meine höchste Achtung
Andre Leute.

Später traf ich auf der Weide
Außer mir noch mehre Kälber,
Und nun schätz' ich, sozusagen,
Erst mich selber.

Du fragtest mich früher nach mancherlei.
Ich sagte dir alles frank und frei.
Du fragtest, wann ich zu reisen gedächte,
Welch ein Geschäft ich machen möchte.
Ich sagte dir offen: »Dann und dann.«
Ich gab dir meine Pläne an.
Oft hat die Reise mir nicht gepaßt;
Dann nanntest du mich ’n Quirlequast.
Oft ging’s mit dem Geschäfte krumm;
Dann wußtest du längst, es wäre dumm.
Oft kamst du mir auch mit List zuvor;
Dann schien ich mir selber ein rechter Tor.
Nun hab’ ich, weil mich dieses gequält,
Mir einen hübschen Ausweg erwählt.
Ich rede, wenn ich reden soll,
Und lüge dir die Jacke voll.

Vor Jahren waren wir mal entzweit
Und taten uns manches zum Torte;
Wir sagten uns beide zu jener Zeit
Viel bitterböse Worte.

Drauf haben wir uns ineinander geschickt;
Wir schlossen Frieden und haben
Die bitterbösen Worte erstickt
Und fest und tief begraben.

Jetzt ist es wirklich recht fatal,
Daß wieder ein Zwist notwendig.
O weh! Die Worte von dazumal,
Die werden nun wieder lebendig.

Die kommen nun erst in offnen Streit
Und fliegen auf alle Dächer;
Nun bringen wir sie in Ewigkeit
Nicht wieder in ihre Löcher.

Die erste alte Tante sprach:
»Wir müssen nun auch dran denken,
Was wir zu ihrem Namenstag
Dem guten Sophiechen schenken.«

Drauf sprach die zweite Tante kühn:
»Ich schlage vor, wir entscheiden
Uns für ein Kleid in Erbsengrün,
Das mag Sophiechen nicht leiden.«

Der dritten Tante war das recht:
»Ja«, sprach sie, »mit gelben Ranken!
Ich weiß, sie ärgert sich nicht schlecht
Und muß sich auch noch bedanken.«

Strebst du nach des Himmels Freude
Und du weißt's nicht anzufassen,
Sieh nur, was die andern Leute
Mit Vergnügen liegenlassen.

Dicke Steine, altes Eisen
Und mit Sand gefüllte Säcke
Sind den meisten, welche reisen,
Ein entbehrliches Gepäcke.

Laß sie laufen, laß sie rennen;
Nimm, was bleibt, zu deinem Teile.
Nur, was sie dir herzlich gönnen,
Dient zu deinem ew'gen Heile.

Sehr tadelnswert ist unser Tun,
Wir sind nicht brav und bieder. –
Gesetzt den Fall, es käme nun
Die Sintflut noch mal wieder.

Das wär' ein Zappeln und Geschreck!
Wir tauchten alle unter;
Dann kröchen wir wieder aus dem Dreck
Und wären, wie sonst, recht munter.

Ich hab' in einem alten Buch gelesen
Von einem Jüngling, welcher schlimm gewesen.
Er streut sein Hab und Gut in alle Winde.
Von Lust zu Lüsten und von Sünd zu Sünde,
In tollem Drang, in schrankenlosem Streben
Spornt er sein Roß hinein ins wilde Leben,
Bis ihn ein jäher Sturz vom Felsenrand
Dahingestreckt in Sand und Sonnenbrand,
Daß Ströme Bluts aus seinem Munde dringen
Und jede Hoffnung fast erloschen ist.
»Ich aber hoffe« – sagt hier der Chronist –,
»Die Gnade leiht dem Jüngling ihre Schwingen.«

Im selben Buche hab' ich auch gelesen
Von einem Manne, der honett gewesen.
Es war ein Mann, den die Gemeinde ehrte,
Der so von sechs bis acht sein Schöppchen leerte,
Der aus Prinzip nie einem etwas borgte,
Der emsig nur für Frau und Kinder sorgte;
Dazu ein proprer Mann, der nie geflucht,
Der seine Kirche musterhaft besucht.
Kurzum, er hielt sein Rößlein stramm im Zügel
Und war, wie man so sagt, ein guter Christ.
»Ich fürchte nur« - bemerkt hier der Chronist -,
»Dem Biedermanne wachsen keine Flügel.«

Da kommt mir eben so ein Freund
Mit einem großen Zwicker.
»Ei«, ruft er, »Freundchen, wie mir scheint,
Sie werden immer dicker.

Jaja, man weiß oft selbst nicht wie,
So kommt man in die Jahre;
Pardon, mein Schatz, hier haben Sie
Schon eins, zwei graue Haare!« -

»Hinaus, verdammter Kritikus,
Sonst schmeiß' ich dich in Scherben.
Du Schlingel willst mir den Genuß
Der Gegenwart verderben!«

»Ach, wie geht's dem heil'gen Vater!
Groß und schwer sind seine Lasten,
Drum, o Joseph, trag den Gulden
In Sankt Peters Sammelkasten!«

So sprach im Seelentrauerton
Die Mutter zu dem frommen Sohn.
Der Joseph, nach empfangner Summe,

Eilt auch sogleich ums Eck herumme,
Bis er das Tor des Hauses fand,
Wo eines Bockes Bildnis stand,
Was man dahingemalt mit Fleiß
Zum Zeichen, daß hier Bockverschleiß.
Allhier in einen kühlen Hof
Setzt sich der Joseph hin und soff.
Und aß dazu, je nach Bedarf,
Die gute Wurst, den Radi scharf,
Bis er, was gar nicht lange währt,
Sankt Peters Gulden aufgezehrt.
Nun wird's ihm trauriglich zu Sinn
Und stille singt er vor sich hin:

»Ach der Tugend schöne Werke,
Gerne möcht' ich sie erwischen,
Doch ich merke, doch ich merke,
Immer kommt mir was dazwischen.«

Wie schad, daß ich kein Pfaffe bin.
Das wäre so mein Fach.
Ich bummelte durchs Leben hin
Und dächt' nicht weiter nach.

Mich plagte nicht des Grübelns Qual,
Der dumme Seelenzwist,
Ich wüßte ein für allemal,
Was an der Sache ist.

Und weil mich denn kein Teufel stört,
So schlief' ich recht gesund,
Wär' wohlgenährt und hochverehrt
Und würde kugelrund.

Käm' dann die böse Fastenzeit,
So wär' ich fest dabei,
Bis ich mich elend abkasteit
Mit Lachs und Hühnerei.

Und dich, du süßes Mägdelein,
Das gern zur Beichte geht,
Dich nähm' ich dann so ganz allein
Gehörig ins Gebet.

Ich kam in diese Welt herein,
Mich baß zu amüsieren,
Ich wollte gern was Rechtes sein
Und mußte mich immer genieren.
Oft war ich hoffnungsvoll und froh,
Und später kam es doch nicht so.

Nun lauf' ich manchen Donnerstag
Hienieden schon herummer,
Wie ich mich drehn und wenden mag,
's ist immer der alte Kummer.
Bald klopft vor Schmerz und bald vor Lust
Das rote Ding in meiner Brust.

Laß doch das ew'ge Fragen,
Verehrter alter Freund.
Ich will von selbst schon sagen,
Was mir vonnöten scheint.

Du sagst vielleicht dagegen:
»Man fragt doch wohl einmal.«
Gewiß! Nur allerwegen
Ist mir's nicht ganz egal.

Bei deinem Fragestellen
Hat eines mich frappiert:
Du fragst so gern nach Fällen,
Wobei ich mich blamiert.

Sie stritten sich beim Wein herum,
Was das nun wieder wäre;
Das mit dem Darwin wär' gar zu dumm
Und wider die menschliche Ehre.

Sie tranken manchen Humpen aus,
Sie stolperten aus den Türen,
Sie grunzten vernehmlich und kamen zu Haus
Gekrochen auf allen vieren.

»Ich meine doch«, so sprach er mal,
»Die Welt ist recht pläsierlich.
Das dumme Geschwätz von Schmerz und Qual
Erscheint mir ganz ungebührlich.

Mit reinem kindlichem Gemüt
Genieß' ich, was mir beschieden,
Und durch mein ganzes Wesen zieht
Ein himmlischer Seelenfrieden.«

Kaum hat er diesen Spruch getan –
Aujau –, so schreit er kläglich.
Der alte hohle Backenzahn
Wird wieder mal unerträglich.

Es ging der fromme Herr Kaplan,
Nachdem er bereits viel Gutes getan,
In stiller Betrachtung der schönen Natur
Einst zur Erholung durch die Flur.
Und als er kam an den Waldessaum,
Da rief der Kuckuck lustig vom Baum:

»Wünsche guten Abend, Herr Kollege!«
Der Storch dagegen, nicht weit vom Wege,
Steigt in der Wiese auf und ab
Und spricht verdrießlich: »Plapperpapp
Gäb's lauter Pfaffen lobesam,
Ich wäre längst schon flügellahm.

Man sieht, daß selbst der fromme Kaplan
Nicht allen Leuten gefallen kann.

Was ist die alte Mamsell Schmöle
Für eine liebe treue Seele!
Sie spricht zu ihrer Dienerin:
»Ach, Rieke, geh Sie da nicht hin!
Was will Sie da im Goldnen Löben
Heut abend auf und nieder schweben?
Denn wedelt nicht bei Spiel und Tanz
Der Teufel fröhlich mit dem Schwanz?
Und überhaupt, was ist es nütz?
Sie quält sich ab. Sie kommt in Schwitz,
Sie geht hinaus, erkältet sich
Und hustet dann ganz fürchterlich.
Drum bleibe Sie bei mir nur lieber!
Und, Rieke, geh Sie mal hinüber
Und hole Sie von Kaufmann Fräse
Ein Viertel guten Schweizer Käse,
Und sei Sie aber jajaja
Gleich zur Minute wieder da!«
So ist die gute Mamsell Schmöle
Besorgt für Riekens Heil der Seele.
Ja später noch, in stiller Nacht,
Ist sie auf diesen Zweck bedacht
Und schleicht an Riekens Kammertür
Und schaut, ob auch die Rieke hier
Und ob sie auch in Frieden ruht
Und daß ihr ja nicht wer was tut,
Was sich nun einmal nicht gehört,
Was gottlos und beneidenswert.

Es flog einmal ein muntres Fliegel
Zu einem vollen Honigtiegel.
Da tunkt es mit Zufriedenheit
Den Rüssel in die Süßigkeit.
Nachdem es dann genug geschleckt,
Hat es die Flüglein ausgereckt
Und möchte sich nach oben schwingen.
Allein das Bein im Honigseim
Sitzt fest als wie in Vogelleim.
Nun fängt das Fliegel an zu singen:
»Ach, lieber Himmel, mach mich frei
Aus dieser süßen Sklaverei!«

Ein Freund von mir, der dieses sah,
Der seufzte tief und rief »Jaja!«

Ihr kennt ihn doch schon manches Jahr,
Wißt, was es für ein Vogel war;
Wie er in allen Gartenräumen
Herumgeflattert auf den Bäumen;
Wie er die hübschen roten Beeren,
Die andern Leuten zugehören,
Mit seinem Schnabel angepickt
Und sich ganz lasterhaft erquickt.
Nun hat sich dieser böse Näscher,
Gardinenschleicher, Mädchenhäscher,
Der manchen Biedermann gequält,
Am Ende selber noch vermählt.
Nun legt er seine Stirn in Falten,
Fängt eine Predigt an zu halten
Und möchte uns von Tugend schwatzen.
Ei, so ein alter Schlingel! Kaum
Hat er 'nen eignen Kirschenbaum,
So schimpft er auf die Spatzen.

Sie war ein Blümlein hübsch und fein,
Hell aufgeblüht im Sonnenschein.
Er war ein junger Schmetterling,
Der selig an der Blume hing.
Oft kam ein Bienlein mit Gebrumm
Und nascht' und säuselt' da herum.
Oft kroch ein Käfer kribbelkrab
Am hübschen Blümlein auf und ab.
Ach Gott, wie das dem Schmetterling
So schmerzlich durch die Seele ging.
Doch was am meisten ihn entsetzt,
Das Allerschlimmste kam zuletzt.
Ein alter Esel fraß die ganze
Von ihm so heiß geliebte Pflanze.

Ich saß vergnüglich bei dem Wein
Und schenkte eben wieder ein.
Auf einmal fuhr mir in die Zeh
Ein sonderbar pikantes Weh.

Ich schob mein Glas sogleich beiseit
Und hinkte in die Einsamkeit
Und wußte, was ich nicht gewußt:
Der Schmerz ist Herr, und Sklavin ist die Lust.

Er war ein grundgescheiter Mann,
Sehr weise und hocherfahren;
Er trug ein graumeliertes Haar,
Dieweil er schon ziemlich bei Jahren.

Er war ein abgesagter Feind
Des Lachens und des Scherzens
Und war doch der größte Narr am Hof
Der Königin seines Herzens.

Der alte Junge ist gottlob
Noch immer äußerst rührig;
Er läßt nicht nach, er tut, als ob
Wennschon die Sache schwierig.

Wie wonnig trägt er Bart und Haar,
Wie blinkt der enge Stiefel.
Und bei den Damen ist er gar
Ein rechter böser Schliefel.

Beschließt er dann des Tages Lauf
So darf er sich verpusten,
Setzt seine Zipfelkappe auf
Und muß ganz schrecklich husten.

Das Bild des Manns in nackter Jugendkraft,
So stolz in Ruhe und bewegt so edel,
Wohl ist's ein Anblick, der Bewundrung schafft;
Drum Licht herbei! Und merke dir's, o Schädel

Jedoch ein Weib, ein unverhülltes Weib –
Da wird dir's doch ganz anders, alter Junge.
Bewundrung zieht sich durch den ganzen Leib
Und greift mit Wonneschreck an Herz und Lunge.

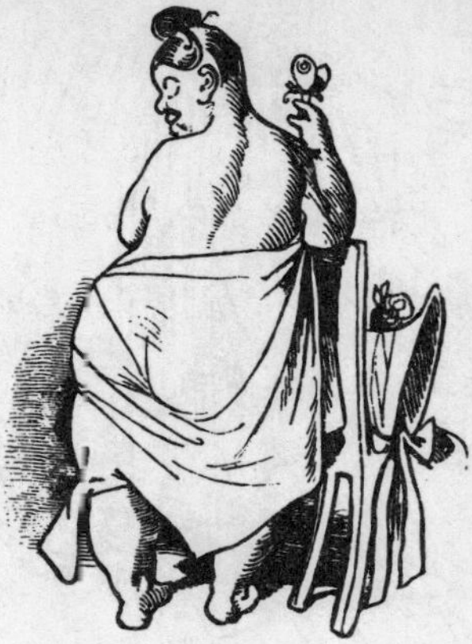

Und plötzlich jagt das losgelaßne Blut
Durch alle Gassen wie die Feuerreiter.
Der ganze Kerl ist eine helle Glut;
Er sieht nichts mehr und tappt nur noch so weiter.

Wärst du wirklich so ein rechter
Und wahrhaftiger Asket,
So ein Welt- und Kostverächter,
Der bis an die Wurzel geht;

Dem des Goldes freundlich Blinken,
Dem die Liebe eine Last,
Der das Essen und das Trinken,
Der des Ruhmes Kränze haßt –

Das Gekratze und Gejucke,
Aller Jammer hörte auf;
Kracks! Mit einem einz'gen Rucke
Hemmtest du den Weltenlauf.

Wenn alles sitzenbliebe,
Was wir in Haß und Liebe
So voneinander schwatzen;
Wenn Lügen Haare wären,
Wir wären rauh wie Bären
Und hätten keine Glatzen.

Seid mir nur nicht gar so traurig,
Daß die schöne Zeit entflieht,
Daß die Welle kühl und schaurig
Uns in ihre Wirbel zieht;

Daß des Herzens süße Regung,
Daß der Liebe Hochgenuß,
Jene himmlische Bewegung,
Sich zur Ruh begeben muß.

Laßt uns lieben, singen, trinken,
Und wir pfeifen auf die Zeit;
Selbst ein leises Augenwinken
Zuckt durch alle Ewigkeit.

Und wieder ist die Zeit vergangen.
Hohl ist der Zahn und ernst der Sinn.
Nun kommt die zweite und wichtige Frage:
»Wo gehen die alten Leute hin?«

Madame, ich habe mal vernommen,
Ich weiß nicht mehr so recht, von wem:
Die praktische Lösung dieser Frage
Sei eigentlich recht unbequem.

Wenn ich dereinst ganz alt und schwach,
Und 's ist mal ein milder Sommertag,
So hink' ich wohl aus dem kleinen Haus
Bis unter den Lindenbaum hinaus.
Da setz' ich mich denn im Sonnenschein
Einsam und still auf die Bank von Stein,
Und schreibe mit meiner alten Krücke
Und mit der alten zitternden Hand

So vor mir in den Sand.

Wirklich, er war unentbehrlich!
Überall, wo was geschah
Zu dem Wohle der Gemeinde,
Er war tätig, er war da.

Schützenfest, Kasinobälle,
Pferderennen, Preisgericht,
Liedertafel, Spritzenprobe,
Ohne ihn, da ging es nicht.

Ohne ihn war nichts zu machen,
Keine Stunde hatt' er frei.
Gestern, als sie ihn begruben,
War er richtig auch dabei.

Zu guter Letzt

(Auswahl)

Geschmacksache

Dies für den und das für jenen.
Viele Tische sind gedeckt.
Keine Zunge soll verhöhnen,
Was der andern Zunge schmeckt.

Lasse jedem seine Freuden,
Gönn ihm, daß er sich erquickt,
Wenn er sittsam und bescheiden
Auf den eignen Teller blickt.

Wenn jedoch bei deinem Tisch er
Unverschämt dich neckt und stört,
Dann so gib ihm einen Wischer,
Daß er merkt, was sich gehört.

Durchweg lebendig

Nirgend sitzen tote Gäste.
Allerorten lebt die Kraft.
Ist nicht selbst der Fels, der feste,
Eine Kraftgenossenschaft?

Durch und durch aus Eigenheiten,
So und so zu sein bestrebt,
Die sich lieben, die sich streiten
Wird die bunte Welt gewebt?

Hier gelingt es, da mißglückt es.
Wünsche finden keine Rast.
Unterdrücker, Unterdrücktes,
Jedes Ding hat seine Last.

Beschränkt

Halt dein Rößlein nur im Zügel,
Kommst ja doch nicht allzu weit.
Hinter jedem neuen Hügel
Dehnt sich die Unendlichkeit.

Nenne niemand dumm und säumig,
Der das Nächste recht bedenkt.
Ach, die Welt ist so geräumig,
Und der Kopf ist so beschränkt!

Die Affen

Der Bauer sprach zu seinem Jungen:
»Heut in der Stadt, da wirst du gaffen.
Wir fahren hin und sehn die Affen.
Es ist gelungen
Und um sich schiefzulachen,
Was die für Streiche machen
Und für Gesichter,

Wie rechte Bösewichter.
Sie krauen sich,

Sie zausen sich,
Sie hauen sich,
Sie lausen sich,
Beschnuppern dies, beknuppern das,
Und keiner gönnt dem andern was,
Und essen tun sie mit der Hand,
Und alles tun sie mit Verstand,
Und jeder stiehlt als wie ein Rabe.
Paß auf, das siehst du heute.« –

»O Vater«, rief der Knabe,
»Sind Affen denn auch Leute?« –

Der Vater sprach: »Nun ja,
Nicht ganz, doch so beinah.«

Die Schändliche

Sie ist ein reizendes Geschöpfchen,
Mit allen Wassern wohl gewaschen;
Sie kennt die süßen Sündentöpfchen
Und liebt es, häufig draus zu naschen.

Da bleibt den sittlich Hochgestellten
Nichts weiter übrig, als mit Freuden
Auf diese Schandperson zu schelten
Und sie mit Schmerzen zu beneiden.

Bewaffneter Friede

Ganz unverhofft, an einem Hügel,
Sind sich begegnet Fuchs und Igel.
»Halt«, rief der Fuchs, »du Bösewicht!
Kennst du des Königs Ordre nicht?

Ist nicht der Friede längst verkündigt,
Und weißt du nicht, daß jeder sündigt,
Der immer noch gerüstet geht? –
Im Namen Seiner Majestät,
Geh her und übergib dein Fell!«
Der Igel sprach: »Nur nicht so schnell!
Laß dir erst deine Zähne brechen,
Dann wollen wir uns weitersprechen.«
Und alsogleich macht er sich rund,
Schließt seinen dichten Stachelbund
Und trotzt getrost der ganzen Welt,
Bewaffnet, doch als Friedensheld.

Strebsam

Mein Sohn, du hast allhier auf Erden
Dir vorgenommen, was zu werden,
Sei nicht zu keck;
Und denkst du, sei ein stiller Denker!

Nicht leicht befördert wird der Stänker.
Mit Demut salbe deinen Rücken,
Voll Ehrfurcht hast du dich zu bücken,
Mußt heucheln, schmeicheln, muß dich fügen,
Denn selbstverständlich nur durch Lügen
Kommst du vom Fleck.
Oh, tu's mit Eifer, tu's geduldig,

Bedenk, was du dir selber schuldig!
Das Gönnerherz wird sich erweichen,
Und wohl verdient wirst du erreichen
Den guten Zweck.

Wie üblich

Suche nicht apart zu scheinen,
Wandle auf betretnen Wegen.
Meinst du, was die andern meinen,
Kommt man freundlich dir entgegen.

Mancher, auf dem Seitensteige,
Hat sich im Gebüsch verloren,
Und da schlugen ihm die Zweige
Links und rechts um seine Ohren.

Gut und Böse

Tugend will, man soll sie holen,
Ungern ist sie gegenwärtig;
Laster ist auch unbefohlen
Dienstbereit und fix und fertig.

»Gute Tiere«, spricht der Weise,
»Mußt du züchten, mußt du kaufen,
Doch die Ratten und die Mäuse
Kommen ganz von selbst gelaufen.«

Nicht artig

Man ist ja von Natur kein Engel,
Vielmehr ein Welt- und Menschenkind.
Und ringsumher ist ein Gedrängel
Von solchen, die dasselbe sind.

In diesem Reich geborner Flegel,
Wer könnte sich des Lebens freun,
Würd' es versäumt, schon früh die Regel
Der Rücksicht kräftig einzubleun.

Es saust der Stock, es schwirrt die Rute.
Du darfst nicht zeigen, was du bist.
Wie schad, o Mensch, daß dir das Gute
Im Grunde so zuwider ist!

Reue

Die Tugend will nicht immer passen.
Im ganzen läßt sie etwas kalt,
Und daß man eine unterlassen,
Vergißt man bald.

Doch schmerzlich denkt manch alter Knaster,
Der von vergangnen Zeiten träumt,
An die Gelegenheit zum Laster,
Die er versäumt.

Pst

Es gibt ja leider Sachen und Geschichten,
Die reizend und pikant,
Nur werden sie von Tanten und von Nichten
Niemals genannt.

Verehrter Freund, so sei denn nicht vermessen,
Sei zart und schweig auch du!
Bedenk: Man liebt den Käse wohl – indessen,
Man deckt ihn zu.

Kopf und Herz

Wie es scheint, ist die Moral
Nicht so bald beleidigt,
Während Schlauheit allemal
Wütend sich verteidigt.

Nenn den Schlingel liederlich,
Leicht wird er's verdauen;
Nenn ihn dumm, so wird er dich,
Wenn er kann, verhauen.

Befriedigt

Gehorchen wird jeder mit Genuß
Den Frauen, den hochgeschätzten,
Hingegen machen uns meist Verdruß
Die sonstigen Vorgesetzten.

Nur wenn ein kleines Mißgeschick
Betrifft den Treiber und Leiter,
Dann fühlt man für den Augenblick
Sich sehr befriedigt und heiter.

Als neulich am Sonntag der Herr Pastor
Eine peinliche Pause machte,
Weil er den Faden der Rede verlor,
Da duckt' sich der Küster und lachte.

Daneben

Stoffel hackte mit dem Beile.
Dabei tat er sich sehr wehe,
Denn er traf in aller Eile
Ganz genau die große Zehe.

Ohne jedes Schmerzgewimmer,
Nur mit Ruh, mit einer festen,
Sprach er: »Ja, ich sag' es immer,
Nebenzu trifft man am besten.«

Gemartert

Ein gutes Tier
Ist das Klavier,
Still, friedlich und bescheiden,
Und muß dabei
Doch vielerlei
Erdulden und erleiden.

Der Virtuos
Stürzt darauf los
Mit hochgesträubter Mähne.
Er öffnet ihm
Voll Ungestüm
Den Leib gleich der Hyäne.

Und rasend wild,
Das Herz erfüllt
Von mörderlicher Freude,
Durchwühlt er dann,
Soweit er kann,
Des Opfers Eingeweide.

Wie es da schrie,
Das arme Vieh,
Und unter Angstgewimmer
Bald hoch, bald tief
Um Hilfe rief,
Vergess' ich nie und nimmer.

Die Unbeliebte

»Habt ihr denn wirklich keinen Schimmer
Von Angst, daß ihr noch ruhig schlaft?
Wird denn in dieser Welt nicht immer
Das Leben mit dem Tod bestraft?

Ihr lebt vergnügt trotz dem Verhängnis,
Das näher stets und näher zieht.
So stiehlt der Dieb, dem das Gefängnis
Und später gar der Galgen blüht.«

»Hör auf«, entgegnet frech die Jugend,
»Du altes Jammerinstrument!
Man merkt es gleich, du bist die Tugend,
Die keinem sein Vergnügen gönnt.«

Verstand und Leidenschaft

Es ist ein recht beliebter Bau.
Wer wollte ihn nicht loben?
Drin wohnt ein Mann mit seiner Frau,
Sie unten und er oben.

Er, als ein schlaugewiegter Mann,
Hält viel auf weise Lehren,
Sie, ungestüm und drauf und dran,
Tut das, was ihr Begehren.

Sie läßt ihn reden und begeht,
Blind, wie sie ist, viel Wüstes,
Und bringt sie das in Schwulität:
»Na«, sagt er kühl, »da siehst es.«

Vereinen sich jedoch die zwei
Zu traulichem Verbande,
Dann kommt die schönste Lumperei
Hübsch regelrecht zustande.

So geht's in diesem Hause her.
Man möchte fast erschrecken.
Auch ist's beweglich, aber mehr
Noch als das Haus der Schnecken.

Der alte Narr

Ein Künstler auf dem hohen Seil,
Der alt geworden mittlerweil,
Stieg eines Tages vom Gerüst
Und sprach: Nun will ich unten bleiben
Und nur noch Hausgymnastik treiben,
Was zur Verdauung nötig ist.
Da riefen alle: »O wie schad!
Der Meister scheint doch allnachgrad
Zu schwach und steif zum Seilbesteigen!«
Ha! denkt er. Dieses wird sich zeigen.

Und richtig, eh der Markt geschlossen,
Treibt er aufs neu die alten Possen
Hoch in die Luft, und zwar mit Glück,
Bis auf ein kleines Mißgeschick.
Er fiel herab in großer Eile
Und knickte sich die Wirbelsäule.
»Der alte Narr! Jetzt bleibt er krumm!«
So äußert sich das Publikum.

Höchste Instanz

Was er liebt, ist keinem fraglich;
Triumphierend und behaglich
Nimmt es seine Seele ein
Und befiehlt: »So soll es sein.«
Suche nie, wo dies geschehen,
Widersprechend vorzugehen,
Sintemalen im Gemüt
Schon die höchste Macht entschied.
Ungestört in ihren Lauben
Laß die Liebe, laß den Glauben,
Der, wenn man es recht ermißt,
Auch nur lauter Liebe ist.

Der Narr

Er war nicht begabt. Die Geisteskräfte
Genügten für die laufenden Geschäfte.
Nur hatt' er die Marotte,
Er sei der Papst. Dies sagt' er oft und gern,
Für jedermann zum Ärgernis und Spotte,
Bis sie zuletzt ins Narrenhaus ihn sperrn.
Ein guter Freund, der ihn daselbst besuchte,
Fand ihn höchst aufgeregt. Er fluchte:
»Zum Kuckuck, das ist doch zu dumm.
Ich soll ein Narr sein und weiß nicht warum.«

»Ja«, sprach der Freund, »so sind die Leute.
Man hat an einem Papst genug.
Du bist der zweite.
Das eben kann man nicht vertragen.
Hör zu, ich will dir mal was sagen:
Wer schweigt, ist klug.«
Der Narr verstummt, als ob er überlege.
Der gute Freund ging leise seiner Wege.
Und schau, nach vierzehn Tagen grade,
Da traf er ihn schon auf der Promenade.
»Ei«, rief der Freund, »wo kommst du her?
Bist du denn jetzt der Papst nicht mehr?«
»Freund«, sprach der Narr und lächelt schlau,
»Du scheinst zur Neugier sehr geneigt.
Das, was wir sind, weiß ich genau.
Wir alle haben unsern Sparren,
Doch sagen tun es nur die Narren.
Der Weise schweigt.«

Der Knoten

Als ich in den Jugendtagen
Noch ohne Grübelei,
Da meint' ich mit Behagen,
Mein Denken wäre frei.

Seitdem hab' ich die Stirne
Oft auf die Hand gestützt
Und fand, daß im Gehirne
Ein harter Knoten sitzt.

Mein Stolz, der wurde kleiner.
Ich merkte mit Verdruß:
Es kann doch unsereiner
Nur denken, wie er muß.

Ein Philosoph von ernster Art,
Der sprach und strich sich seinen Bart:
»Ich lache nie. Ich lieb' es nicht,
Mein ehrenwertes Angesicht
Durch Zähnefletschen zu entstellen
Und närrisch wie ein Hund zu bellen;
Ich lieb' es nicht, durch ein Gemecker
Zu zeigen, daß ich Witzentdecker;
Ich brauche nicht durch Wertvergleichen
Mit andern mich herauszustreichen,

Um zu ermessen, was ich bin,
Denn dieses weiß ich ohnehin.
Das Lachen will ich überlassen
Den minder hochbegabten Klassen.
Ist einer ohne Selbstvertraun
In Gegenwart von schönen Fraun,
So daß sie ihn als faden Gecken
Abfahren lassen oder necken,
Und fühlt er drob geheimen Groll
Und weiß nicht, was er sagen soll,
Dann schwebt mit Recht auf seinen Zügen
Ein unaussprechliches Vergnügen.
Und hat er Kursverlust erlitten,
Ist er moralisch ausgeglitten,
So gibt es Leute, die doch immer
Noch dümmer sind als er und schlimmer.
Und hat er etwa krumme Beine,
So gibt's noch krümmere als seine.
Und tröstet sich und lacht darüber
Und denkt: Da bin ich mir doch lieber.
Den Teufel lass' ich aus dem Spiele.

Auch sonst noch lachen ihrer viele,
Besonders jene ewig Heitern,
Die unbewußt den Mund erweitern,
Die, sozusagen, auserkoren
Zum Lachen bis an beide Ohren.
Sie freuen sich mit Weib und Kind

Schon bloß, weil sie vorhanden sind.
Ich dahingegen, der ich sitze
Auf der Betrachtung höchster Spitze,
Weit über allem Was und Wie,
Ich bin für mich und lache nie.«

Der Asket

Im Hochgebirge vor seiner Höhle
Saß der Asket;
Nur noch ein Rest von Leib und Seele
Infolge äußerster Diät.
Demütig ihm zu Füßen kniet
Ein Jüngling, der sich längst bemüht,
Des strengen Büßers strenge Lehren
Nachdenklich prüfend anzuhören.
Grad schließt der Klausner den Sermon
Und spricht: »Bekehre dich, mein Sohn!
Verlaß das böse Weltgetriebe.
Vor allem unterlaß die Liebe,
Denn grade sie erweckt aufs neue
Das Leben und mit ihm die Reue.
Da, schau mich an. Ich bin so leicht,
Fast hab' ich schon das Nichts erreicht,
Und bald verschwind' ich in das reine
Zeit-, raum- und traumlos Allundeine.«
Als so der Meister in Ekstase,
Sticht ihn ein Bienchen in die Nase.
Oh, welch ein Schrei!
Und dann das Mienenspiel dabei.
Der Jüngling stutzt und ruft: »Was seh' ich?
Wer solchermaßen leidensfähig,
Wer so gefühlvoll und empfindlich,
Der, fürcht' ich, lebt noch viel zu gründlich
Und stirbt noch nicht zum letztenmal.«
Mit diesem kühlen Wort empfahl
Der Jüngling sich und stieg hernieder
Ins tiefe Tal und kam nicht wieder.

Der Einsame

Wer einsam ist, der hat es gut,
Weil keiner da, der ihm was tut.
Ihn stört in seinem Lustrevier
Kein Tier, kein Mensch und kein Klavier,
Und niemand gibt ihm weise Lehren,
Die gut gemeint und bös zu hören.
Der Welt entronnen, geht er still
In Filzpantoffeln, wann er will.
Sogar im Schlafrock wandelt er
Bequem den ganzen Tag umher.
Er kennt kein weibliches Verbot,
Drum raucht und dampft er wie ein Schlot.
Geschützt vor fremden Späherblicken,
Kann er sich selbst die Hose flicken.
Liebt er Musik, so darf er flöten,
Um angenehm die Zeit zu töten,
Und laut und kräftig darf er prusten,
Und ohne Rücksicht darf er husten,

Und allgemach vergißt man seiner.
Nur allerhöchstens fragt mal einer:
»Was, lebt er noch? Ei Schwerenot,
Ich dachte längst, er wäre tot.«
Kurz, abgesehn vom Steuerzahlen,
Läßt sich das Glück nicht schöner malen.
Worauf denn auch der Satz beruht:
»Wer einsam ist, der hat es gut.«

Der Wiedergänger

Es fand der geizige Bauer Kniep
Im Grabe keine Ruhe.
Die Sehnsucht nach dem Gelde trieb
Ihn wieder zu seiner Truhe.

Die Erben wollten diesen Gast
Im Haus durchaus nicht haben,
Weil ihnen der Verkehr verhaßt
Mit einem, der schon begraben.

Sie dachten, vor Drudenfuß und Kreuz
Ergebenst verschwinden sollt' er.
Er aber vollführte seinerseits
Nur um so mehr Gepolter.

Zum Glück kam gerade zugereist
Ein Meister, der vieles erkundet.
Der hat gar schlau den bösen Geist
In einem Faß verspundet.

Hernach

Prosaischer Kauz

Der holde Mond erhebt sich leise.
Ein alter Kauz denkt nur an Mäuse.

Rast im Walde

Es hielten mal Wandrer
Im Walde Ruh,

Da kamen zwei Häslein
Und schauten zu.

Osterhas

Es ist das Osterfest alljährlich
Doch für den Hasen recht beschwerlich.

Maitanz

Fritz Heuschreck spielte Schrippdiddellitt!
Auf seinem Violinchen;
Der Käferkasperl tanzte mit
Dem Schmetterlingskathrinchen.

Ständchen

Ein Ständchen in der Frühlingsnacht
Ist leicht gebracht.
Nur ist es fraglich, ob's gelingt,
Daß es zu Röschens Herzen dringt.

Kartoffelidyll

Abendkonzert

Ein Konzert von Dilettanten.
Stimmt auch grad nicht jeder Ton,
Wie bei rechten Musikanten,
Ihnen selbst gefällt es schon.

Der Verdächtige

Trau keinem Filou,
Und hätt' er auch beide Augen zu.

Der Gefällige 1

Die Grete steigt zum Hühnernest.
Der Hansel hält die Leiter fest.

Der Gefällige 2

Die Leiter bricht von dem Gewicht,
Erfreulich ist's für beide nicht.

Die Zeit 1

So ist nun mal die Zeit allhie,
Erst trägt sie dich,

Die Zeit 2

– Dann trägst du sie;

Die Zeit 3

Und wann's vorüber, weißt du nie.

Die brave Großmutter

Großmütterchen tut alles gern
Für Hänschen, ihren kleinen Herrn.

Dorfpolitiker 1

Altentheiler liest mit Ruh
In der Landeszeitung;

Friedlich grast die treue Kuh
Unter seiner Leitung.

Dorfpolitiker 2

Wenn sich zwei so einig sind
Und sich lange kennen,
Ach, wie kommt dann oft geschwind
Einer, sie zu trennen.

Dorfpolitiker 3

Daß die Trennung möglichst kurz,
Die die zwei betroffen,
Daß nicht gar zu hart der Sturz,
Nun, wir wollen's hoffen.

Überraschung 1

Stets findet Überraschung statt
Da, wo man's nicht erwartet hat;

Überraschung 2

Doch daß dieselbe überall
Grad angenehm, ist nicht der Fall.

Überraschung 3

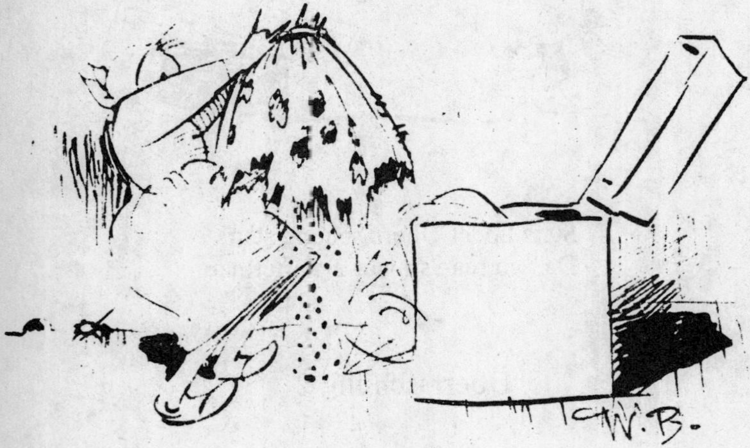

Gar oft erschreckt uns eine sehr,
Und eine andre noch viel mehr.

Die böse Ziege 1

Ein Sträußlein abgepflückt,
Damit es schmücke,

Die böse Ziege 2

Wird oft, eh' daß es schmücke,
Ein Raub der Zicke.

Eule und Star

Guten Tag, Frau Eule!
Habt Ihr Langeweile? –

Ja, eben jetzt,
So lang ihr schwätzt!

Messerschleifen

Der Vater schleift das Messer schön,
Gemütlich tut er das.
Das Hänschen muß den Schleifstein dreh'n,
Tät lieber anders was.

Schnitzeln

Schnauz

Derweil sein Herr Besuche macht,
Hält Schnauz bei Hut und Schirm die Wacht.

Künstlers Hoffnung

Armer Künstler hat es sauer,
Doch Erfolg kommt allgemach!
Zeigt sich nur erst ein Beschauer,
Folgen wohl die andern nach.

Komm, komm!

Mit Güte lockt fast überall
Die Frau ihr Schweinchen in den Stall.

Innerer Wert

Ein kluger Mann verehrt das Schwein;
Er denkt an dessen Zweck.
Von außen ist es ja nicht fein,
Doch drinnen sitzt der Speck.

Das Nilpferd

Das Nilpferd pflückt sich oft gemütlich
Ein Blümchen ab. Das macht sich niedlich!

Glück im Unglück

»Das war noch 'n Glück!«
Rief der Heuschreck. Da ließ er ein Bein zurück.

Idyll

Alter schützt vor Torheit nicht

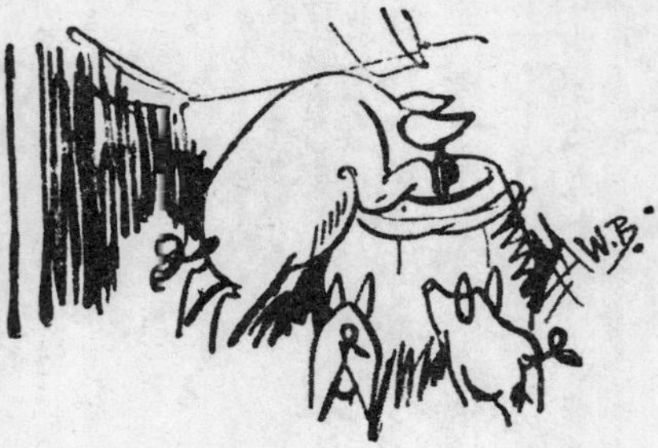

Nein sowas! Ein altes verständiges Schwein,
Und fällt kopfüber ins Faß hinein!!

Drohendes Verhängnis

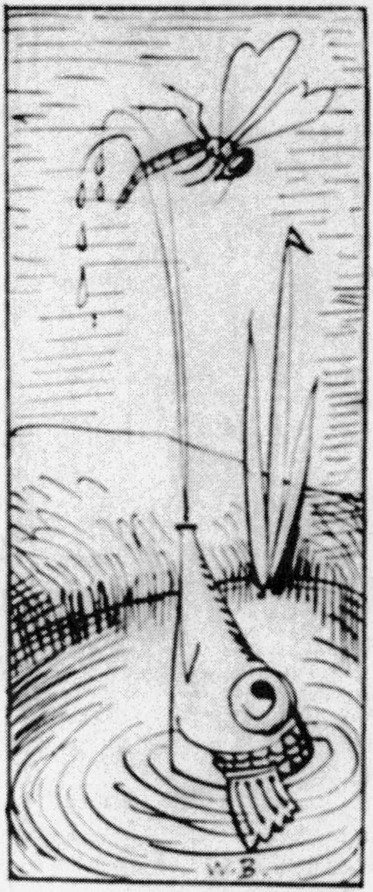

Der Spritzefisch ist ein
Gar listiger Geselle.
Gib acht und hüt' dich fein,
Leichtsinnige Libelle!!

Schnitzeln

Prosit Neujahr!

Das Schwein
Sei Dein!

Prosit Neujahr!

Geld laßt von Herzen allen uns gönnen,
So viel die Esel nur tragen können.

Prosit Neujahr!

Da steht und kräht er.
Vielleicht gerät er.

Prosit Neujahr!

Das alte Jahr gar schnell entwich.
Es konnt sich kaum gedulden,
Und ließ mit Freuden hinter sich
Den dicken Sack voll Schulden.

Nachhilfe

Dem Esel, störrisch im Geschäfte,
Verleiht der Knittel neue Kräfte.

Drohendes Verhängnis

Es machen sich die Fliegen
Ein lustig Tanzvergnügen.
Der Frosch, der denkt: Nur munter!
Ihr kommt schon noch herunter!

Zerstörte Hoffnung

Mutter und Sohn mit frohem Gesichte
Gingen zu Markt. - Es sind die Eier
Heuer hübsch teuer,
Das Stück zwei Dreier. -
Perdatsch! Da liegt die ganze Geschichte!

Gefahr im Verzuge

Wenn das Rhinozeros, das schlimme,
Dich kriegen will in seinem Grimme,
Dann steig auf einen Baum beizeiten,
Sonst hast du Unannehmlichkeiten.

Kühlung

Es ging Professor Schretter
Ins Feld bei heißem Wetter.

Er bückt sich tief, auf daß er
Mal tränke, übers Wasser.

Da kam die Geiß, und bubbs!
Gibt sie ihm einen Schubbs.

Und wer es sieht, der fühlt:
Jetzt ist er abgekühlt.

Schnitzeln

Ein Muster der Schnelligkeit

Die Panzerkröte sprach zur Schnecke:
Pfui! Schäme dich!
Du kommst ja gar nicht recht vom Flecke!
Da sieh mal mich!!

Unverhofft

Der Negerknabe ging so still
Am Nil dahin. Plötzlich erblickt er
Ein unverhofftes Krokodil.
Oh, wie erschrickt er!!

Der fliegende Frosch 1

Wenn einer, der mit Mühe kaum
Gekrochen ist auf einen Baum,

Der fliegende Frosch 2

Schon meint, daß er ein Vogel wär,

Der fliegende Frosch 3

So irrt sich der.

Der unverschämte Igel 1

In einem Baumstamm, unten hohl,
Da sitzt der Has und fühlt sich wohl.
Ein Igel, dem der Ort gefiel,
Möcht auch hinein, weil's draußen kühl.

Der Hase, voller Gütigkeit,
Macht höflich Platz und rückt beiseit.
Doch kaum ist er beiseit gerückt,
Fühlt er bereits, daß ihn was prickt.

Der unverschämte Igel 2

Und plötzlich so geprickelt hat's,
Er muß heraus mit einem Satz.
Oh, unverschämtes Stacheltier!
Aha, der Fuchs ist auch schon hier.

Zwar gleich macht sich der Igel dick
Und zieht sich in sich selbst zurück.
Der Fuchs, der gern den Igel frißt,
Weiß aber, was zu machen ist.

Der unverschämte Igel 3

Und weiß, wie man ihn fassen kann,
Und schüttelt und verzehrt ihn dann.
Hier liegt die Haut, ganz hohl und leer.
Den Hasen, scheint's, erfreut es sehr.

Doch innerlich, so wie man sieht,
Ging ihm die Sache zu Gemüt.
Gottlob, nun sitzt der gute Has
Gemütlich wieder, wo er saß.

Gestörtes Duett 1

Melodisch sangen Katz und Kater
Ihr zärtlich Lied des Abends spät.
Den Stock ergreift des Hauses Vater,
Die Mutter nimmt das Waschgerät.

Gestörtes Duett 2

Die sanften Liebestöne schwiegen;
Es zischt und kracht im Treppenhaus.
Der Vater purzelt von der Stiegen,
Die Mutter gießt die Schale aus.

Schein und Sein

(Auswahl)

Mein Kind, es sind allhier die Dinge,
Gleichviel, ob große, ob geringe,
Im wesentlichen so verpackt,
Daß man sie nicht wie Nüsse knackt.

Wie wolltest du dich unterwinden,
Kurzweg die Menschen zu ergründen.
Du kennst sie nur von außenwärts.
Du siehst die Weste, nicht das Herz.

Woher, wohin?

Wo sich Ewigkeiten dehnen,
Hören die Gedanken auf,
Nur der Herzen frommes Sehnen
Ahnt, was ohne Zeitenlauf.

Wo wir waren, wo wir bleiben,
Sagt kein kluges Menschenwort;
Doch die Grübelgeister schreiben:
»Bist du weg, so bleibe fort.«

Laß dich nicht aufs neu gelüsten.
Was geschah, es wird geschehn.
Ewig an des Lebens Küsten
Wirst du scheiternd untergehn.

Doppelte Freude

Ein Herr warf einem Bettelmann
Fünf Groschen in den Felber.
Das tat dem andern wohl, und dann
Tat es auch wohl ihm selber.

Der eine, weil er gar so gut,
Kann sich von Herzen loben;
Der andre trinkt sich frischen Mut
Und fühlt sich auch gehoben.

Greulich

Er hatte, was sich nicht gehört,
Drei Bräute an der Zahl
Und nahm, nachdem er sie betört,
'ne vierte zum Gemahl.

Allein, es war ein kurzes Glück.
Kaum waren sie getraut,
So hat der Hund auch diesen Strick
Schon wieder abgekaut.

Modern

»Hinweg mit diesen alten Herren,
Sie sind zu nichts mehr nütz!«
So rufen sie und nähmen gern
Das Erbe in Besitz.

Wie andre Erben, die in Not,
Vergeblich warten sie.
Der alte reiche Hoffetot,
Der stirbt bekanntlich nie.

Die Nachbarskinder

Wer andern gar zuwenig traut,
Hat Angst an allen Ecken;
Wer gar zuviel auf andre baut,
Erwacht mit Schrecken.

Es trennt sie nur ein leichter Zaun,
Die beiden Sorgengründer;
Zuwenig und zuviel Vertraun
Sind Nachbarskinder.

Von selbst

Spare deine guten Lehren
Für den eigenen Genuß.
Kaum auch wirst du wen bekehren,
Zeigst du, wie man's machen muß.

Laß ihn im Galoppe tollen,
Reite ruhig deinen Trab.
Ein zu ungestümes Wollen
Wirft von selbst den Reiter ab.

Der fremde Hund

Was fällt da im Boskettgesträuch
Dem fremden Hunde ein?
Geht man vorbei, so bellt er gleich
Und scheint wie toll zu sein.

Der Gärtner holt die Flinte her.
Es knallt im Augenblick.
Der arme Hund, getroffen schwer,
Wankt ins Gebüsch zurück.

Vier kleine Hündchen liegen hier
Nackt, blind und unbewußt.
Sie saugen emsig alle vier
An einer toten Brust.

Eitelkeit

Ein Töpfchen stand im Dunkeln
An stillverborgner Stelle.
»Ha«, rief es, »wie wollt' ich funkeln,
Käm' ich nur mal ins Helle!«

Ihm geht es wie vielen Narren.
Säß einer auch hinten im Winkel,
So hat er doch seinen Sparren
Und seinen aparten Dünkel.

Vielleicht

Sage nie: »Dann soll's geschehen!«
Öffne dir ein Hinterpförtchen
Durch »Vielleicht«, das nette Wörtchen,
Oder sag: »Ich will mal sehen!«

Denk an des Geschickes Walten.
Wie die Schiffer auf den Plänen
Ihrer Fahrten stets erwähnen:
»Wind und Wetter vorbehalten!«

Niemals

Wonach du sehnlich ausgeschaut,
Es wurde dir beschieden.
Du triumphierst und jubelst laut:
»Jetzt hab' ich endlich Frieden.«

Ach, Freundchen, rede nicht so wild.
Bezähme deine Zunge.
Ein jeder Wunsch, wenn er erfüllt,
Kriegt augenblicklich Junge.

Beruhigt

Zwei mal zwei gleich vier ist Wahrheit.
Schade, daß sie leicht und leer ist,
Denn ich wollte lieber Klarheit
Über das, was voll und schwer ist.

Emsig sucht' ich aufzufinden,
Was im tiefsten Grunde wurzelt,
Lief umher nach allen Winden
Und bin oft dabei gepurzelt.

Endlich baut' ich eine Hütte.
Still nun zwischen ihren Wänden
Sitz' ich in der Welten Mitte,
Unbekümmert um die Enden.

Unbillig

Nahmst du in diesem großen Haus
Nicht selbst Quartier?
Mißfällt es dir, so zieh doch aus!
Wer hält dich hier?

Und schimpfe auf die Welt, mein Sohn,
Nicht gar zu laut,
Eh' du geboren, hast du schon
Mit dran gebaut.

Er ist mal so

Zwar mit seinem losen Mund
Neigt er zum Krakeele.
Dabei ist er doch im Grund
Eine treue Seele.

Die er seine Freunde nennt,
Dulden seine Witze,
Denn ein jeder, der ihn kennt,
Kennt auch seine Mütze.

Befriedigt

Er 'hört als einer von den Lichtern,
Die höher stets und höher steigen,
Bereits zu unsern besten Dichtern,
Das läßt sich leider nicht verschweigen.

Was weiß man von den Sittenrichtern? –
Er lebt von seiner Frau geschieden,
Hat Schulden, ist nicht immer nüchtern –
Aha, jetzt sind wir schon zufrieden!

Gedrungen

Schnell wachsende Keime
Welken geschwinde;
Zu lange Bäume
Brechen im Winde.
Schätz nach der Länge
Nicht das Entsprungne;
Fest im Gedränge
Steht das Gedrungne.

Gestört

Ich gedachte, still zu sitzen,
Doch sogleich begann das Treiben:
»Du mußt gehen, laufen, schwitzen,
Um so forsch wie wir zu bleiben.«

Und sie wollten mir nach ihrer
Mode keine Ruhe gönnen,
Gleich wie Boten und Hausierer
Sollt' ich hin und wider rennen.

Ich besah mir diese Geister,
Diese ungestümen Treiber.
Oft sind solche weisen Meister
Grad die ärgsten Klageweiber.

Vergeblich

Schon recht. Du willst als Philosoph
Die Wahrheit dir gewinnen;
Du machst mit Worten ihr den Hof,
Um so sie einzuspinnen.

Nur sage nicht, daß zwischen dir
Und ihr schon alles richtig.
Sie ist und bleibt, das wissen wir,
Jungfräulich, keusch und züchtig.

Versäumt

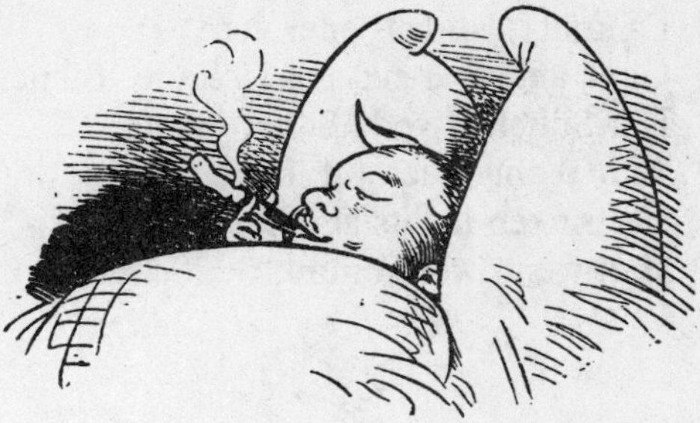

Zur Arbeit ist kein Bub geschaffen,
Das Lernen findet er nicht schön;
Er möchte träumen, möchte gaffen
Und Vogelnester suchen gehn.

Er liebt es, lang im Bett zu liegen.
Und wie es halt im Leben geht:
Grad zu den frühen Morgenzügen
Kommt man am leichtesten zu spät.

Das Blut

Wie ein Kranker, den das Fieber
Heiß gemacht und aufgeregt,
Sich herüber und hinüber
Auf die andre Seite legt –

So die Welt. Vor Haß und Hader
Hat sie niemals noch geruht.
Immerfort durch jede Ader
Tobt das alte Sünderblut.

Verlust der Ähnlichkeit

Man sagt, ein Schnäpschen, insofern
Es kräftig ist, hat jeder gern.
Ganz anders denkt das Volk der Bienen,
Der Süffel ist verhaßt bei ihnen,
Sein Wohlgeruch tut ihnen weh.
Sie trinken nichts als Blütentee,
Und wenn wer kommt, der Schnäpse trank,

Gleich ziehen sie den Stachel blank.
Letzthin hat einem Bienenstöckel
Der brave alte Schneider Böckel,
Der nicht mehr nüchtern in der Tat,
Aus Neubegierde sich genaht.
Sofort von einem regen Leben
Sieht Meister Böckel sich umgeben.
Es dringen giftgetränkte Pfeile
In seine nackten Körperteile,
Ja, manche selbst durch die nur lose
Und leichtgewirkte Sommerhose,
Besonders, weil sie stramm gespannt.
Zum Glück ist Böckel kriegsgewandt.
Er zieht sich kämpfend wie ein Held
Zurück ins hohe Erbsenfeld.
Hier hat er Zeit, an vielen Stellen
Des Leibes merklich anzuschwellen,
Und als er wiederum erscheint,
Erkennt ihn kaum sein bester Freund.
Natürlich, denn bei solchem Streit
Verliert man seine Ähnlichkeit.

Laß ihn

Er ist verliebt, laß ihn gewähren,
Bekümmre dich um dein Pläsier,
Und kommst du gar, ihn zu bekehren,
Wirft er dich sicher vor die Tür.

Mit Gründen ist da nichts zu machen,
Was einer mag, ist seine Sach,
Denn kurz gesagt: In Herzenssachen
Geht jeder seiner Nase nach.

Gründer

Geschäftig sind die Menschenkinder,
Die große Zunft von kleinen Meistern,
Als Mitbegründer, Miterfinder
Sich diese Welt zurechtzukleistern.

Nur leider kann man sich nicht einen,
Wie man das Ding am besten mache.
Das Bauen mit belebten Steinen
Ist eine höchst verzwickte Sache.

Welch ein Gedrängel und Getriebe
Von Lieb und Haß bei Nacht und Tage,
Und unaufhörlich setzt es Hiebe,
Und unaufhörlich tönt die Klage.

Gottlob, es gibt auch stille Leute,
Die meiden dies Gewühl und hassen's
Und bauen auf der andern Seite
Sich eine Welt des Unterlassens.

Glückspilz

Geboren ward er ohne Wehen
Bei Leuten, die mit Geld versehen.
Er schwänzt die Schule, lernt nicht viel,
Hat Glück bei Weibern und im Spiel,
Nimmt eine Frau sich, eine schöne,
Erzeugt mit ihr zwei kluge Söhne,
Hat Appetit, kriegt einen Bauch,
Und einen Orden kriegt er auch,
Und stirbt, nachdem er aufgespeichert
Ein paar Milliönchen, hochbetagt;
Obgleich ein jeder weiß und sagt:
»Er war mit Dummerjan geräuchert!«

Verfrüht

»Papa, nicht wahr,
Im nächsten Jahr,
Wenn ich erst groß
Und lesen kann und schreiben kann,
Dann krieg' ich einen hübschen Mann
Mit einer Ticktackuhr
An einer goldnen Schnur.
Der nimmt mich auf den Schoß
Und sagt zu mir: »Mein Engel«,
Und gibt mir Zuckerkrengel
Und Kuchen und Pasteten.
Nicht wahr, Papa?«
Der Vater brummt: »Na, na,
Was ist das für Gefabel.
Die Vögel, die dann flöten,
Die haben noch keinen Schnabel.«

Nörgeln

Nörgeln ist das allerschlimmste,
Keiner ist davon erbaut;
Keiner fährt, und wär's der Dümmste,
Gern aus seiner werten Haut.

Tröstlich

Die Lehre von der Wiederkehr
Ist zweifelhaften Sinns.
Es fragt sich sehr, ob man nachher
Noch sagen kann: »Ich bin's.«

Allein was tut's, wenn mit der Zeit
Sich ändert die Gestalt?
Die Fähigkeit zu Lust und Leid
Vergeht wohl nicht so bald.

Unfrei

Ganz richtig, diese Welt ist nichtig.
Auch du, der in Person erscheint,
Bist ebenfalls nicht gar so wichtig,
Wie deine Eitelkeit vermeint.

Was hilft es dir, damit zu prahlen,
Daß du ein freies Menschenkind?
Muß du nicht pünktlich Steuern zahlen,
Obwohl sie dir zuwider sind?

Wärst du vielleicht auch, sozusagen,
Erhaben über gut und schlecht,
Trotzdem behandelt dich dein Magen
Als ganz gemeinen Futterknecht.

Lang bleibst du überhaupt nicht munter.
Das Alter kommt und zieht dich krumm
Und stößt dich rücksichtslos hinunter
Ins dunkle Sammelsurium.

Daselbst empfängt dich das Gewimmel
Der Unsichtbaren wie zuerst,
Eh' du erscheinst, und nur der Himmel
Weiß, ob und wann du wiederkehrst.

Zwei Jungfern

Zwei Jungfern gibt es in Dorf und Stadt.
Sie leben beständig im Kriege,
Die Wahrheit, die niemand gerne hat,
Und die charmante Lüge.

Vor jener, weil sie stolz und prüd
Und voll moralischer Nücken,
Sucht jeder, der sie nur kommen sieht,
Sie schleunigst wegzudrücken.

Die andre, obwohl ihr nicht zu traun,
Wird täglich beliebter und kecker,
Und wenn wir sie von hinten beschaun,
So hat sie einen Höcker.

Rechthaber

Seine Meinung ist die rechte,
Wenn er spricht, müßt ihr verstummen,
Sonst erklärt er euch für Schlechte
Oder nennt euch gar die Dummen.

Leider sind dergleichen Strolche
Keine seltene Erscheinung.
Wer nicht taub, der meidet solche
Ritter von der eignen Meinung.

Bös und gut

Wie kam ich nur aus jenem Frieden
Ins Weltgetös?
Was einst vereint, hat sich geschieden,
Und das ist bös.

Nun bin ich nicht geneigt zum Geben,
Nun heißt es: Nimm!
Ja, ich muß töten, um zu leben,
Und das ist schlimm.

Doch eine Sehnsucht blieb zurücke,
Die niemals ruht.
Sie zieht mich heim zum alten Glücke,
Und das ist gut.

Ich bin Papa

Mitunter schwitzen muß der Schreiner,
Er stößt auf manchen harten Ast.
So geht es auch, wenn unsereiner
Sich mit der Grübelei befaßt.
Zum Glück hat meine gute Frau,
Die liebevoll an alles denkt,
Mir einen kleinen Fritz geschenkt,
Denn oft erfreut mich dieser Knabe
Durch seinen kindlichen Radau,
Wenn ich so meine Schrullen habe.
Heut mittag gab es wieder mal

Mein Leibgericht, gespickten Aal,
Und wie ich dann zur Körperpflege,
Die Weste auf, die Augen zu,
Die Hände friedlich auf dem Magen,
Im Polsterstuhl mich niederlege,
O weh, ein Schwarm von dummen Fragen
Verscheucht die heißersehnte Ruh.
Ach, wird es mir denn niemals klar,
Wo ich gewesen, eh' ich war?
Schwamm ich, verkrümelt in Atome,
Gedankenlos im Wirbelstrome,
Bis ich am Ende mich verdichtet
Zu einer denkenden Person?
Und jetzt, was hab' ich ausgerichtet?
Was war der Mühe karger Lohn?
Das Geld ist rar, die Kurse sinken,
Dagegen steigt der Preis der Schinken.
Fast jeden Morgen klagt die Mutter:
»Ach, Herr, wie teuer ist die Butter!«
Ja, selbst der Vater wird gerührt,
Wenn er sein kleines Brötchen schmiert.

Und doch, trotz dieser Seelenleiden
Will keiner gern von hinnen scheiden.
Wer weiß?
Ei sieh, wer kommt denn da?
Hallo, der Fritz! Nun wird es heiter,
Nun machen wir den Eselreiter.
Flugs stell' ich mich auf alle viere,
Indem ich auf und ab marschiere,
Und rufe kräftig mein »Ih - ah!«
Vor Wähligkeit und Übermut.
»Ih - ah!« Die Welt ist nicht so übel.
Wozu das närrische Gegrübel?
Ich bin Papa, und damit gut.

Frisch gewagt

Es kamen mal zwei Knaben
An einen breiten Graben.
Der erste sprang hinüber,
Schlankweg, je eh'r, je lieber.
War das nicht keck?
Der zweite, fein besonnen,
Eh' er das Werk begonnen,
Sprang in den Dreck.

Empfehlung

Du bist nervös. Drum lies doch mal
Das Buch, das man dir anempfahl.
Es ist beinah wie eine Reise
Im alten wohlbekannten Gleise.
Der Weg ist grad und flach das Land,
Rechts, links und unten nichts wie Sand.

Kein Räderlärm verbittert dich,
Kein harter Stoß erschüttert dich,
Und bald umfängt dich sanft und kühl
Ein Kaumvorhandenseinsgefühl.
Du bist behaglich eingenickt.
Dann, wenn du angenehm erquickt,
Kehrst du beim »stillen Wirte« ein.
Da gibt es weder Bier noch Wein.
Du schlürfst ein wenig Apfelmost,
Ißt eine leichte Löffelkost
Mit wenig Fett und vieler Grütze,
Gehst früh zu Bett in spitzer Mütze
Und trinkst zuletzt ein Gläschen Wasser.
Schlaf wohl und segne den Verfasser!

Frühlingslied

In der Laube von Syringen,
Oh, wie ist der Abend fein.
Brüder, laßt die Gläser klingen,
Angefüllt mit Maienwein.

Heija, der frische Mai,
Er bringt uns mancherlei.
Das Schönste aber hier auf Erden
Ist lieben und geliebt zu werden,
Heija, im frischen Mai.

Über uns die lieben Sterne
Blinken hell und frohgemut,
Denn sie sehen schon von ferne,
Auch hier unten geht es gut.

Wer sich jetzt bei trüber Kerzen
Der Gelehrsamkeit befleißt,
Diesem wünschen wir von Herzen,
Daß er bald Professor heißt.

Wer als Wein- und Weiberhasser
Jedermann im Wege steht,
Der genieße Brot und Wasser,
Bis er endlich in sich geht.

Wem vielleicht sein altes Hannchen
Irgendwie abhanden kam,
Nur getrost, es gab schon manchen,
Der ein treues Hannchen nahm.

Also, eh' der Mai zu Ende,
Aufgeschaut und umgeblickt,
Keiner, der nicht eine fände,
Die ihn an ihr Herze drückt.

Jahre steigen auf und nieder;
Aber wenn der Lenz erblüht,
Dann, ihr Brüder, immer wieder
Töne unser Jubellied.

Heija, der frische Mai,
Er bringt uns mancherlei,
Das Schönste aber hier auf Erden
Ist lieben und geliebt zu werden,
Heija, im frischen Mai.

Buch des Lebens

Haß, als minus und vergebens,
Wird vom Leben abgeschrieben.
Positiv im Buch des Lebens
Steht verzeichnet nur das Lieben.
Ob ein Minus oder Plus
Uns verblieben, zeigt der Schluß.

Der Schmetterling

Kinder, in ihrer Einfalt, fragen immer und immer: Warum? Der Verständige tut das nicht mehr; denn jedes Warum, das weiß er längst, ist nur der Zipfel des Fadens, der in den dicken Knäuel der Unendlichkeit ausläuft, mit dem keiner recht fertig wird, er mag wickeln und haspeln, so viel er nur will.

Vor Jahren freilich, als ich eben den kleinen Ausflug machte, von dem weiter unten berichtet wird, da dacht' ich auch noch oft darüber nach, warum grad mir, einem so netten und vorzüglichen Menschen, das alles passieren mußte. Jetzt sitz' ich da in sanfter Gelassenheit und flöte still vor mich hin, indem ich kurzweg annehme: Was im Kongreß aller Dinge beschlossen ist, das wird ja wohl auch zweckgemäß und heilsam sein.

Mein Name ist Peter. Ich bin geboren Anno dazumal, als man die Fräuleins Mamsellchen nannte und die Gänse noch Adelheid hießen, auf einem einsamen Bauerngehöft, gleich links von der Welt und dann rechts um die Ecke, nicht weit von der guten Stadt Geckelbeck, wo sie alles am besten wissen.

Daselbst in der Nähe liegt auch der unermüdliche Grummelsee, in dem bekanntlich der Muddebutz, der langgeschwänzte, sein tückisches Wesen treibt. Frau Paddeke, die alte zuverlässige Botenfrau, hat ihn selbst mal gesehn, wie er den Kopf aus dem Wasser streckte; und scharf und listig hat er sie angeschaut, mit der überlegenen Ruhe und Kaltblütigkeit eines vieltausendjährigen Satans.

Meine Mutter starb früh. Der Vater und der brave Knecht Gottlieb bestellten fleißig die Felder. Mein hübsches Baschen Katharine führte die häusliche Wirtschaft.

Da ich meinerseits, obwohl ich ein stämmiger Schlingel geworden, weder zum Pflügen noch zum Häckerlingschneiden die mindeste Neigung

zeigte, schickte mich mein Vater in die Stadt zu Herrn Damisch, dem gelehrten Magister, der mich jedoch bereits nach ein paar Jahren, als nicht ganz zweckentsprechend, bestens dankend zurückgab.
Hierauf, nachdem ich so ein Jährchen verbummelt hatte, kam ich zu dem hochberühmten Schneidermeister Knippipp in die Lehre nebst Kost und Logis.
»Auch ein vornehmes Metier!« meinte der Vater. »So ein Schneider kann sein Brot im Trocknen verdienen wie der feinste Schulmeister, ob's regnet oder schneit.«
Schon nach neun Monaten spülten mich die dünnen Wassersuppen der dicken Frau Meisterin wieder der Heimat zu.
Ich hatte mich fein gemacht. Strohhut, himmelblauer Schniepel; stramme gelbe Nankinghose; rotbaumwollenes Sacktuch. Aber diesmal war der Vater wirklich sehr ärgerlich. Er griff zum Ochsenziemer; und er hätte sein böswilliges Vorhaben auch sicherlich ausgeführt, wenn ihn der brave Gottlieb und das gute Kathrinchen, er vorne, sie hinten, nicht entschieden gehemmt hätten.
Den Winter blieb ich zu Haus. Ohne grad viel aufs Essen zu geben, stand ich doch gern hinter dem hübschen Bäschen in der Küche herum. Mitunter nahm ich ihr eine Stecknadel weg und stach sie mir kaltblütig durchs Ohr. Auch tanzte ich zuweilen waghalsig auf dem gefährlichen Brunnenrande, und wenn das Kathrinchen zusah, und es grauste ihr tüchtig, das war mir grad recht. Denn wieder konnt' ich dastehn in tiefster Versimpelung, wie ein alter Reiher im Karpfenteich. Ein besonders hoher Genuß war mir's aber, so des Abends auf der Bank hinter dem Ofen zu liegen und zuzusehn, wie das Kathrinchen Bohnen aushülste und der Gottlieb Körbe flocht. Bei dem Anblick dieser kleinen, krausen, krispeligen Tätigkeit überkam mich immer so ein leises, feines, behagliches Gruseln. Oben in den Haarspitzen fing's an, kribbelte den Rücken hinunter und verbreitete sich über die ganze Haut, während meine Seele gar sanft aus den Augen hinauszog, um ganz bei der Sache zu sein, und mein Körper dalag wie ein seliger Klotz. Eines Abends stieg ich auch mal heimlich in den Lindenbaum, weil ich gern mal sehen wollte, wie das Kathrinchen zu Bette ging. Sie betete grad ihren Rosenkranz. Als sie aber anfing, sich auszuziehn, und die Geschichte bedenklich wurde, macht' ich »Ahem!« – und phütt! war die Lampe aus. Am andern Nachmittag wurde an einer grünen Gardine genäht.
Mein Stübchen lag oben im Giebel. In einem dicken Legendenbuche las ich bis spät in die Nacht hinein. Wenn dann der Wind sauste und der Schnee ans Fenster klisperte, fühlt' ich mich so recht für mich als ein behaglicher Herr.

Die Hexen hatten ihren Strich da vorbei, sie zügelten zuweilen ihre Besen und lugten durch die Scheiben; meist alte Hutzelgesichter, als wären sie gedörrt worden am höllischen Feuer. Mal aber war's eine junge hübsche. Sie hatte eine Schnur von Goldmünzen ins Haar geflochten. Sie blinzelte und lachte. Ihre weißen Zähne blitzten, wie ihr das Licht ins Gesicht schien, gegen den dunklen Hintergrund.
Als der Sommer kam, als die Welt eng wurde von Laub und Blüten, machte ich mir ein Netz und jagte nach Schmetterlingen. So umherzustreifen in leichtsinniger Freiheit oder mich niederzulegen zu beliebiger Ruhe, das war mein Fach; und hupfen, wie der rührigste Heuschreck, das konnt' ich auch.
Eines Sonntagmorgens, während die andern zur Messe waren, macht' ich mich hübsch und ging aus der Hintertür, das Netz in der Hand, den Frack voller Pflaumen. Hell schien die Sonne. Vom Garten ins Feld, vom Feld in die Wiesen dämelt' ich glücklich dahin. Schmetterlinge flogen in Menge. Von Zeit zu Zeit erhascht' ich einen, besah ihn und ließ ihn fliegen; denn von der gewöhnlichen Sorte hatt' ich längst alle Kasten voll.

Aber jetzt, in der Ferne, flog einer auf, den kannt' ich noch nicht. Ich los hinter ihm her über Hecken und Zäune, wohl zwei, drei Stunden lang in einer Tour, bis mir's schließlich zu dumm wurde. Unwillig warf ich mich ins Gras. Oben in der Luft schwebte ein Habicht. Vertieft in seine sanften Bogenzüge, war ich bald eingedämmert. Als ich erwachte, wollte die Sonne schon untergehn, und da es die höchste Zeit war, nach Hause zu eilen, kletterte ich auf einen Baum am Rande des Waldes, um zu sehn, wo ich denn eigentlich wäre. Nichts als unbekannte Gegend in der Weite und Breite. Erst verdutzt, dann heiter und gleichgültig, ergab ich mich in mein Schicksal. Ich stieg herab, suchte einen gemütlichen Platz, setzte mich und fing an, Pflaumen zu essen. Plötzlich, mir stockte der Atem vor freudigem Schreck, kam er angeflattert, der reizende Schmetterling, geschmückt mit den schönsten Farben der Welt, und ließ sich frech auf der Spitze meines Fußes nieder. Leise hob ich das Netz; ich zielte bedachtsam. Witsch! – Dort flog er hin. Aber gut gezielt war's doch, denn mit dem eisernen Netz-

bügel hatt' ich richtig die kleine Zehe gestreift, genau da, wo sie am allerempfindsamsten war. Ich sprang auf, tanzte auf einem Bein und pfiff dazu.
»Ähä!« lachte wer hinter mir. »Aufs Auge getroffen!«
Ein hübscher, blasser Bursche, gekleidet wie ein Jägersmann, saß unter einer Buche.
»Ich bin der Peter!« sag' ich und setze mich zu ihm.
»Und ich der Nazi!« sagt er.
Um seinen linken Arm ringelte sich eine silberglänzende Schlange, die auf dem Kopfe ein goldenes Krönchen hatte, und auf seinen Knien hielt er ein Vogelnest mit kleinen blaugrünen Eiern darin.
»Ein verdächtiges Vieh!« sagt' ich mißtrauisch. »Es beißt wohl auch?«
»Mich nie. Gelt, Cindili!« sprach er, indem er ihr ein Ei hinhielt.
Ich trug auf der bloßen Brust ein Medaillon, eine Goldmünze, das Geschenk eines Paten. Die Schlange machte sich lang danach.
»Sie wittert das Gold«, sagte der Jäger.
»Teufel, duck dich!« rief ich und gab ihr mit dem Stiel meines Netzes einen kurzen Hieb über die Nase.
Zornig zischend fuhr sie zurück, wickelte sich los und schlüpfte raschelnd ins Gebüsch. Der Jäger, nachdem er mir vorher noch schnell einen Stoß auf den Magen versetzt hatte, daß ich die Beine aufkehrte, lief hinter ihr her.
Allmählich wurd' es im Walde pechteertonnendunkel. Die Luft war mild. Ich lehnte mich an den Baumstamm und entschlief augenblicklich, ja, ich kann sagen, noch eher.
Überhaupt: schlafen, das konnt' ich ohne jede Mühewaltung; und fest schlief ich auch, fast so fest wie die Frau mit dem guten Gewissen, der die Ratten über Nacht die große Zehe abfraßen, ohne daß sie etwas merken tät.

Erst die Mittagssonne des nächsten Tages öffnete mir die Augen. – Und wahrhaftig! – Da saß er schon wieder, drei Schritt weit weg, mein kunterbunter Schmetterling, auf einem violetten Distelkopfe, und fächelte und ließ seine ausgebreiteten Flügel verlockend in der Sonne schimmern. Mit kunstvoller List schlich ich näher. – Vergebens. Genau eine Sekunde vorher, eh' ich ihn erreichen konnte, flog er ab wie der Blitz, und dann noch einmal und noch einmal, und dann – fiwitz! – mit einem eleganten Zickzackschwunge weg war er über eine haushohe Dornenhecke.
»Zu dumm!« dacht' ich laut, denn ich war sehr erhitzt. »So ein kleinwinziges Luder, will sich nicht kriegen lassen, ist extra zum Wohle des Men-

schen geschaffen und verwendet doch seine schönen Talente nur für die eigenen selbstsüchtigen Zwecke! Es ist empörend!«
Im Eifer der Verfolgung hatt' ich den einen Stiefel im Sumpf steckenlassen, und zwar tief, so daß ich erst eine Zeitlang tasten und grabbeln mußte in der schwarzen Suppe, eh' ich ihn wiederfand. Ich schüttete den Froschlaich heraus, wusch mich und ging nun, nachdem ich mich abgekühlt und besänftigt hatte, in gemäßigtem Bummelschritt einem fernen Hügel entgegen, über den sich als heller Streifen die Landstraße hinzog. Hier hofft' ich, ortskundige Leute zu treffen, die mir sagen konnten, wie ich nach Hause käme. Auf einem Meilensteine saß ein älterer Mann, der eine ungewöhnlich breitschirmige Mütze trug. Zwischen seinen Knien hielt er einen grauhaarigen Hund.
»Guter Vater!« sprach ich ihn an. »Ich möchte gern nach der Stadt Geckelbeck.«
»Genehmigt!« gab er zur Antwort.
»Könnt Ihr mir vielleicht zeigen, wo der Weg dahin geht?«
»Nee, ich bin rundherum blind.«
»Schon lange?« fragt' ich teilnahmsvoll.
»Fast neunundfünfzig Jahre; nächsten Donnerstag ist mein dreiundfünfzigster Geburtstag.«
»Was? Schon sechs Jahre vor Eurer Geburt?«
»Sogar sieben, richtig gerechnet. Ich wollte schon damals gern in die Welt hinein, tappte im Dunkeln nach der Tür, fiel mit dem Gesicht auf die Hörner des Stiefelknechts, und das Unglück war geschehn.«
»Dann laßt Euch raten, Alter«, sagt' ich, »und schielt nicht zuviel nach hübschen Mädchen; denn das hat schon manchen Jüngling zu Fall gebracht.«
»Faß!« schrie der Blinde und ließ den Hund los.
Ich aber nahm die Frackschöße unter den Arm, steckte mein Schmetterlingsnetz nach hinten zwischen den Beinen durch, wedelte damit und ging so in gebückter Stellung meines Weges weiter; eine Erscheinung, die dem Köter so neu und unheimlich vorkam, daß er mit eingeklemmten Schweife sofort wieder umkehrte.

Vor mir her schritt ein Bauer, der weder rechts noch links schaute, und da er einen ernsten, nachdenklichen und vertrauenerweckenden Eindruck machte, beschloß ich, an ihn meine Frage zu richten.

»He!« rief ich. Er gab nicht acht darauf. »He!« rief ich lauter. Er ließ sich nicht stören in seinen Betrachtungen. Jetzt, als ich dicht hinter ihm war, klappt' ich ihm mein Netz über den Kopf. – Oh, wie erschrak er da! Ich hörte deutlich, wie ihm das Herz in die Kniekehle fiel.

»Könnt Ihr mir nicht sagen, guter Freund, wo Geckelbeck liegt?« fragte ich und hob das Netz.

Er hatte sich umgedreht. Er kniff die Augen zu, riß den Mund auf, so daß seine dicke belegte Zunge zum Vorschein kam, steckte die Daumen in die Ohren, spreizte die Finger aus und schüttelte traurig mit dem Kopfe.

»Döskopp!« rief ich in meiner ersten Enttäuschung, sah dabei aber ungemein freundlich aus.

Der Taubstumme, der dies wohl für einen verbindlichen Abschiedsgruß hielt, zog ergebenst seine Zipfelkappe, obgleich er eine bedeutende Glatze hatte.

Der Abend kam. Auf einem Acker rupft' ich mir ein halb Dutzend Rüben aus, und da ein starker Tau den Boden benetzte, stieg ich in eine Tanne, band mich fest mit den Frackschößen und machte mich sodann über die saftigen Feldfrüchte her, daß es knurschte und knatschte. Von der letzten, bei der ich entschlummert war, hing mir die Hälfte nebst dem Krautbüschel noch lang aus dem Munde heraus, als ich am andern Nachmittag wieder erwachte. Schnell stieg ich herab, erfrischte mich in einer Quelle und kehrte auf die Landstraße zurück. Ich befand mich in der heitersten Laune; ich wußte es, eine innere Stimme sagte es mir: Dir wird heut noch besonders was Gutes passieren!

In diesen angenehmen Vorahnungen störten mich die Klagelaute eines Bettlers, der, den Hut in der Hand, auf mich zukam.

»Junger Herr«, bat er, »schenkt mir doch was! Ich habe sieben Frauen – ach nee! – sieben Kinder und eine Frau, und meine Eltern sind tot, und meine Großeltern sind tot, und meine Onkel und Tanten sind tot, und ich hab' niemanden in dieser weiten, harten, grausamen Welt, an den ich mich wenden könnte, als grad Euch, schöner Herr.«

Bei diesen Worten erwärmte sich meine angeborene Großartigkeit. Ich hatte siebzehn einzelne Kreuzer im Sack. Mit dem Gefühl einer behaglichen Erhabenheit warf ich zehn davon in den Filzhut des Bettlers.

Kaum war dies geschehen, so nahm er einen Kreuzer wieder heraus und legte ihn mir vor die Füße.

»Hier, mein Bester«, sprach er, »schenk' ich Euch den zehnten Teil meines Vermögens. Seid dankbar und vergeßt den edlen Geber nicht, der sich bescheiden zurückzieht.«
Nach kurzer Erstarrung lief ich hinter dem Kerl her, um ihm einen Tritt auf die Wind- und Wetterseite zu geben. Aber er hatte die Tasche voller Steine. Er traf so geschickt damit, daß mir, obwohl ich das Netz vorhielt, schon beim zweiten Wurf ein ganz gesunder Vorderzahn direkt durch den Hals in die Luftröhre flog, worauf ich wohl eine Stunde lang husten mußte, ehe ich ihn wieder herauskriegte.
Ich pflückte mir Felderbsen in mein Netz, ließ die grünen, angenehm kühlen Pillen durch die entzündete Gurgel rollen und füllte mir so zugleich den begehrlichen Leib mit jungem Gemüse. Dann zog ich mich in ein Gehölz zurück und legte mich, das Gesicht nach oben, schlichtweg zur Ruhe nieder.
Den folgenden Tag hätt' ich sicher verschnarcht, wär' mir nicht gegen Mittag ein Maikäfer in den weitgeöffneten Mund gefallen. In dem Augenblick, als er sich anschickte, in die Tiefe meines Wesens hinunterzukrabbeln, erwacht' ich. Der Wind schüttelte die Wipfel.
Übrigens knurrte mein Magen wegen fader Beköstigung; und so macht' ich mich denn auf und ruhte nicht eher, bis ich in ein Wirtshaus gelangte, wo ich mir eben für meine letzten Kreuzer etwas Derbes bestellen wollte, als ein wohlgemästeter Bauer, der sehr lustig aussah, in die Stube trat und sich zu mir an den Tisch setzte.
»Euch ist wohl!« sag' ich.
»Mit Recht!« sagt er. »Hab' den Schimmel verkauft auf dem Markt.«
»Braves Tier vermutlich.«
»Das grad nicht. Alle Woche mal, oder wenn's ihm grad einfällt, haut er die Sterne vom Himmel herunter und den Kalk aus der Wand.«
»Da habt Ihr den Käufer jedenfalls gewarnt.«
»Was!« entgegnete der Bauer und wurde ganz traurig und niedergeschlagen. »Gott erhalte jedem ehrlichen Christenmenschen seinen gesunden Verstand! Seh' ich wirklich so dumm aus?«
»Hört mal!« sag' ich. »Dann seid Ihr ja einer der größten Halunken, die auf den Hinterbeinen gehn zwischen Himmel und Hölle.«
»So hör' ich's gern!« rief der Bauer, und sein Gesicht klärte sich auf. »Gelt, ja? Ich bin ein Teufelskerl! – He, Wirt! Gebt diesem netten Herrn ein belegtes Butterbrot und ein Glas Bier auf meine Rechnung!«
Während ich aß, fiel es mir auf, daß der Mann beständig durchs Fenster schielte. Plötzlich schien ihm was einzufallen. Er zahlte und sagte, er müßte notwendig mal eben hinaus, aber käme gleich wieder. Kaum war er

fort, so hörte man ein hastiges Pferdegetrappel von der Landstraße her. Ich trat vor die Haustür.
Ein Schimmelreiter ohne Hut war angekommen und fragte ganz außer Puste:
»War kein Bauer hier mit einem dicken Bauch, einem dicken Stock und einer dicken Uhrkette?«
»Das stimmt!« sag' ich. »Er ging nur mal eben zur Hintertür hinaus.«
»So ein Hundsfott!« schrie der Reiter. »So ein Mistfink! Lobt und preist mir der Kerl den Schimmel an, der den Teufel und seine Großmutter im Leib hat.«
»Ja«, sag' ich gelassen, »Dummheit muß Pein leiden.«
Krebsrot vor Zorn hob der Schimmelreiter die Peitsche. Ich schwenkte mein Schmetterlingsnetz.

Auf dies Zeichen schien der Schimmel gewartet zu haben. Er vergrellte die Augen, spitzte die Ohren, ging verquer, ging rückwärts, er drückte ein Fenster ein unter starkem Geklirr, er wieherte hinten und vorn, und dann, mit einem riesigen Potzwundersatze, weg war er über die Planke.
Ich lief, um nachzusehen, vor den Hof. Der Schimmel war nur noch ein undeutlicher Punkt ganz in der Ferne; der Reiter hing deutlich im Pflaumenbaum ganz in der Nähe.
Die folgende Nacht verschlief ich unter einer Wiesenhecke. Eine Grasmücke, das graue Vöglein mit schwarzem Käppchen, weckte mich in der Früh durch seinen lieblichen Gesang. Ich blieb noch liegen und horchte. Durch Zweige und zierliche Doldenpflanzen sah ich in die sonnige Welt. Heuschrecken geigten an ihren Flügeln, indem sie die Hinterbeine als Bogen benutzten. Schwebefliegen blieben stehn in der Luft und starrten mich an aus ihren Glotzaugen. Endlich erhob ich mich und nahm in einem klaren Wassertümpel mein Morgenbad. Natürlich, grad, wie mir's am wohlsten drin ist, kommt mein ersehnter Schmetterling dahergeflogen und flattert mir neckisch vor der Nase herum. Ich heraus, zieh' mich an, eile ihm nach von Wiese zu Wiese, den ganzen Tag, bis dicht vor ein Städtchen. Hier schwang er sich über die Stadtmauer, hoch in die Lüfte, nach dem Wetterhahn hin auf der Spitze des Kirchturms.
Der Abend dämmerte bereits. Auf dem Walle lief ein Mann hin und her, einsam und unruhig. Er hatte den Zeigefinger an die Stirn gelegt und sagte in einem fort das Abc her, bald vor-, bald rückwärts. Ehe ich ihm ausweichen konnte, stieß er mir mit dem Kopf vor die Brust. Nun riß er die Augen weit auf und schrie mich an:
»Ha! Wie heißt er?«

»Ich heiße Peter!« sag' ich.
»Nein, er, er, mit dem ich vor zehn Jahren im Monat Mai drei Wochen lang herumgewandert bin an der polnischen Grenze.«
»Gewiß ein Herzensfreund.«
»Nein, gar nicht.«
»Oder er ist Euch was schuldig.«
»Keinen Heller.«
»Na«, sag' ich, »dann nennt ihn Hans und laßt ihn laufen, wohin er will.«
»Mensch!« rief er. »Ich bin Ausrufer in dieser Stadt. Lesen kann ich nicht, meine Frau sagt's mir vor, bis ich's auswendig kann; läßt's Gedächtnis nach, ist der Dienst verloren. Neulich, beim Kaffee, ich stecke die Pfeife an, da, so beiläufig, denk' ich: Der, der – wie heißt er nur gleich? Und da hat's mich gehabt. Und ich sah ihn doch so deutlich vor mir, als wär's heut oder übermorgen. Er war links und kratzte sich auch so; er zwinkerte immer mit dem linken Auge, und sein linkes Bein war krumm, und im linken Ohrläppchen trug er einen Ring von Messing, und Schneider war er auch. Oh, der Name, der Name!«
Die Beschreibung paßte genau auf meinen früheren Meister.
»Hieß er nicht Knippipp?« sag' ich so hin.
Ein heller Freudenblitz zuckte über sein blasses Angesicht. Mit den Worten: »Knippipp, ich habe dich wieder!« fiel er mir um den Hals und weinte einen Strom von Freudentränen hinten in meinen Kragen, daß es mir ganz heiß den Rücken hinabrieselte.
In der Fülle seiner Dankbarkeit ersuchte er mich, ihn nach Hause zu begleiten und bei ihm zu übernachten. Und – oh! – wie freuten sich seine Frau und seine Kinder, als sie sahen, daß sie wieder einen vergnügten und brauchbaren Vater hatten!
Zu Abend gab es Zichorienkaffee mit den üblichen Zutaten. Die Kinder tranken sehr viel, und ich meinte, es sei wohl nicht ratsam, wenn sie kurz vor dem Schlafengehen so viel Dünnes kriegten; aber die Eltern waren der Ansicht, man müsse dem Drange der Natur freien Lauf lassen.
Als wir fertig waren, baten die drei Kleinsten: »Nicht wahr, Papa? Wir schlafen bei dem fremden Onkel!«
So geschah es denn auch. Die Nacht, die ich unter diesem gastlichen Dache zubrachte, war eine der unruhigsten, wärmsten und feuchtesten Sommernächte, die ich jemals erlebt habe.
Bei Anbruch des Tages tranken wir wieder gemeinsam Kaffee und aßen Brot mit Zwetschgenmus dazu. Die Kinder waren sehr zutunlich; besonders der Zweitjüngste spielte gar traulich zwischen meinen Frackschößen herum.

Daß meine einfachen Gastgeber, von denen ich einen zärtlichen Abschied nahm, über die Lage von Geckelbeck auch nicht die mindeste Auskunft zu geben vermochten, hatt' ich mir gleich gedacht. So beschloß ich denn, eh' ich wieder ins Weite zog, mich in der Stadt etwas näher zu erkundigen. Ohne Erfolg befragt' ich einen Lehrjungen, der die Läden aufmachte; einen Betrunkenen, der nach Hause ging; einen Großvater, der die Hand aus dem Fenster hielt, um zu fühlen, ob's regnete. Zu guter Letzt wollt' ich noch mal eben an eine vertrauenerweckende Haustür klopfen. Im selben Moment wurde sie aufgestoßen, und ein Dienstmädchen goß den Spüleimer aus. Hätt' ich nicht flink die Beine ausgespreizt und einen ellenhohen Hupfer getan, so wär' mir der vermischte Inhalt direkt auf den Magen geplatscht. Auf meine Anfrage wischte sich das gesunde Mädchen freilich mit seinem roten Arm ein paarmal nachdenklich unter der Nase her; indes von Geckelbeck wußte sie nichts, und einen, sagte sie, der es wüßte oder einen wüßte, der es wüßte, wüßte sie auch nicht.
Ich schlenderte zum Tor hinaus. Von der Morgensonne beschienen, mitten auf der Chaussee, war eine Gesellschaft von Sperlingen mit der Obsternte beschäftigt. Es waren jene bemerkenswerten Früchte, genannt Roßäpfel, welche Winter und Sommer reifen. Dieser Anblick erinnerte mich lebhaft an meine ländliche Heimat.
Jetzt, dacht' ich, sitzen sie wohl da um den Tisch herum und verzehren ihr Morgensüppchen und denken: Wo mag der Peter sein? Und der Vater wischt sich schweigend den Mund ab mit dem Rockschlappen, und der Gottlieb geht hin und mistet den Pferdestall, und mein gutes Kathrinchen füttert die Hühner, und das schwarze mit der Holle frißt ihr das Brot aus der Hand, aber das gelbe ohne Schwanz will nicht mitfressen, sondern steht traurig und aufgeplustert abseits auf einem Bein, denn es hat noch immer den Pips. Einige dicke heimwehmütige Tränen, ich muß es gestehn, rannen mir langsam über die Backen herunter. Ich zog das Taschentuch und rieb mir gründlich mein Angesicht. Es wurde mir sonderbar schwarz vor den Augen, und jetzt merkt' ich, was los war. Das kleine liebevolle Söhnchen meines vergeßlichen Gastfreundes hatte dem fremden Onkel, eh' er Abschied nahm, noch heimlich in sein rotes baumwollenes Sacktuch einen tüchtigen Klecks Zwetschgenmus eingewickelt und mit auf die Reise gegeben. Ich sah mich nach Wasser um. Ei, sieh! Am Stamm eines Kastanienbaumes saß mein neckischer Schmetterling.
»Sitz du nur da!« murmelte ich verächtlich aus dem linken Mundwinkel. »Ich will dich nicht, und ich möchte dich nicht, und wenn du die Prinzessin Triliria selber wärst und brächtest bare fünfhundert Gulden mit in die Aussteuer und keine Schwiegermutter.«

Aber schon war ich in Schleichpositur und gleich drauf in vollem Galopp. Inmitten eines kleinen Teiches endlich ließ sich das bunte Flattertier auf einem Schilfbüschel nieder und klappte seelenruhig die Flügel zusammen. Mindestens zwei Stunden lang saß ich am Ufer und wartete. Vergebens macht' ich öfters: »Kischkisch!« Und Steine zum Werfen waren nicht da. Endlich zog ich mich aus, nahm das Netz quer in den Mund und schwamm vorsichtig näher.

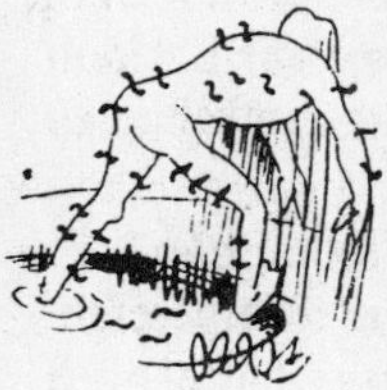

Unterdes macht' ich eine Entdeckung, die mich veranlaßte, in Eile wieder umzukehren. Es war ein Blutegelteich. Bereits waren meine Beine und sonstigen Körperteile gespickt mit begierigen Säuglingen, und wohl mir, daß eine Grube voll Streusand in der Nähe lag, worin ich mich wälzen konnte. Als die Viecher den Sand zwischen die Zähne kriegten, was ja niemand gern hat, ließen sie sofort locker und purzelten rücküber in den Staub, welcher sie dermaßen ausstrocknete, daß sie bald zehnmal dünner waren als vorher und tot obendrein.

Währenddessen saß mein Schmetterling auf seinem Schilfstengel, als wollt' er daselbst in aller Ruhe den Rest seiner Tage verleben mit voller Pension.

Schnell zog ich mich an und eilte in den Wald, um mir einen dürren, handlichen Ast zu holen. Einer lag da, der war ganz morsch; ein zweiter lag da, der war mir zu zackig; ein dritter saß noch am Baume fest. Ich hätte übrigens gar nicht so stark dran zu reißen brauchen, denn schon beim ersten Ruck gab er nach, so daß ich mit unerwarteter Geschwindigkeit auf den zweiten zackigen zu sitzen kam, der glücklicherweise ebenso morsch war wie der erste.

In der Hand den erwählten Knittel, lief ich nun unverzüglich an den Teich zurück, um durch einen wohlgezielten Wurf den hinterlistig geruhsamen Schmetterling aus seiner Sicherheit aufzuscheuchen. – Sein Platz stand leer. – Ich legte mich hin, wo ich stand, und schlief sofort ein, trotz meines Ärgers und des vernehmlichen Gebells meines unbefriedigten Magens.

Ausnahmsweise recht früh, schon im Laufe des Vormittags, erwacht' ich. Nachdem ich mir das Zwetschgenmus, das inzwischen zu einer harten Kruste erstarrt war, mit Sand aus dem Gesichte gerieben, denn ich zog doch eine Reinigung auf trockenem Wege einer solchen mit dem Wasser des verdächtigen Teiches vor, begab ich mich auf die Suche nach einem Rübenacker, wo ich zu frühstücken gedachte. Ich fand einen Landmann dasitzend, der eben sein Sacktuch aufknüpfte und für den Morgenimbiß

ein erhebliches Stück Speck entwickelte. Sofort sammelte sich in meiner Mundhöhle die zur Verdauung so nützliche Feuchtigkeit. Ich bot ihm drei Kreuzer, wenn er mir was abgäbe. Er tat's umsonst, fügte noch eine knusprige Brotrinde hinzu und wünschte mir gute Verrichtung.
Munter dreinhauend, spazierte ich weiter. Den letzten Rest der Mahlzeit, nämlich die treffliche zähe, salzige Schwarte, schob ich hinter die Backenzähne, so daß ich die Freude hatte, noch eine Zeitlang dran lutschen zu können.
Dicht vor einem Dörflein begegneten mir zwei unbeschäftigte Enten, die lediglich zum Zeichen ihres Vorhandenseins durchdringend trompeteten. Da ich nunmehr die Schwarte bis aufs äußerste ausgebeutet hatte, nach menschlichen Begriffen, warf ich sie hin. Die geistesgegenwärtigste der zwei Schnattertaschen erwischte sie und eilte damit, vermutlich weil sie nichts abgeben wollte, durch das Loch einer Hecke. Die zweite, die wohl auch keinem andern was gönnte, wackelte emsig hinterher. Ich natürlich als Naturbeobachter legte mich auf den Bauch und steckte den wißbegierigen Kopf durch die nämliche Öffnung.
Mir gegenüber, an einer gemütlichen Pfütze, sah ich zwei Häuschen stehen, und jedes Häuschen hatte ein Fenster, und hinter jedem Fenster lauerte ein Bub, ein roter und ein schwarzhaariger, und vor jedem Häuschen erhob sich ein beträchtlicher Düngerhaufen, und auf jedem Düngerhaufen stand ein Gockel, ein dicker und ein dünner, inmitten seiner Hühner, die eben ihre Scharrtätigkeit unterbrachen, um gespannt zuzusehn, was die zwei Enten da machten.
Vergebens bemühte sich die erste, durch Druck und Schluck die Schwarte hinter die Binde zu kriegen; sie war grad so um ein Achtelzöllchen zu breit. Hiernach durfte die zweite, die mit neidischer Ungeduld dies Ergebnis erwartet hatte, ans schwierige Werk gehn. Schlau, wie sie war, tauchte sie das widerspenstige Ding zuerst in die Pfütze, um's glitschig zu machen, und dann streckte sie den Schnabel kerzengrad in die Höhe und ruckte und zuckte, aber es ging halt nicht; und dann kehrten die beiden Enten kurz um und rüttelten verächtlich mit den Schwänzen, als sei ihnen an der ganzen Sache überhaupt nie was gelegen gewesen.
Kaum hatten dies die Hühner erspäht, so rannten sie hierbei und versuchten gleichfalls ihr Glück, eines nach dem andern, wohl ihrer zwanzig; indes alle Hiebe und Stöße scheiterten an der zähen Hartnäckigkeit dieser Schwarte. Zuletzt kam ein munteres Schweinchen dahergetrabt und verzehrte sie mit spielender Geläufigkeit; und so blieb sie doch in der Verwandtschaft.
Während dieser Zeit hatten sich die beiderseitigen Gockel unverwandt

angeschaut mit teuflischen Blicken; ohne Zweifel, weil sie sich schon lange nicht gut waren von wegen der Damen. Plötzlich krähte der dicke im Kochinchinabaß:

Kokeroko!

Dieser verhaßte Laut gab dem dünnen einen furchtbaren Riß. Mit unwiderstehlichem Vorstoß griff er den dicken so heftig an, daß sich dieser aufs Laufen verlegte um die Pfütze herum. Der dünne kam nach. Gewiß zehn Minuten liefen sie Karussell; bis der dicke, dem vor Mattigkeit schon längst der Schnabel weit offen stand, unversehens unter Aufwand seiner letzten Kräfte seitab auf das Dach flog, wo er ein mächtiges Kokeroko! erschallen ließ, damit nur ja keiner glauben sollte, er hätte den kürzeren gezogen.

Sofort schwang sich der Dünne auf den Gipfel des feindlichen Düngerhaufens; jedenfalls mit der Absicht, von dieser Höhe herab durch ein durchdringendes Kikeriki! im Tenor der Welt seinen Sieg zu verkünden.

Ehe er noch damit anfangen konnte, sah er sich veranlaßt, laut krächzend in die Höhe zu fliegen.

Der rothaarige Knabe, heimlich heranschleichend mit der Peitsche, versetzte ihm einen empfindlichen Klaps um die mageren Beine. Aber schon, aus dem Nachbarhaus, war der Schwarzkopf mit einer Haselgerte als Rächer des seinerseitigen Gockels herbeigekommen und erteilte dem Rothaarigen, grad da, wo die Hose am strammsten saß, einen einschneidenden Hieb. Hell pfiffen und klatschten die Waffen. Man wurde intimer; man griff zu Haar und Ohren; man wälzte sich in die Pfütze, aus dem Kampf zu Lande wurde ein Seegefecht. Für mich ein spannendes Schauspiel. Ich war so begeistert, daß ich ermunternd ausrief: »Fest, fest! Nur nicht auslassen!«

Im selben Augenblick ruhte der Streit. Mein Kopf wurde bemerkt. Eilig zog ich ihn zurück. Aber sogleich waren die Schlingel hinter mir her. Sie warfen mich mit Erdklößen. Ich drehte mich um und ermahnte sie, artig zu sein; sie schimpften mich »Stadtfrack«! Ich verwies sie ernstlich zur Ruhe, und nun schrien sie: »Haarbeutel - Haarbeutel!« - als ob ich betrunken wäre! Schleunige Flucht schien mir ratsam zu sein. Bald war ich weit voraus. Im Gehölz fand ich einen Baum, der von oben her hohl war. Umgehend saß ich drin, wie der Tobak im Pfeifenkopf, nicht zu fest und nicht zu locker.

Zwar die bösen Knaben folgten mir und kicherten und flüsterten sogar noch eine Zeitlang um den Baum herum; aber ich war ihnen zu schlau gewesen, denn ohne mich weiter zu belästigen, zogen sie ab.

Mein Platz schien mir so recht geeignet zum Übernachten, und eben war

ich im Begriff, recht behaglich zu entschlummern, als ich unten was krabbeln fühlte.
Zapperment! dacht' ich gleich. - Dies sind Ameisen!
Schleunig sucht' ich mich emporzuarbeiten, um mir eine anderweitige Schlafstelle zu suchen; aber der Frack unterhalb mußte sich festgehakt haben und ließ mich nicht hochkommen, und ausziehn konnt' ich ihn auch nicht, denn der Spielraum für die Ellenbogen war zu gering.
Indem, so hört' ich Stimmen. Wie ich durch einen Spalt bemerken konnte, waren es zwei Kerls, die einen Esel am Strick hatten. Sie banden ihn an einen Ast dicht vor meiner Nase.
»Haha!« lachte der eine. »Den hätten wir ihm mal listig wegstibitzt!«
»Wird keine Sünd' sein!« meinte der andere. »Der alte Schlumann hat Geld wie Heu.«
Dann öffneten sie ihren Quersack, setzten sich und fingen an, fröhlich zu Nacht zu essen.
Unterdes hatten die Ameisen ihre Heerscharen vollzählig entwickelt. Sie krabbelten nicht bloß, sie zwickten nicht bloß, nein, sie ätzten mich auch mit ihrer höllischen Säure, und zwar an den empfindlichsten Stellen. Alle sonstigen Besorgnisse beiseite setzend, brüllt' ich um Hilfe.
Die Spitzbuben, aufs äußerste erschreckt durch die gräßlichen Laute, um so mehr, als sie kein gutes Gewissen hatten, flohen eilig, ohne den Esel erst loszubinden, in das tiefste Dickicht des Waldes hinein. - Ich schrie unaufhörlich, und der Esel fing auch an.

In diesem Augenblick kam ein Mann mit einer Laterne. Er streichelte den Esel und beleuchtete ihn von allen Seiten, und dann beleuchtete er auch mich in meiner Bedrängnis.
»Komm hervor aus dem Rohr!« sprach er ernst.
»Der Frack, der Frack!« schrie ich. »Der leidt's halt nicht!«
»Da werden wir mal nachsehn!« sprach er gelassen. »Ja, dies ist erklärlich; denn hier aus dem Astloch steht er heraus, zu einem Knoten verknüpft, und ein Stäbchen steckt als Riegel dahinter.«
»Das haben die verdammten Bengels getan!« rief ich entrüstet.

Es war die höchste Zeit, daß ich loskam. Wie ein Pfropfen aus der Flasche flog ich zum Loch heraus, und der alte Schlumann, denn der mußt' es sein, brach einen Zweig ab und klopfte mich aus wie ein Sofakissen, wo die Motten drin sitzen.

Er trug Rohrstiefel, einen Staubmantel von Glanztaft und einen breitkrempigen Hut. Es war ein ansehnlicher Herr von fünfzig bis sechzig Jahren mit graumeliertem Bart und Augen voll ruhiger Schlauheit. Wohlwollend grüßend, bestieg er seinen Esel, ermunterte ihn mit den Worten: »Hü, Bileam!« - und ritt langsam in der Richtung des Dorfes fort.

Die Diebe hatten unter anderm ein kaltes Hühnchen zurückgelassen. Ich ging damit abseitis, verzehrte es, wühlte mich in trockenes Laub, legte mich aufs Gesicht, damit mir nicht wieder was in den Mund fiel, und schlief unverzüglich ein.

Es mochte halbwegs Mittag sein, als ich durch ein empfindliches Schmerzgefühl an beiden Seiten des Kopfes geweckt wurde. Zwei Schweine waren eben dabei, mir die Ohren, die sie vermutlich für Pfifferlinge hielten, vom Kopfe zu fressen, hatten aber erst ganz wenig heruntergeknabbert. Im Kreise um mich her wühlte die übrige Herde.

Der Hirt, ein kleiner alter Mann mit einem dreieckigen Hut, strickte an einem blauen Strumpfe; und bei diesem treuherzigen Naturmenschen beschloß ich mich noch mal ernstlich zu erkundigen, ob er nicht wüßte, wo die Stadt Geckelbeck läge.

Das, sagte er, könnte er mir ganz genau sagen; denn vor dreißig Jahren hätte er dort mal siebzehn Ferkel gekauft, und sie wären alle gut eingeschlagen bis auf eins, das hätten die andern immer vom Troge gebissen, und da hätt' es vor lauter Hunger am Montag vor Martini einen zinnernen Löffel gefressen und am Dienstag eine Kneipzange und am Mittwoch dem Sepp sein Taschenpistol, den Lauf zuerst, und wie es an dem Zündhütchen geknuspert hätte, wär' der Schuß losgegangen, mitten durch die inneren Teile und noch weit hinten hinaus.

»Seht!« fuhr er fort. »Dort zwischen den Bäumen hindurch, grad wo ich mit diesem Strickstock hinzeige, da liegt Dösingen, und zwei Stunden hinter Dösingen kommt Juxum, und dann kommt sechs Wochen lang nichts, und dann kommt der hohe Dumms, wo's oben immer so neblig ist, und von da sieht man erst recht nichts, und . . .«

»Danke, lieber Mann!« unterbrach ihn ihn. »Und, bitte, haltet Euch bedeckt!«

Hierbei trieb ich ihm mit der flachen Hand seinen dreieckigen Hut über Nase und Ohren, und als er schimpfen wollte, konnte er es nicht, weil ihm die Nase über das Maul gerutscht war.

Als ich den Wald verließ, lag die angenehmste Landschaft vor mir ausgebreitet; Wiesen, von Hecken umgeben; ein See; ein Dorf im Dunst der Ferne. Die Nacht war schwül gewesen; der Tag wurde es noch mehr. Die Schwalben flogen tief, und eine graue Wolke, wie ein Sack voll Bohnen, stand lauernd am Horizont. Die Sonne verfinsterte sich; ein Schatten machte sich über der Gegend breit; die Wolke, nunmehr mit einer langen gelblichen Schleppe geziert, war drohend heraufgestiegen. In ihrem Innern grollte es bereits; ein Wind erhob sich, und dann kam rauschend und prasselnd die ganze Bescherung.
In der Wiese, wo ich mich befand, war Heu gemacht; an der Hecke bemerkt' ich eine kleine Hütte von Zweigen; ich schlüpfte spornstreichs hinein.
So geht's, wenn man nicht erst zusieht! Ich fiel direkt in zwei offene Weiberarme und wurde auch umgehend so heftig gedrückt und abgeküßt, daß ich, der so was nicht gewohnt war, in die peinlichste Angst geriet.

»Hö! Hö!« schrie ich aus Leibeskräften. »Satan, laß los!«
Gleichzeitig schlug ein blendender Blitz in den nächstliegenden Heuhaufen, und ein Donnergepolter folgte nach, als wäre das Weltall von der Treppe gefallen.
Meine zärtliche Unbekannte ließ mich los und sprang vor die Hütte.
»Ätsch! Fehlgeschossen! Hier saß ich!« rief sie spottend in die Wolken hinauf, und dann tanzte sie lachend um den brennenden Heuschober.
Die blitzenden Zähne; das schwarze Haar, durchflochten mit goldenen Münzen; unter dem grauen, flatternden Röcklein die zierlichen Füße; dies alles, kann ich wohl sagen, schien mir äußerst bemerkenswert.
Mit dem letzten Krach war das Wetter vorübergezogen. Vergnüglich und unbefangen, als sei zwischen uns beiden nichts vorgefallen, setzte sich das Mädel wieder zu mir in die Hütte. Sie machte die Schürze auf. Es waren gedörrte Birnen drin, meine Lieblingsfrüchte, und als ich sie essen sah, wollte ich auch zulangen. Aber jedesmal kniff sie die Knie zusammen, zischte mich an und gab mir neckisch einen Knips vor die Nase. Schließlich erwischte ich doch eine beim Stiel. Sofort krümmte sich diese Birne und biß mich in den Finger, daß das Blut herausspritzte. Ich hatte eine

Maus beim Schwanze. »Au!« rief ich und schlenkerte sie weit weg. »Wart. Hex, jetzt krieg' ich dich!«
Aber schon war die hübsche Zauberin aufgesprungen und hatte mir sämtliche Birnen vor die Füße geschüttet. Dies Mäusegekrabbel! Die meisten liefen weg. Nur eine war mir unter der Hose hinaufgeklettert, das Rückgrat entlang, bis an die Krawatte, wo sie nicht weiter konnte, und nagte hier wie verrückt, um herauszukommen; und bevor ich mich noch ausziehen konnte, hatte sie auch schon, wie sich später zeigte, ein zirkelrundes Lock durch Hemd, Weste und Frack gefressen.
Als ich mich von dieser Aufregung wieder einigermaßen gesammelt hatte, sah ich mich um nach dem Blitzmädel, der Hexe; denn ich hatte Mut gefaßt und wollte ihr mal recht ins Gewissen reden von wegen Zauberei, und danach, so nahm ich mir vor, wollt' ich ihr zur Strafe für ihre Schändlichkeit einige herzhafte Küsse geben. Ich suchte und suchte, in der Hütte, in der Hecke. Nichts Lebendiges war zu bemerken außer ein Laubfrosch, ein Zaunigel, viele Maikäfer und der Schwanz einer silbergrauen Schlange, die grad in einem Mausloch verschwand.
Weiterhin schlich der Jägernazi herum, als ob er was verloren hätte. Er sah recht verstört aus und ging an mir vorbei, ohne mich zu beachten.
Auch ich war etwas trübselig geworden, denn nicht nur spukte mir das Mädel im Schädel, sondern als ich Frack, Hemd und Weste ablegte, um den Mäuseschaden zu besichtigen, fehlte mir auch mein goldenes Medaillon, das ich bisher immer so sorgsam bewahrt hatte.
Nach dem Gewitter hatte sich die Luft empfindlich abgekühlt, so daß mir abends die Zähne im Munde klapperten. Daher schien es mir ratsam, mich nach einem Quartier umzusehn, wo ich unter Dach und Fach übernachten konnte. Ich versteckte mein Netz, näherte mich einem einsamen Bauernhofe und besah die Gelegenheit. Aus einer offenen Luke im Giebel hing Stroh heraus; eine Leiter stand davor. Zu Nacht, als alles still geworden, stieg ich hinauf. Es war ein einfacher Bretterboden. Ich machte mich so leicht wie möglich. Kracks! Da brach ich schon durch.
Ich fiel weich, auf ein Bett, wie ich merkte. – Aha! dacht' ich. Das trifft sich gut! Dies ist sicher die Fremdenkammer! – und wollte mir's bequem machen. Aber neben mir rührte sich was.

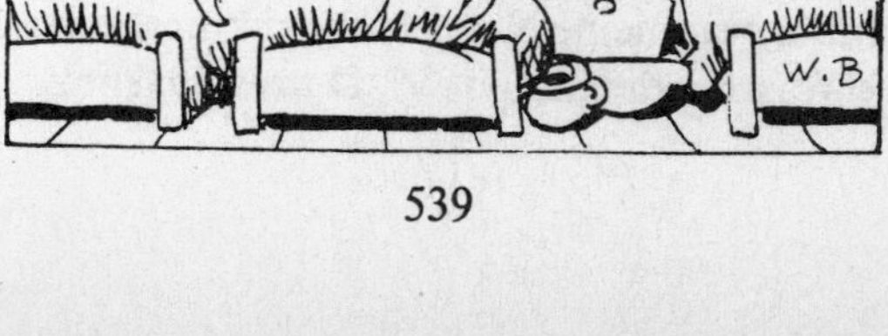

»Kunrad!« rief eine Weiberstimme. »Kunrad, der Sack ist durch die Decke gefallen.«

»Dummheit! Du träumst! Dreh dich um!« gab eine schläfrige Männerstimme zur Antwort.

»Kunrad!« kreischte die Frau. »Der Sack hat Haar auf dem Kopf!«

»Ich komm' schon!« klang's munter aus dem anderen Bette herüber.

Es schien mir nicht ratsam, noch länger zu verweilen. Ich trat klirrend in ein Gefäß voll Flüssigkeit; ich tappte mit den Händen in fünf, sechs offene Mäuler. Die Kinder heulten, die Frau schrie: »Ein Dieb! Ein Dieb!« – und der Bauer fluchte und schwur, daß er ihn schon kriegen und durch und durch stechen wollte, wenn er nur gleich einen Säbel hätte. Zum Glück fand ich eine Tür, die in den Nebenraum führte. Hier kriegt' ich den Kopf einer Kuh zwischen die Arme, und als ich das haarige Gesicht und die zwei harten Hörner fühlte, erschrak ich und dachte schon, es sei der kräftige Knecht mit der Heugabel. Das bekannte Hamuh! gab mir die Besonnenheit zurück. Ich sprang aus der Klappe und schlich mich hinter dem Schweinestall herum durch den Gemüsegarten ins Feld. Alles, was Stimme hatte, war wach geworden; Hund, Hühner, Schweine, Kühe, Ziegen und Gänse; aber am längsten hörte ich noch die leidenschaftlichen Äußerungen der Familie, die aus weitgeöffneten Mäulern und Fenstern hinter mir her schimpfte.

Ohne erst mein Netz zu holen, lief ich und lief ich die halbe Nacht hindurch, bis ich einen Teich erreichte, in dessen Nähe ein Mühlrad rauschte. Schön gelb und rund, gleich dem Eierkuchen in der Pfanne, ehe er völlig gereift ist, schwebte der Mond im Himmelsraum. Ich war ungemein wach und warm geworden. So setzt' ich mich denn auf das Wehr und hörte zu, was sich die Frösche erzählten, die ihre gesellige Unterhaltung, worin sie durch meine Ankunft gestört waren, alsbald wieder anknüpften.

»Frau Mecke! Frau Mecke!« fing die eine Fröschin zur andern an. »Was ba-backt Ihr denn morgen?« – »Krapfen, Krapfen! Frau Knack!« entgegnete Frau Mecke.

»Akkurat mein Geschmack!« quakte die Frau Knack.

Und kaum, daß sie diese Ansicht geäußert hatte, so stimmten sämtliche Frösche ihr bei und erklärten laut und einstimmig, die Frau Knack-ack-ack-ack hätte den wahren Geschmack-ack-ack-ack, und da blieben sie bei und hörten nicht auf, bis ich gegen Morgen einen dicken Stein holte und mitten ins Wasser plumpste.

Inzwischen hatte ich allerlei in Erwägung gezogen. Durch die vorwiegend pflanzliche Nahrung war meine Natur doch sehr merklich ermattet. Auch bedurfte meine Wäsche, die nur aus $^1/_{12}$ Dutzend Hemden und $^1/_{12}$ Dutzend Paar Strümpfen bestand, recht dringend der Ergänzung. Daher beschloß ich, mir in der Mühle einen Dienst zu suchen.

Auf meine Anfrage, ob's nichts zu flicken und zu stopfen gäbe, gab der Müller die freudige Antwort:

»Nur herein, mein Sohn! Es ist ein gesegnetes Mäusejahr; kein Sack ohne Löcher!«

Drei Wochen lang hantiert' ich emsig mit Nadel und Zwirn; aber die sitzende Lebensweise gab mir auch die beste Gelegenheit, in aller Stille an die reizende Hexe zu denken und allerlei Pläne zu schmieden, wie ich sie wieder erwischen könnte. Unwiderstehlich erwachte die Wanderlust; die Beine fingen an zu zappeln wie fleißige Weberbeine, und eines schönen Morgens stand ich reisefertig da, mit einem neuen Netz in der Hand, und sprach:

»Meister, ewig können wir nicht beieinander sein. Gehabt Euch wohl!«

Nachdem ich meinen Lohn erhalten, spaziert' ich mit munteren Schritten den Bach entlang. Ich war ordentlich plus und prall geworden. Und pfeifen tat ich, und zwar schöner als je; denn grad durch das ärgerliche Loch, was mir der Strolch in die Zähne geworfen, bracht' ich nun die kunstvollsten Töne hervor.

Die Landschaft, in die ich zuerst gelangte, sah sehr einförmig aus. Die Kartoffeln standen gut; indes ungewöhnlich viele Schnecken gab es dasselbst, die, wie mir schien, noch viel langsamer krochen als anderswo.

Bald erreicht' ich ein idyllisches Dörflein. Alle Häuser hingen gemütlich schief auf der Seite; desgleichen die Wetterhähne auf den Dächern. Auf den Türschwellen im warmen Sonnenschein hockten die Mütter und besahen so beiläufig den Kindern die Köpfe, während die Mannsbilder draußen auf der Bank saßen und versuchten, in dieselbe Stelle zu spucken, was, wenn es gelingt, ja den Ehrgeiz befriedigt. Nur einer machte sich etwas Bewegung auf der Gasse. Er ließ seinen Stock fallen. Mühsam und seufzend hob er ihn auf; aber dann ging er auch gleich ins Wirtshaus zu seiner Erholung.

Ein Dickwams sah schläfrig zum Fenster heraus.

»Ihr da, mit dem Dings da!« sprach er mich an. »Ihr könntet mir zu etwas behilflich sein.«

Ich trat ins Haus. In langgedehnter, zähflüssiger Rede tat er mir kund, um was es sich handelte: Er hätte eine Kanarienhecke oben unter dem Dach, die möchte er gern, von wegen des lästigen Treppensteigens, nach unten verlegen; aber das Viehzeug, um es einzufangen, sei gar zu flüchtig für ihn, und da wär' ich mit meinem Netz grad recht gekommen.

Ich stieg voran die Treppe hinauf. Er ließ sich nachschleppen, indem er meine Frackschöße erfaßte, und es wundert mich nur, daß dieselben bei der Gelegenheit nicht ausgerupft und entwurzelt sind. Trotzdem, als wir die Dachkammer erreichten, mußt' ich ihm erst lange den Rücken klopfen, bis er wieder zu Atem kam; so dick war der Kerl.

Mit Leichtigkeit, vermittels meines Netzes, erhascht' ich sämtliche Vögel, es mochten ihrer zwanzig bis dreißig sein, und steckte sie in einen Beutel, den ich auf einen Stuhl niederlegte. Nur ein altes schlaues Weibchen konnt' ich noch immer nicht kriegen.

Der Dicke, der starr und träge zugesehn, wie ich so herumfuchtelte, mochte davon wohl etwas schwindlig und müde geworden sein. Mit dem Seufzer »Ach ja!« ließ er sich in voller Sitzbreite auf den Stuhl niedersinken, wo der Beutel drauf lag. Keinen Ton gaben sie von sich, die armen Vöglein. Er merkte auch nichts, sondern saß friedlich da mit halbgeschlossenen Augen, und als ich ihm ängstlich mitteilte, daß fast sein ganzer Singverein unter ihm läge, sprach er langsam und seelenruhig:

»Dann pfeifen s' nimmer, das weiß ich gewiß!«

»Na!« rief ich. »So bleibt meinetwegen sitzen bis Ostern übers Jahr. Wünsch' angenehme Ruh!«

Das alte Kanarienweibchen hatte sich ihm frech auf den Kopf gesetzt und pickte an dem Quast seiner Zipfelmütze. So verließ ich die zwei.

Am Ende des Orts war ein stattlicher Neubau im Werden. Drei Zementtonnen lagen da; aus zwei derselben schaute je ein Paar Stiefel hervor. Ein einziger Maurer stand auf der Leiter mit dem Lot in der Hand und visierte lange mit großer Genauigkeit. Hierbei entglitt ihm die Schnur. Langsam stieg er herab; langsam wickelte er sie auf; langsam stieg er wieder nach oben. Als er bis zur Mitte der Leiter emporgeklommen, entfiel ihm das Lot zum zweiten Male. Er nahm eine Prise, sah in die Sonne, wartete fünf Minuten vergeblich auf die Wohltat des Niesens, stieg langsam herab, machte Schicht, und alsbald schaute auch aus der dritten Tonne ein Paar Stiefel hervor.

Um alles dies mit Muße in Betrachtung zu ziehn, hatt' ich auf einem Steinhaufen Platz genommen. Ein Hausierer, der einen Packen mit Wollwaren trug, setzte sich zu mir.

»Merkwürdiger Ort, dies Dösingen!« fing er an. »Den Flachsbau haben sie längst aufgegeben; war ihnen zu langwierig; flicken die Schweineställe mit den Hecheln, die Zacken nach innen gekehrt; Rüsseltiere wühlten sonst immer die Wände durch; Gänsezucht vorherrschend jetzt, der Bettfedern wegen. Bequeme Leute; wenn sie gähnen, lassen sie meist gleich das Maul

offen fürs nächste Mal. Hier verkauf' ich die meisten Nachtmützen.«
»Was wird denn das für ein Haus da?« fragt' ich.
»Trottelheim. Der reiche Schröpf läßt's baun, der Klügste im ganzen Dorf, seit er das große Los gewann. Diese wohltätige Anstalt, pflegt er zu sagen, ist nicht bloß für andere, sondern eventuell auch für mich, nach meinem Tode natürlich; denn, sagt er, wenn man auch als gescheiter Kerl stirbt, man weiß nie, ob man nicht als Trottel wiederauflebt.«
Der Hausierer erhob sich. Ich erhob mich gleichfalls und fragte ihn, wie das nächste Dorf hieße.
»Juxum!« gab er zur Antwort. »Lustiges Nest.«
Schon von weitem konnte man sehen, daß es ein fröhliches Dörfchen war. Die Saaten standen üppig; auf jeder Blume saß ein Schmetterling; in jedem Baum saß ein zwitscherndes Vöglein; rot schimmerten die Dächer und hellgrün die Fensterläden.
Ein munterer Greis gesellte sich zu mir. Auf meine Frage, wie er es angefangen, so alt zu werden, erwiderte er schmunzelnd:
»Regelmäßig weiter leben ist die Hauptsache. Ich esse, trinke, schlafe regelmäßig, und wenn meine Frau stirbt, so heirate ich regelmäßig wieder. Jetzt habe ich die fünfte. Ich bin der Bäcker Pretzel. Dort liegt das Wirtshaus. Gleich komm' ich nach.«
Auf Grund meiner Ersparnisse in der Mühle konnt' ich mir schon was erlauben. Ich kehrte ein. Da der lange Stammtisch bis auf den Ehrenplatz schon besetzt war, drückt' ich mich auf die Bank hinter der Tür.
»Frau Wirtin!« sprach ich bescheiden. »Ich hätte gern ein Butterbrot mit Schlackwurst.«
»Schlackwurst? Das glaub' ich schon. Schlackwurst ist gut!« rief laut lachend die dicke Wirtin. »Aber unsere Schlackwurst, mein Schatz, die essen wir selber!«
Dieser Scherz erregte bei der anwesenden Gesellschaft das herzlichste Gelächter. Alle bestätigten es, daß die Schlackwurst sehr schmackhaft, ja, die Königin unter den Würsten sei. Da die Wirtin ferner erklärte, sie habe es sich zur Regel gemacht, auch ihre Butter lediglich selbst zu genießen, so mußte ich mit einem Stück Hausbrot und einem kleinen Schnapse vorliebnehmen.
Die Schwarzwälder Uhr hakte aus, um fünf zu schlagen.
»Gleich wird Bäcker Pretzel kommen!« bemerkte die Wirtin. »Seit nun bereits fünfzig Jahren, präzis um Schlag fünf, setzt er sich hier auf seinen Platz und trinkt regelmäßig seine fünf Schnäpse.«
»Das ist wie mit den ewigen Naturgesetzen!« erklärte der schnauzbärtige Förster. »Nicht wahr, Herr Apotheker?«

»Jawohl!« bestätigte dieser. »Man weiß, wie's war, also weiß man, wie's kommt. Was sagt Ihr dazu, Küster?«
»Tja, tja, tja!« sprach der bedenkliche Küster. »Ich hoffe, es gibt Ausnahmen von der Regel. Seit fünfzig Jahren hab' ich sechzig Taler Gehalt; vielleicht . . .«
»Ah, drum!« lachten alle.
Die Uhr schlug fünf. Es faßte wer draußen auf die Türklinke.
»Hurra!« hieß es. »Da kommt Pretzel. Jetzt wird's lustig!«
Die Tür ging auf. Ein Bäckerjunge trat ein und teilte mit, daß der alte Pretzel soeben gestorben sei.
Auf einen Augenblick des Schweigens folgte ein allgemeines Gelächter. Man lachte über sich selber, daß man so dumm gewesen war, zu glauben, es gäbe was Gewisses in dieser Welt, und am End meinte man, hätte der Küster doch vielleicht recht gehabt.
Am heftigsten lachte ein graugekleideter Gast, so heftig, daß er ins Husten kam.
»Na freilich!« rief man. »Bäcker Prillke kann wohl lachen; jetzt hat er die Kundschaft allein.«
Die Fröhlichkeit steigerte sich noch, als jetzt im Nebensaal ein Klarinettenbläser und eine Harfenistin sich hören ließen. Die Burschen und Dirnen aus der Nachbarschaft drängten herein. Bald wogte der Tanz; ich kriegte auch Lust dazu. Besonders eins von den Mädeln konnt' ich nicht aus den Augen lassen; denn obgleich sie ein Kopftuch bis fast auf die Nase trug, kam es mir doch so vor, als müßte es die reizende Zauberin sein, die mich letzthin so empfindlich geneckt hatte. Beim nächsten Walzer schwang ich mich mit ihr im Kreise herum.
»Meinst, ich kenn' dich nicht?« sprach ich flüsternd. »Du bist 'ne Hex. Aus Hutzelbirnen kannst du Mäuse machen.«
»Haha!« lachte sie. »Das ist wohl meine Bas aus dem Gebirg. Die kann Künste. Aber gib acht! Lucindili heißt sie, wer kein Geld hat, den beißt sie.«
Mein anmutig schwungvolles Tanzen, mein flatternder Schniepel, das rote Sacktüchel weit hinten hinaus hatten indes ein freudiges Aufsehn erregt. Der Walzer ging zu Ende. Aufgeregt und übermütig warf ich den Musikanten ein Guldenstück zu, damit sie mir extra eins aufspielten. Aber als ich mich umsah nach dem Blitzmädel, hopste sie bereits dahin, umschlungen von den dürren Armen eines kleinen putzigen Kerlchens mit Buckel hinten und Buckel vorn, die Weste gepflastert mit Silbermünzen, die Finger voll goldener Ringe und puppenlustig die Beine schlenkernd. Das wurmte mich. Ich trank zwei Schnäpse hintereinander und fing Krakeel

an. Zwei Minuten später flog ich draußen, zu allgemeinem Vergnügen, sehr rasch die Treppe hinunter.
Anstatt mich nun alsbald so weit wie möglich von diesem lustigen Orte zu entfernen, stellt' ich mich hinter den Zaun und paßte auf, bis das Mädel nach Hause ging. Es war schon Abend geworden, als sie kichernd über die Straße eilte, das Buckelmännchen dicht hinter ihr. Gleich drauf machte sie Licht im Haus gegenüber, oben am offenen Fenster. Schmachtend blickt' ich hinauf. Sie sah mich stehn, so schien's, und winkte mir zu.
Schnell nahm ich einen Schubkarren, der dienstwillig dastand, richtete ihn an die Mauer, kletterte hinauf und streckte meine Arme über die Fensterbrüstung, um einzusteigen. Es war eins von jenen niederträchtigen Schubfenstern, die man von oben herunterläßt. Mit Gerassel fiel es zu; die Scheibe, dicht vor meinem Gesicht, sprang klirrend entzwei; ein Pflock wurde vorgeschoben; ich saß mit beiden Armen fest bis über die Ellenbogen.
»Er sitzt in der Klemme! Lauf, Cindili, und sag Bescheid, daß sie kommen!«
Dies rief eine heisere Männerstimme; und wenn meine Lage an sich schon ängstlich genug war, so wurde sie geradezu peinlich, als ich zu meinem Schrecken bemerkte, daß aus dem Hintergrunde des Zimmers mein buckliger Nebenbuhler höhnisch grinsend, mit dem Talglicht in der Hand, auf mich zukam.
»Du Leichtfittich!« rief er und leuchtete mir in die Augen. »Du Mädchenverführer! Was denkst du dir nur, du abscheulicher Racker?«
Unterdes hatte er einen Korkstöpsel in die Flamme gehalten und machte mir damit erst mal einen schwarzen glühendheißen Schnauzbart von einem Ohr bis zum andern, und dann hielt er mir das Licht unter die Nase, daß sie darin lag wie ein Lötkolben, was sehr weh tat. Aber das Schlimmste kam erst noch, denn jetzt kriegte er seine große Horndose aus der Tasche und rieb mir zwei tüchtige Portionen Schnupftabak in die Naslöcher, so daß ich fürchterlich niesen mußte, und dabei stieß ich mit meiner armen Nase fortwährend auf den harten Fensterrahmen, bis ich schließlich nicht mehr wußte, ob's Sonntag oder Montag war.
Inzwischen ging hinter mir auf der Gasse ein Kichern und Gemurmel los, und nicht bloß dies. Ein Klatschhieb nach dem andern fiel tönend auf meine gespannte Rückseite, darunter mancher von bedeutender Kraft; und Kniffe waren auch dabei, vermutlich von Weibern. Und dann hieß es: He, Philipp! He, Christoph! Herbei mit dem Pusterohr!
Ach, wie empfindlich stach das, wenn diese spitzen Geschosse, pfütt! pfütt! so plötzlich sich einbohrten in meine strammen Gesäßmuskeln, die

durch die leichte Bekleidung so gut wie gar nicht geschützt waren. Und jetzt erhob sich ein allgemeines Freudengeschrei: »Apotheker Pillo kommt mit dem Feuerwerk!«

Sie zogen mir den Schubkarren unter den Füßen weg. Bei prachtvoller bengalischer Beleuchtung, bald rot, bald grün, hing ich strampelnd an der Wand herunter.

Erst als das Feuerwerk sich seinem Ende nahte, schob man das Fenster hoch. Ich tat einen harten Fall; ich war geneigt zu harten Worten, aber die Genugtuung, mich ärgerlich zu sehn, wollte ich dem Publikum doch nicht bereiten; daher rappelt' ich mich flink auf und verließ sorglos tänzelnd, im lustigen Hopserschritt, den Schauplatz meiner Qual und Beschämung. Die heiteren Bewohner von Juxum sandten mir ein tausendstimmiges Bravo! nach.

Zur dauernden Erinnerung an dies Erlebnis hab' ich die rote geschwollene Kartoffelnase behalten, die verdächtig genug aussieht, obgleich ich seit jenem Tanzvergnügen den Schnapsgenuß immer sorgfältig vermieden habe. Was die anderseitigen Verletzungen anbelangt, so haben sie, sosehr dies zu befürchten stand, doch auf meine spätere Sitzfähigkeit keinen nachteiligen Einfluß ausgeübt.

Nachdem ich in dem nunmehr eifrigen Bestreben, das lustige Juxum baldmöglichst weit hinter mir zu lassen, die ganze Nacht durch auf den Beinen geblieben, gelangt' ich bei Sonnenaufgang in ein schattiges Waldgebirge.

Vor einer kleinen Höhle stand ein knorriger Baum. In ziemlicher Höhe, an einem langen Aste desselben, hatte sich einer aufgehängt. Da er das linke Bein noch rührte, kletterte ich mit einiger Mühe und Gefahr nach oben, kriegte mein Messer heraus und schnitt eilig den Strick ab.

Der Unglückliche, der sich durch Verlängerung des Halses sein Leben zu verkürzen gedachte, war noch elastisch und hüpfte daher, als er den Boden berührte, ein paarmal auf und nieder, ehe er umfiel. Bei näherer Besichtigung fand ich, es war der Jägernazi, der Schlangenfreund, der mir ehemals einen so empfindlichen Stoß unter die Rippen versetzte.

Ohne Groll und Zögern jedoch macht' ich mich dran, ihn in den verlorenen Zustand eines bewußten Vorhandenseins wieder zurückzubringen. Ich knöpfte ihm die Joppe auf; ich knetete ihm mit Händen und Füßen die Magengegend; ich kitzelte und feilte mit einer stachligen Brombeerranke seine lange weiße Nase; ich holte groben Kies und eine Handvoll Ginster und schabte ihm Brust, Hals und Angesicht, um die erlahmten Gefühle zu reizen und aufzumuntern. Endlich hatt' ich Erfolg. Mit den schmerzlich

hingehauchten Worten: Oh, Schlange! riß er die Augen auf, setzte sich, befühlte seine Kehle, nieste, spuckte aus und sah mich lange schief, aber scharf von der Seite an. Jeden Augenblick erwartete ich einen Ausbruch seiner Dankbarkeit gegen mich, der ihm so mühsam das Leben gerettet. Aber ich irrte sehr.
»Malifiztropf!« blärrte er mir entgegen. »Nie meiner Lebtag hab' ich mich so gut unterhalten wie diese letzten zehntausend Jahre, als ich nirgends zugegen war; und da geht der Narr her und verleidt und verschneidt mir mein' Freud, und da sitz' ich nun wieder in der schlechtesten Gesellschaft, die sich nur denken läßt, in meiner und deiner, du langweiliger Peter du!«
Allmählich indes fing er an, die Gegenwart dieser Welt wieder erträglich zu finden. Er wurde sogar heiter und mitteilsam.
»Eigentlich sollt' ich ein Klosterbruder werden«, hub er an zu erzählen. »Allein die edle Entsagung, die hierzu erforderlich ist, fehlte mir gänzlich. Ich lief weg und ließ mich anwerben bei den Soldaten; aber parieren mocht' ich auch nicht gern. Da, wie's der Zufall so fügte, starb ein alter Vetter, der mir zehntausend Gulden vermacht hatte. Wunderlicher Kauz, das! Hatte fünfhundert Gulden bestimmt für sein Grabmonument. Bildhauer ausdrücklich mit Namen genannt. Verständiger Künstler; ließ mit sich reden; nahm hundert Gulden für nichts; und der tote Herr Vetter wartet noch heut auf sein Denkmal!« »Das war nicht gut!« meint' ich.
»Wieso?« fuhr der Nazi fort. »Sind vierhundert Gulden was Schlechts? Kurzum, ich wurde flott. Ich lernte ein Mädel kennen, fein, schlank, wundersam; ein verteufeltes Frauenzimmer. Zog mir spielend die Seel' aus dem Leib und das Geld aus der Tasche. Mit dem letzten Dukaten, weg war sie. Ha, du Hex! Ha, du Schlange!«
Schon glaubt' ich, er wolle sich zum zweitenmal aufhängen vor Wut und Gram; aber er besann sich, lachte grimmig und lud mich ein, mit in seine Höhle zu gehen, wo er sich häuslich eingerichtet hatte, allerdings nur sehr mangelhaft, denn eine vielversprechende Flasche, die er, das eine Auge zugekniffen, gegen das Licht hielt, erwies sich als inhaltlos.
In der Ferne fiel ein Schuß.
»Weißt du was, Freund Peter?« sprach der Nazi etwas hastig. »Am besten ist's, wir gehn fechten bei den Bauern, damit wir was Warmes kriegen.« Vorsichtig anschleichend, führte er mich nach der andern Seite aus dem Wald hinaus, quer durch die Felder, bis wir zum nächsten Dörflein gelangten.
Gleich im ersten Hause fand unser Anliegen eine günstige Aufnahme. »Grad kommt ihr recht, ihr Herrn!« sagte die gemütliche Bauerfrau.

»Heut mittag hat's Erbsenbrei mit Speck gegeben; der Speck ist alle; aber Brei gibt's noch in Hülle und Fülle.«
Sie brachte jedem einen aufgehäuften Napf voll, und der hölzerne Löffel stak drin. Freudig setzt' ich den letztern in genußreiche Bewegung. Freund Nazi dagegen, dem die Kost nicht behagte, pustete nur immer, als ob's ihm zu heiß wäre; und kaum, daß die gute Bäuerin den Rücken drehte, um wieder in die Küche zu gehn, so erhob er sich und entleerte seine Schale in das Innere eines grünen baumwollenen Regenschirms, der hinter der Tür stand.
»Danke für gute Verpflegung!« rief er in die Küche hinein und entfernte sich eilig.
Ein warnendes Vorgefühl überschlich mich. Ich machte, daß ich fertig wurde, und stand grad auf, als der ehrwürdige Hausvater aus der Stube trat. Er langte sich den Schirm, weil es draußen zu regnen begann, und spannte ihn auf. Groß war seine Überraschung, als ihm der zähe Brei über das Haupt und die Schultern rann. Dennoch besaß er so viel Geistesgegenwart, daß er mir, eh' ich vorbeischlüpfte, den Schirm ein paarmal um die Ohren schlug, so daß ich auch von diesem Brei noch ziemlich was abkriegte.

Der Nazi sah es von ferne und wollte sich schieflachen.
Ich wär' ihm fast bös geworden darum; da er aber fleißig putzen half und trostreiche Worte sprach, ging ich wieder zu Wohlwollen und Heiterkeit über.

Um die Vesperzeit drang mein Freund darauf, daß wir, jedoch am andern Ende des Dorfes, einen zweiten Besuch machten.
Ein kleiner Unglücksfall kam uns zustatten. Ein Knabe von etwa fünf Jahren fiel aus einem Apfelbaum ins weiche Gras. Er war mit einem Anzug bekleidet, den man »Leib und Seele« benennt; hinten zugeknöpft. Dadurch, daß sich beim Fallen ein Ast in den Schlitz gehakt hatte, war der Verschluß von unten bis oben vollständig gelockert. Die besorgte Mutter trat aus der Haustür. Wir suchten die abgesprungenen Knöpfe auf. Ich zog Nadel und Zwirn aus der Tasche. Der weinende Knabe würde über den Schoß der Mutter gelegt; der Nazi hielt ihm die Beine, daß er nicht strampeln konnte. Bald waren nach allen Regeln der Kunst die Knöpfe wieder befestigt und »Leib und Seele« verschließbar, soweit das, nach unten hin, bei diesem Kleidungsstück der unmündigen Jugend überhaupt ratsam erscheint.

Erstaunt und glücklich über diese rasche erfolgreiche Kur, lud uns die Mutter zum Vesperbrot ein.

Ein mächtiges Hausbrot, ein Teller mit dunklem Zwetschgenmus, eine beträchtliche, eben nur angebrochene Butterwälze, eine Schlackwurst von anderthalb Ellen standen alsbald zu unserer Verfügung. Am schnellsten nahm der Nazi Platz, denn er hatte tagsüber nur rohe Pflaumen gegessen. Er tat einen tüchtigen Hieb in die Butter.

»Die Butter ist schon hier am andern Ende angeschnitten!« sagte die Frau, die sehr ordnungsliebend zu sein schien.

»Macht nichts!« erwiderte der Nazi. »Da kommen wir auch noch hin!«

»Hier ist auch schwarze Butter!« erinnerte die Bäuerin.

»Danke! Die weiße ist gut genug für uns!« sagte der Nazi und tat einen zweiten und dritten Hieb.

So fuhren wir rührig fort. Die Schlackwurst verkürzte sich zusehends. Die Frau wurde besorgt.

»Man kann auch zuviel essen!« meinte sie.

»So leicht wohl nicht!« erwiderte der Nazi.

»Man kann sich auch krankessen!« sagte sie bald darauf.

»Kommt auch wohl vor!« gab er zur Antwort.

»Man kann sich auch totessen!« sprach sie endlich, als die Wurst immer kürzer wurde.

Jetzt legte der Nazi das Messer nieder und sprach im ernsten Ton allertiefster Bedenklichkeit:

»Wenn Ihr das meint, gute Frau, dann will ich sie lieber mitnehmen!«

Flugs erhob er sich, schob die Wurst in die Rocktasche, aus der sie noch ein gutes Stück weit hervorstand, nahm das Brot unter den Arm, drückte der Frau herzlich die Hände, versprach bald wiederzukommen, und empfahl sich mit einem zierlichen Bückling. Tief beschämt über dieses unverschämte Benehmen meines Freundes, drückt' ich mich stumm aus der Tür.

Abends kehrten wir in dem Nazi seine Höhle zurück, wo wir uns die Nacht und den folgenden Tag der Ruhe, der stillen Betrachtung und dem Genuß unserer Vorräte widmeten.

Als Brot und Wurst zu Ende, suchten wir wiederum eine Stätte auf, die von Wesen bewohnt wurde, welche kochen.

Wir traten durch die Hintertür in eine Küche. Die Köchin war nicht zugegen. Zwei Töpfe dampften auf dem Herde. Der Nazi hob die Deckel auf. In dem einen brodelten Pellkartoffeln, in dem andern, zärtlich zu Pärchen verknüpft, ein Dutzend Paar Bratwürste. Der Nazi, gewandt und kurz entschlossen, gabelte sie auf seinen Stecken.

»Besorg du die Kartoffeln! Schnell!« rief er mir zu und war schon zur Tür hinaus.

Nebenan im Keller hustete wer. Ohne mich lange zu besinnen, ergriff ich mit jeder Hand ein paar der dicksten Kartoffeln und lief gleichfalls hinaus. Sie waren glühendheiß; im Stich lassen wollt' ich sie nicht; in meiner Verwirrung und ängstlichen Eile steckt' ich sie in die Hosentaschen. Hier war der Teufel los. Ich fing an zu klopfen. Aber jetzt, als die Knollenfrüchte zerplatzten, kam ihre Höllenhitze erst recht zur vollen Entwicklung. Ich lief immer schneller und stieß dabei durchdringende Schmerzenslaute aus. Der Nazi, mit seinem Stecken voller Würste, sah sich nicht um. Schließlich gelangten wir an einen Bach. Ich nahm ein Sitzbad bis unter die Arme; meine Schmerzen und Klagen besänftigten sich. Unterdes ließ sich mein Freund am Ufer nieder und aß recht gemütlich. Er meinte, es machte sich hübsch, wie ich so dasäße, und sei sehr gesund, und ich sollte nur sitzen bleiben, bis er fertig wäre. Dies gab mir Veranlassung, meine Badekur schleunigst zu unterbrechen, und das war gut, denn als ich ans Land stieg, waren nur noch drei Paar Würstel vorhanden, an denen ich mich beteiligen konnte.

Auf unserem Wege zum Walde hin trafen wir eine schlafende Bauersfrau, die vermutlich zu Markte wollte. Leise und geschickt zog ihr der Nazi ein Päckchen Butter aus der Kiepe und legte dafür einen tüchtigen Feldstein von mindestens zwanzig Pfund Gewicht an die Stelle. Als wir uns umsahn gleich nachher, erwachte sie grad und hockte die Kiepe auf mit Seufzen und großer Beschwerde, und unten rann eine gelbe Sauce heraus, und fünf Schritt weiter brach der Boden durch. »Schad um das Rührei!« meinte der Nazi. »Ich sag's immer: Wer Steine und Eier verpackt, soll die Steine nach unten legen.«

Mir war nicht ganz wohl bei der Sach; allein der Schlingel machte das alles so lustig und wohlgemut, daß ich schließlich doch lachen mußte.

So lebten wir denn wochenlang tagsüber von unserer Betriebsamkeit in den Dörfern und bei Nacht in unserm traulichen Heim in tiefer Waldeinsamkeit.

An einem regenreichen Spätnachmittag, als wir eben dahin zurückgekehrt waren und der Nazi grad angefangen hatte, eine seiner besten Geschichten zu erzählen, fielen in der Nähe zwei Schüsse. Ein Rehbock lief vorüber; im nächsten Augenblick liefen auch wir, der Nazi voran, in der nämlichen Richtung. Es sei dem Grafen sein Förster, ein guter alter Bekannter, der da geschossen hätte, sagte später der Nazi, als wir uns etwas verschnauften. Wir waren in die Nähe eines einsam liegenden Wirtshauses gekommen.

Es wurde sehr dunkel und regnete so heftig, daß mein Freund behauptete, wir müßten unbedingt ein Quartier nehmen für die Nacht. Ich erwähnte unsere Mittellosigkeit.
»Man muß nur parterre wohnen!« meinte er sorglos. »Dann macht's nichts!«
Wir traten ein und setzten uns, und er, mit vornehmer Sicherheit, bestellte einen reichlichen Abendimbiß nebst Bier vom besten. Nachdem er drei Maß mehr getrunken als ich, rief er den Wirt herbei.
»Gebt uns ein gutes Schlafzimmer, aber zu ebener Erde, wenn ich bitten darf, denn aus Dachfenstern zu springen, im Fall, daß Feuer ausbricht, und den Hals zu brechen, das tun wir nicht gern.«
Der Wirt steckte einen Talgstummel an und führte uns höflich in die Kammer. Wir entkleideten uns. Der Wirt sah zu.
»Gute Nacht, Herr Wirt!« sagte der Nazi. »Bemüht Euch nicht länger!«
»Bitte um die Beinbekleidung!« entgegnete der gefällige Gastgeber.
»Bürsten wir selber aus!« sagte der Nazi.
»Um die Welt nicht!« rief der Wirt. »Solch anständige Herren? Wäre gegen meine Reputation. Werde in der Früh die Ehre haben, mich persönlich nach dero Befinden zu erkundigen.«
Sorgfältig legte er die beiden Kleidungsstücke über den Arm und entfernte sich, indem er uns wohl zu ruhn und angenehme Träume wünschte.
Der Nazi schnitt mir ein langes Gesicht zu. Ohne viel Worte zu machen, voll mißlicher Ahnungen, kroch jeder in sein bescheidenes Lager.
Mein Bett stand an einer Bretterwand. Kurz vor Tage weckte mich ein Lichtschimmer, der durch eine Spalte mir grad übers Gesicht streifte. Verstohlen blickt' ich hindurch. Es war ein Stall, neben dem ich schlief.
Ein Esel stand mit der schwänzlichen Seite dicht vor der Spalte. Der alte Schlumann, den ich sofort wiederkannte, näherte sich ihm mit der Laterne, streichelte ihm dreimal den Rücken und sprach dreimal hintereinander die Worte:
»Tata, tata! Mach Pumperlala!«
Damit stellte er ihm seinen Hut unter und ging ruhig beiseit' und blätterte bis auf weiteres in seinem geschäftlichen Notizbuche.
Alsbald hob der Esel den Schwanz auf; und nun kam ich dahinter, wo der alte Kerl das viele Geld herkriegte, von dem die Spitzbuben geredet hatten.
In ununterbrochener Folge, plink! plink! fielen die blanken Dukaten in den bereitstehenden Hut hinein. Die Versuchung war zu groß für mich. Ich steckte die hohle Hand durch die Spalte und schöpfte dicht an der Quelle.

»Tata, Bileam!« rief Schlumann, ohne aufzublicken. »Tata, mach Pumperlala!«

Ich zog meine Hand, die aufgehäuft voll war, zurück und entleerte sie auf der Bettdecke. Dann hielt ich sie zum zweitenmal hin. Wieder rief der Alte, dem sogleich die Unterbrechung des Stromes zu Ohren kam: Tata, Bileam! – indem er dadurch den Esel zu ermahnen und zu ermuntern suchte, in seiner ersprießlichen und scheinbar unterbrochenen Tätigkeit fortzufahren.

Eben hatte ich die zweite Handvoll in Sicherheit gebracht, als der alte Schlumann näher trat, um das, was inzwischen ausdrücklich erfolgt war, zu besichtigen und einzuheimsen.

»Weis her, Bileam!« sprach er. »Was haste gemacht? Wenig haste gemacht! Pfui, schäme dich.«

Nicht ohne ein gelindes Kopfschütteln füllte er den glänzenden Inhalt seines Hutes in die geräumige Geldkatze, sattelte sein wundersam ergiebiges Tierlein, das den Namen des geldgierigen Propheten trug, und führte es zum Stall hinaus in den Hof.

Der Morgen dämmerte durchs Fenster. Ich zählte meine Dukaten, die ich sorgfältig zu verbergen und aufzubewahren gedachte, denn sie schienen mir das einzige Mittel zu sein, jene reizende Hexe zu gewinnen, deren Bildnis mir so lebhaft im Herzen spukte. Mißtrauisch blickt' ich nach meinem Kameraden hinüber, ob er auch nicht bemerkte, welch ein wertvolles Geschenk, gewissermaßen warm aus dem Prägstock der Natur, mir ein gütiges Geschick grad eben in die Hand gelegt hatte. Zu meinem Ärger mußte ich sehen, er blinzelte schon.

»Gold!« rief er plötzlich und sprang vor mein Bett. »Natürlich gestohlen! Halbpart, oder ich sag's wieder!«

Was sollt' ich machen? Ich gab ihm die Hälfte ab und steckte das übrige in mein Beutelchen; und dann erzählt' ich ihm wortwörtlich die ganze Geschichte. Ich zeigte ihm auch den alten Schlumann, der auf seinem Esel eben vom Hof ritt.

Freund Nazi, im Gefühl seiner Barmittel, wurde jetzt aber laut. Er bollerte mit der Faust und dem Stiefelknecht gegen die Tür und verlangte Bedienung. Der Wirt erschien.

»He, die Hosen! Frühstück! Eier! Schinken! Franzwein! Flink, marsch!« schrie ihn gebieterisch der Nazi an und kniff dabei einen Dukaten ins linke Auge; ein Anblick, der den zuerst trägen und bedenklichen Herbergsvater gleich dienstbeflissen und munter machte.
Wir aßen gut und ließen uns Zeit dabei, und nachdem sich der Nazi noch ein Fläschchen extra in die Brusttasche gesteckt hatte, setzten wir einträchtig unsere Wanderschaft fort. Es wunderte mich nur, daß mein Freund, der sonst so gesprächig war, sich heute allmählich in ein völliges Schweigen hüllte. Endlich sprach er wieder:
»Verdammt zähes Zeug in den Schinken. Klemmt sich immer grad zwischen die hohlen Backenzähne, natürlich! Uh, Teufel, der Schmerz! Bitte sieh eben mal nach, bester Freund!«
Wir befanden uns weit draußen auf der einsamen Landstraße. Er riß jammernd das Maul auf. Da ich vorn nichts sehen konnte als zwei Reihen arbeitsfähiger Zähne, nahm ich den Zeigefinger zu Hilfe, um weiter hinten nachzufühlen. Sofort mit furchtbarer Gewalt, wie eine Marderfalle, schnappten die Kiefer zusammen. Meine Besinnung verließ mich. Als ich wieder zu mir kam, war mein Freund Nazi verschwunden; mein Geldbeutel desgleichen. Und so war denn das goldene Gewebe, womit ich die Geliebte zu umstricken gedachte, für immer entzweigeschnitten. Gebeugt und erschüttert durch dieses grausame Ereignis, ohne Freund, ohne Geld, zog ich mich in den tiefsten Schatten des Waldes zurück, wo mich sogleich ein erquickender Schlaf in seine tröstlichen Arme schloß.

Es war eine herrliche Mondnacht, als ich erwachte. Hinter den Felsen, im zitternden Silberlicht, schimmerte ein See. Ich hörte was plätschern. Eine Nixe, so schien es, badete sich. Neugierig schlich ich näher. Auf einem Stein lag ihr graues Gewand, auf dem Gewand ein Haarband von Goldmünzen.
Aha! dacht' ich. Bist du's? Jetzt sollst du mich schön bitten, bis du's wiederkriegst.
Geschwind steckt' ich's hinten in die Fracktasche; daß aber hinter mir, an den Baum gelehnt, ein Reiserbesen stand, hatt' ich nicht beachtet. Dieser, als säße der Teufel drin, setzte sich plötzlich in Bewegung und machte Sprünge wie ein Böcklein und stieß nach mir, bald links, bald rechts, bald hinten, bald vorn, und dann nahm er einen Anlauf und fuhr mir zwischen die Beine, und fort ging's hoch in die Lüfte und weg über die Wipfel; und ich mußte zuerst ordentlich lachen, als wir so dahintrabten, hopp, hopp, unter dem zurückfliehenden Gewimmel der Sterne, und wie im geschüttelten Frackzipfel gar lustig die Münzen klirrten; aber schon nach fünf

Minuten hatt' ich es satt gekriegt, denn mein Rößlein war ein harter Traber und warf mich auf und nieder auf seinem hölzernen Rücken, daß mir's war, als würd' ich durchgestoßen und aufgespalten bis an den Nabel. Endlich, nach Verlauf einer Ewigkeit von mindestens zwanzig Minuten, kehrte der verflixte Besengaul den Kopf nach unten und den Schweif nach oben und fuhr senkrecht in den geräumigen Schlot eines Hauses, welches einsam in der Wildnis lag.

Unter großem Gerassel fiel ich auf den Herd zwischen allerlei Küchengeschirr. Der Besen strich mir mit seinem dürren Reiserschweife noch ein paarmal durchs Gesicht, und dann stand er da, in der Ecke am Kamin, stocksteif, wie ein gewöhnlicher Schrubber, der nie was von selber tut. Durch ein Fenster mit runden Scheiben schien der Vollmond herein.

Müd und kaputt, besonders inmitten, ließ ich mich in einen hölzernen Lehnstuhl fallen. Ach, wie weh tat das! Aber hinlegen, auf den kalten Fußboden, mocht' ich mich auch nicht, weil ich zu erhitzt war; schließlich setzt' ich mich auf die offene Seite eines leeren Eimers. Das ging so leidlich, und bald war ich eingenickt.

Schon graute der Morgen, als ich durch das Knarren der Außentür geweckt wurde. Ein krummes, steinaltes Mütterchen, in Grau vermummt bis unter die Augen, kam hüstelnd in die Küche gewackelt. Sie stieß einen kurzen erschrockenen Quiekser aus, als sie mich sitzen sah; doch ganz gefährlich mußt' ich wohl nicht aussehn, denn sie sammelte sich bald und sprach mich an mit gewinnender Freundlichkeit:

»Ei, sieh da, mein Söhnchen! Wo kommst denn du schon her?«

»Ach, Mütterchen!« klagte ich. »Ich bin geritten die halbe Nacht durch auf einem mageren bockigen Pferdchen, daß ich so steif bin wie ein hölzerner Sägebock. Habt Ihr nicht zum Einreiben irgendeine geschmeidige Salbe, die wohl tut?«

»Na, freilich, mein Kind!« entgegnete sie dienstbeflissen. »Und was für eine!«

Sie öffnete den Wandschrank, kramte zwischen Gläsern und Töpfen und wählte schließlich eine zinnerne Büchse aus, die sie mir mit den traulichen Worten überreichte:

»Nimm hier, mein Sohn! Und schmier, mein Sohn! Paß auf, es wird schon anders werden!«

Bloß, um die Salbe mal vorläufig zu besichtigen, schraubte ich den Deckel auf.

»Hu!« machte die Alte und hielt sich schamhaft die Augen zu. »Bitte, nicht hier! Wenn ich's nur denk', werd' ich rot!«
Sie drängte mich nebenan in ihr Schlafzimmer, wo ich mich dann auch gleich, sobald ich allein war, gewissenhaft und emsig bemühte, eine baldmöglichste Linderung meiner Leiden herbeizuführen.
Und jetzt passierte mir was, worüber ich nur mit dem höchsten Widerstreben und der tiefsten Beschämung zu berichten vermag.
Kaum hatt' ich mit der Salbung begonnen, so ging durch mein ganzes Wesen ein auffälliges, nie empfundenes Drücken, Drängen und Krabbeln. Die Nase drehte sich nach vorn, steif richtete sich der Frack nach hinten auf. Schon ging ich auf allen vieren, und als ich zufällig in den Spiegel blickte, der neben dem Bette stand, fing ich ärgerlich zu bellen an, denn ich sah mein nunmehriges Ebenbild vor mir in Gestalt eines Pudels, blau wie der Schniepel, und mit gelben Hinterbeinen wie die Nankinghose.
Ich – muß ich mich noch so nennen, nachdem, was vorgegangen? Oder darf ich »Er« sagen zu mir? Leider nein – so gern ich auch möchte; denn das fühlt' ich genau: Die sämtlichen alten Bestandteile meiner Natur hatten sich nur verschoben und etwas anders gelagert als zuvor, und während der untergeordnete Teil meines Verstandes zur Herrschaft gelangte, war mein höheres Denkvermögen gewissermaßen auf die Leibzucht gezogen, ins Hinterstübel, von wo aus es immer noch zusah, wie die neue Wirtschaft sich machte, wenn es auch selbst nichts mehr zu sagen hatte.
Ich machte einige ängstliche Seitensprünge. Dicht hinter mir klirrte es. Es waren die Goldmünzen, die vorher im Frack, aber nunmehr im Schweife steckten. Dies Geräusch regte mich dermaßen auf, daß ich, um es loszuwerden, so lange im Kreise herumlief, bis mir die Zunge aus dem Halse hing. Dann setzte ich mich mitten in die Kammer, hielt die Nase hoch, rundete das Maul ab und stieß die kläglichsten Laute aus.
Die Tür öffnete sich, und wer steckte den Kopf herein? Meine reizende Hexe.
»Bist da, Peterle?« rief sie lachend. »Hab' ich dich erwischt, du Dieb, du Beutelschneider, du pudelnärrisches Hundsvieh du?«
Es wurde mir wunderlich zumute. Mein Gefühl für dies Teufelsmädchen war nicht mehr Liebe, sondern einfach hundsmäßige Unterwürfigkeit. Ich kroch ihr zu Füßen; und wie ich so demütig mit dem Schwanze wedelte, klirrte es wieder drin, als wär' es eine Sparbüchse für Kinder.
»Aha! Da sitzt die Musik!« lachte die Hex. »Nur Geduld! Wenn der nächste Vollmond ist, dann wollen wir schnippschnapp! machen.«
Um ihr eine Aufmerksamkeit zu erweisen, stellt' ich mich auf die Hinterbeine und versuchte mit den Vorderfüßen eine bescheidene Umarmung:

aber eine wohlgezielte Maulschelle, die mir ein schmerzerfülltes Tjaujau! auspreßte, trieb mich scheu in den Hintergrund.

Zu Nacht wollt' ich natürlich gern mit in die Kammer. Man schnappte mir die Tür vor der Nase zu. Mein Scharren und Winseln half mir nicht. Ich mußte einsam draußen bleiben, rollte mich seufzend zusammen und verfiel endlich in einen unruhigen, oft unterbrochenen Schlummer, denn sämtliche Flöhe des Hauses, so schien es, hatten sich verabredet zu einem Stelldichein und munteren Jagdvergnügen in den dichten Wäldern meines lockigen Pelzes.

Morgens durft' ich eintreten und meine Aufwartung machen und der Gnädigen die hübschen Pantöffelchen bringen, und jetzt, dacht' ich, dürft' ich mir wohl einiges herausnehmen und sprang, während sie sich die Zähne putzte, geräuschlos ins Bett, um mich nach der kühlen Nacht ein wenig zu erwärmen. Behaglich schloß ich die Augen. Doch sogleich wurde ich aufgescheucht mit harten Worten und ausgetrieben mit harten Schlägen vermittels der Pantoffeln, die sehr spitze Absätze hatten, und dann goß sie mir ein Glas eiskaltes Wasser über den Rücken, daß ich bellte vor Schreck und jammernd hinausrannte in den Hof, wo ich mich zitternd auf ein sonniges Plätzchen legte und ärgerlich nach jeder Fliege schnappte, die mich neckisch umschwärmte.

Mein Hunger war groß. Zu fressen kriegte ich nichts. Ich scharrte eine Maus aus dem Loch und verzehrte sie mit vielem Behagen; ich fing Käfer, ja sogar einen Gartenfrosch, und verzehrte sie mit dem äußersten Widerwillen.

Meine Gebieterin lebte sehr mäßig. Am Hause hingen ein paar Nistkästchen, aus denen sie täglich drei Sperlingseier nahm, die sie gar zierlich ausschlürfte, das war alles, und dabei blieb sie gesund und lustig und boshaft dazu.

Eines Abends, als sie strickend am offenen Fenster saß, wurde etwas hereingeworfen, was klingelnd zu Boden fiel. Es waren Dukaten.

»Je, der Nazi!« rief sie freudig und lief und riegelte ihm die Haustür auf. Mein ehemaliger Reisegefährte, bekleidet mit einem neuen Jagdanzug, trat stolz herein und wurde begrüßt mit stürmischer Zärtlichkeit ihrerseits, aber meinerseits mit gehässigem Knurren.

An seiner Jagdtasche hing eine Reihe toter Rotkehlchen. Sie wurden gerupft und gebraten für ihn; und anmutig sah es aus, wie auch das Hexlein ein ganz klein wenig dran knusperte mit den weißen blitzenden Zähnen. Ich kriegte die Gerippe. Der Nazi legte mir jedes zuerst auf die Nase und ließ mich aufwarten, eh' ich es nehmen durfte. Am liebsten wär' ich ihm an die Kehle gesprungen; da aber meine Gestrenge bedrohlich die

Finger erhob, ließ ich mir's gefallen, indem ich nur durch ein dumpfes Grollen und grimmiges Augenrollen meinem Unwillen Luft machte.
Diese Herrlichkeit zwischen den beiden mochte wohl so acht Tage gedauert haben, als ein unerwarteter Besuch kam; der alte Schlumann nämlich. In aller Stille hatte er draußen seinen Esel angebunden und trat nun unbefangen in die Küche wie ein wohlbekannter Hausfreund, mit der Begrüßungsfrage:
»Wie schaut's, Lucinde?«
»Ah, der Onkel!« rief sie. »Ah, der Goldonkel! Wie herrlich, daß du kommst. Du bist doch der beste von allen!«
Er mußte Platz nehmen im Lehnsessel. Sie warf sich ihm auf den Schoß, sie knöpfte ihm den Rock auf, sie schnallte ihm die Geldkatze ab und lief hin und entleerte sie klirrend in ihre Truhe. Er schmunzelte dazu.
Indes hatte der Nazi ein Gesicht gekriegt, blaßgelb wie Ziegenkäs'. Plötzlich sprang er auf und schrie, die Sach wär' ihm zu dumm, und er wollt's nicht leiden, und 'raus müßt' der Kerl, und wenn's der Teufel wär'. Und damit zog er den Hirschfänger und fuchtelte grausam in der Luft herum.
Der alte Schlumann rührte sich nicht; aber die Hex, flink wie der Blitz hatte sie zwischen den Knöcheln ihres Mittel- und Zeigefingers dem Nazi seine Nasenspitze eingeklemmt und drehte eine schmerzensreiche Spirale daraus. Der Hirschfänger entfiel seiner Hand. Blärrend wie ein Kalb ließ er sich willenlos wegführen. Ich riß ihm noch ein tüchtiges Stück aus seiner neuen Hose; dann wurde die Tür hinter ihm zugeriegelt. Draußen tobte er fürchterlich und drohte, das sollte sich schon zeigen, ob eigentlich das Hexen noch erlaubt sei in einem christlichen Reiche deutscher Nation.

Auf einmal schwieg er still. Der Goldonkel und die Nichte legten sich ins Fenster; ich stellte mich auf die Hinterbeine und sah gleichfalls hinaus. Was den Nazi so plötzlich zum Schweigen veranlaßt hatte, war der Esel, dem er jetzt näher trat, um ihn zweckentsprechend zu behandeln. Er strich ihm dreimal über den Rücken und wiederholte dreimal die Worte:
»Tata, Tata! Mach Pumperlala!«
»Gut«, schmunzelte Schlumann, »daß ich den Echten zu Hause ließ.«

Der Esel, durch das Streicheln angeregt, hob wirklich den Schwanz auf. Der Nazi hielt den Hut unter; aber es erfolgte nichts Wunderbares, sondern nur das, was in solchen Fällen bei gewöhnlichen Eseln allgemein üblich ist.
»Armer Nazi!« rief lachend die Hex. »Es ist ja der rechte nicht! Hehe!«
Wütend schlenkerte der Nazi seinen Hut aus und verschwand im Gebüsch.
Übrigens war dieser Schlumann auch mir recht zuwider; die fortgesetzten Liebkosungen zwischen Onkel und Nichte machten mich eifersüchtig, wie Hunde sind; als daher dieser Verhaßte, bedeckt mit den zärtlichsten Abschiedsküssen, eines schönen Morgens wieder wegritt auf seinem Esel, vollführt' ich vor lauter Vergnügen, trotz meiner Magerkeit, ringsum im Hof einen lustigen Dauerlauf.

Ich war allmählich in meinen Manieren ganz Hund geworden. Ich gähnte ungeniert in Gegenwart meiner Herrin, ich kratzte mich, ich wälzte mich schamlos auf dem Rücken, ich drehte mich stets dreimal herum, ehe ich mich niederlegte zum Schlummern, ich bellte, um mich wichtig zu machen, wenn auch nichts los war, und wo ich einen alten Strumpf oder Schuh fand, nagte ich dran herum.
Meine Behandlung, obgleich ich mich der äußersten Demut befliß und meine schöne Tyrannin beständig im Auge hatte, wurde nicht besser. Ich mußte mich damit begnügen, von weitem zu wedeln und hündisch zu lächeln, was ich jedesmal tat, wenn sie zufällig mal hersah. In die Nähe wagt' ich mich nicht, denn meine Rippen mußten in beständiger Furcht sein vor den spitzen Absätzen der zierlichen Pantoffeln. Endlich, zur Verzweiflung getrieben vor Hunger und Kummer, brannt' ich durch.
Ich lief bis zum nächsten Städtchen, wo mich eine alte Jungfer vermittels Zucker und zärtlichen Zungenschnalzens zu sich hereinlockte. Hier lebt' ich im Überfluß. Sie wusch und kämmte mich, sie knüpfte mir ein rosa Bändchen um, sie häkelte mir einen himmelblauen Paletot, sie nannte mich unter tausend Küssen ihren süßen, einzigen Herzensfreund. Den ganzen Tag lag ich auf dem Kanapee, und des Nachts durft' ich sogar als Wärmflasche zu ihren jungfräulichen Füßen liegen. Bald war ich so faul und wurde so fett, daß die Verdauung stockte. Statt froh und dankbar zu sein, zeigt' ich mich grämlich und unzufrieden, und kurz und gut, als meine Wohltäterin, deren Zärtlichkeit mir auch nicht recht passen wollte, mal wieder, wie gewöhnlich, zur Frühmesse ging, schlich ich mich fort, immer dicht an den Häusern hin, und drückte mich schließlich in die erste Tür, die ich offen fand. Ich war in die Apotheke geraten.

»Ha!« rief der Provisor. »Delikat! Das gibt Hundsfett, um die Bauern damit anzuschmieren. Sehr ergiebig für den Handverkauf.«

Er bot mir eine Pille an. Sie roch verdächtig; mein Instinkt warnte mich, sie anzunehmen. Ich fletschte die Zähne, knurrte, machte kehrt und rannte und rannte bis vors Tor; denn mein Fett, so lästig mir's war, wollte ich doch auf diese Art nicht gern loswerden.

Nicht weit von der Stadt fing mich ein Milchmann ein, der grad einen Zughund brauchte. Dies war die richtige Kur für mich; schon nach wenigen Tagen fühlt' ich mich leichter. Nur etwas war peinlich dabei. Die fremden Hunde, wenn ich den Karren zog, nachdem sie mich prüfend berochen hatten, bellten mich an und bissen mich fürchterlich; ich biß sie wieder; wodurch denn der Verlauf des Geschäfts allerlei bedenkliche Störungen erlitt. Geistig angeregt durch diese Verdrießlichkeiten, machte mein Herr eine praktische Erfindung. Er brachte unterhalb des Fuhrwerks einen nur nach unten offenen Kasten an, worin ich angespannt wurde und ziehen mußte; er selbst brauchte nur die Deichsel zu regieren.

So war ich allerdings einerseits wohl geschützt gegen alle Versuchungen und Anfechtungen der Außenwelt, indes andererseits, je mehr ich Muße hatte, mich inwendig zu besehen, um so deutlicher trat nun wieder das Bildnis der zuerst verlassenen Herrin, so bös sie auch war, vor die untertänigst ergebene Sklavenseele.

Ich wurde abends im Hof angebunden vor der Hundshütte. Ich kaute den Strick entzwei und eilte so rasch wie möglich dem Walde zu, um wieder in der Nähe derjenigen zu sein, die mich so grausam behandelt hatte; ich kratzte an der Tür, und sogleich wurde aufgemacht. Ungewohnt liebenswürdig wurd' ich empfangen; ich gab's Pfötchen; sie kraute mir Kopf und Rücken. So selig und zufrieden war ich noch nie.

»Grad kommst recht!« sagte sie schmeichelnd. »Gleich geht der Vollmond auf. Da wird's gemütlich!«

Hierauf machte sie ein lustiges Feuer an und schürte es mit der Zange, die sie, wie ich arglos bemerkte, drin liegen ließ; und dann holte sie aus dem Schrank ein gebratenes Vögelchen, das nach meinem damaligen Geschmack grad so recht angenehm anrüchig war, hielt es mir unter die Nase, warf es in die neben dem Herde stehende offene Truhe und forderte mich auf, es zu suchen. Freudig wedelnd mit dem Klapperschwanz, an dessen Geräusch ich mich längst gewöhnt hatte, taucht' ich mit dem Kopf und Vorderbeinen in die Tiefe des Kastens, um mir den leckeren Bissen zu Gemüte zu führen.

Einer der peinlichsten Augenblicke meines Lebens war gekommen.

Im Nu schnappte die Hexe den Deckel zu. Und jetzt, plötzlich, ungefähr

da, wo einst die Frackschöße ihren gemeinsamen Ursprung nahmen, ein Kniff, ein Schmerz, unsäglich brennend, ein Scharren mit allen vieren, ein gräßlicher Klageton, dumpf widerhallend in der Höhlung des Koffers, ein krampfhaftes Zucken – ich mache mich los, ich erhebe mich. Wahrhaftig, ich stand wieder aufrecht da auf meinen zwei menschlichen Hinterfüßen. Mein erster Griff war nach hinten: der Frack war zur Jacke geworden. Ein brenzliger Geruch erfüllte die Küche – die Feuerzange lag noch dampfend am Boden, ein Frackzipfel daneben; den andern hielt die Hexe in der Hand und schüttelte lachend ihr goldenes Haarband heraus.

»Hol dich der Satan auf der Ofengabel, verwünschte Zauberin!« rief ich wütend. »Mich siehst halt nimmer!«

Ich griff nach der Türklinke; aber eh' ich noch draußen war, hatte das boshafte Geschöpf schon den Blasbalg vom Herde genommen und blies mir damit eiskalt ins Genick. Von diesem »Hexenschuß« steht mir heute noch der Kopf so schief, daß Leute, die mich nicht kennen, oft schon gemeint haben, ich müßte ein rechter Scheinheiliger und Heuchler sein.

In hohen Sprüngen, obgleich mir bei jeder Erschütterung ein Stich durchs Genick fuhr, verließ ich den Wald, und erst lange nachher ging ich langsamer und sammelte mich und zupfte meine Krawatte zurecht, bei welcher Gelegenheit ich eine überraschende Entdeckung machte. Mein Medaillon war wieder da; bei der aufgeregten Strampelei in der Truhe mußte es sich mir um den Hals geschlungen haben. Sofort fiel mir die Heimat ein; das stille Gehöft, der getreue Vater, das hübsche Kathrinchen, der biedere Gottlieb, an die ich solange nicht gedacht, die ich so leichtfertig verlassen hatte. Was hatt' ich gefunden heraußen in dieser verlockenden Welt als Schmerz und Enttäuschung; wie tief, durch meine unsteten Begierden, war ich gesunken! Ein Streuner war ich geworden, ein Faulenzer, ein Gauner beinah und schließlich ein Pudel, ein kriechender Hund mit dem Pelz voller Flöhe, der verächtliche Sklave einer geldgierigen, ruchlosen Hexe. Der Himmel hatte sich in Wolken gehüllt, ich stand ratlos da in völliger Düsterheit. Indem, so fächelte mir was, wie mit unsichtbarem Flügelschlage, um Nase und Ohren herum, und auf einmal fing es an aufzuleuchten. Er war's. Im eigenen Lichtglanz seines grün juwelenhaft funkelnden Hinterteils schwebte er dicht vor mir her, mein alter Schmetterling, dem ich niemals zugetraut hätte, daß er solch eine schöne Laterne besaß. Die Jagdlust regte sich wieder. Ich zog den Hut, ich haschte vergebens, immer schneller und schneller mußt' ich laufen; ich stolperte über kleine Erhöhungen des Bodens; ich kam zu Fall. Das Licht erlosch.

Als ich mich aufgerappelt hatte, brach grad der Mond durch die Wolken, erhellte flüchtig eine Kirche mit spitzem Turm und versteckte sich wieder. Ich saß auf dem einen Ende eines Grabhügels; mir gegenüber auf dem anderen Ende saß ein Geist, nebelhaft weiß, gleichsam nur ein faltiges Bettlaken in menschenähnlicher Gestalt.

Er sah ungemein betrübt aus und sprach hohl und schaurig, indem er rings um sich her blickte:

»Kein Monument! Noch immer kein Monument! Fünfhundert Gulden ausgesetzt und doch kein Monument! Wann, oh, wann krieg' ich ein Monument?«

»Aha!« sag' ich. »Ihr seid gewiß dem Nazi sein Vetter! Diesen Nazi kenn' ich. Die Sache ist erledigt, das Geld verputzt, und auf Euer Denkmal könnt Ihr gefälligst lauern, bis Ihr schwarz werdet.«

Der Geist, als er dies vernahm, legte sich in tiefe Querfalten und stöhnte fürchterlich.

»Ich muß mich wirklich über Euch wundern!« fuhr ich fort. »Längst tot und doch noch eitel? Schämt Euch, Alter, und legt Euch ruhig aufs Ohr, wie's guten Geistern geziemt.«

Mit dieser wohlgemeinten Ermahnung hatt' ich, wie man zu sagen pflegt, das Kalb ins Auge geschlagen; nie hätt' ich geglaubt, daß ein Geist sich so ärgern könnte. Das Gespenst machte sich lang, schwebte eilig herüber zu mir, saß mir am Buckel, nahm mich beim Kragen, schleifte mich dreimal um die Kirche und hob sich dann in die Luft mit mir, so hoch wie die Spitze des Kirchturms. Baum! Da schlug es eins. Der Geist ließ mich los. Ich fiel und ich fiel – und ich fiel . . .

Schon nach drei Sekunden befand ich mich in einem Zustande der tiefsten Unwissenheit.

Ein närrischer Zustand, das! Wenn's kein Wieso mehr gibt und kein Aha, wenn Gulden und Kreuzer, wenn Vetter und Base, wenn Onkel und Tante, wenn Butter und Käse gleich Wurst und ganz egal und ein und dasselbe sind; wenn's einem auf ein paar Tausend Jahre

mehr oder weniger nicht ankommt; wenn – doch genug darüber! Am gescheitesten wird's sein, man macht es wie die eigentlich Sachverständigen, denen es grad passiert: Sie sitzen, liegen oder hängen da in verständiger Schweigsamkeit.
Was ich zunächst nur sagen möchte, obgleich's auch überflüssig wäre, ist dieses: Ich erwachte wieder; ich besann mich wieder auf mein Vorhandensein als lebendiger Teil dieses sogenannten Weltsystems, dessen Übersicht im Ganzen ja schwierig ist.

Nachdem ich eine sitzende Stellung eingenommen, mir die Augen gerieben und mich behaglich gedehnt und gereckt hatte, als hätt' ich nach einer längeren Fußtour einen gesunden und erquickenden Schlaf getan, bemerkt' ich erst, daß ich mich in einem geräumigen Garten befand, den eine hohe Mauer umgab.
Dicht vor mir lag ein Feld mit Kohl bebaut, lauter Kappisköpfe von beträchtlicher Dicke. Auf den Blättern saßen zahllose Raupen und fraßen und verpuppten sich mit großer Geschwindigkeit, und schon im nächsten Augenblick brachen die Hüllen auf, und ein buntes Gewimmel von Schmetterlingen erfüllte die Luft.
Aber auch ein Baum stand da von erstaunlicher Höhe, ganz dicht besetzt mit Nestern, aus denen unaufhörlich ein Schwarm von Vögeln herausflatterte, so schwarz wie Raben und so flink wie Fliegenschnäpper.
Und, was mich am meisten wunderte, der Kohl wuchs zusehends vor meinen Augen, und im Umsehn wurden allerlei Menschen daraus, und jeder Kappismensch hatte ein Netz in der Hand, und die Schmetterlinge flogen über die Mauer und die Vögel und die Menschen hinterher.
Das Feld links neben mir war noch nicht bestellt. Zwei Männer waren beschäftigt, es umzugraben. Sie machten eine Pause, lehnten sich auf ihre Spaten und sahen sich um; und jetzt bemerkt' ich erst, daß es gar keine richtigen Mannsbilder waren, sondern zwei riesige Käfer, der eine in einem schwarzgelbbunten Röcklein, ein Totengräber, der andere blauschwarz, von der Sorte, die wir, wenn wir unter uns sind, schlechtweg mit dem Namen Mistkäfer bezeichnen.
Die Sonne senkte sich schon. Trotzdem sagte der Totengräber zu mir: »Guten Morgen! Grad hatten wir vor, dich unterzugraben!«
»Oho!« rief ich.
»Na!« sagte er. »Sieben Jahre gelegen ist doch wohl lange genug!«
Ich lächelte wie einer, der Spaß versteht.
»Wir wollen Dumme säen!« fuhr er fort. »Gleich einen ganzen Acker, damit sie nicht alle werden.«

»Man braucht halt Dünger!« meinte der Mistkäfer.
Um auf etwas anderes zu kommen, sagt' ich:
»Ihr habt hier mehr schwarze Vögel als bunte Schmetterlinge, wie ich sehe.«
»Ganz richtig!« erwiderte der Mistkäfer. »Erst drüben, jenseits der Mauer, merkt man es recht. Für jede angenehme Erwartung gibt's mindestens drei unangenehme Möglichkeiten.«
»Also leg dich und halt uns nicht auf!« mahnte ungeduldig der Totengräber.
»Nur schad um den schönen Bart!« meinte der andere.
Ich griff ans Kinn. Es war so. Ich hatte einen ellenlangen Bart gekriegt. Sollte denn wirklich . . ., dacht' ich. Aber eh' ich noch weiterdachte, flatterte aus dem Kohlfelde mein Schmetterling auf, in verjüngter Herrlichkeit, so munter und farbenschön, wie ich ihn noch niemals gesehen hatte.
»Ein Netz!« schrie ich. »Ich will hinaus!«
»Wer will, der darf!« brummten die Käfer.
Der eine gab mir ein Netz, der andere einen Schlag mit der flachen Schaufel hinten vor zur Nachhilfe; und dort hupft' ich hin, über die Mauer, mit übernatürlicher Leichtigkeit, in hohen Bogensätzen, gleich wieder emporschnellend, sobald ich nur eben mit der Spitze des Fußes den Boden berührte, wie's zuweilen in unbehinderten Träumen geschieht, wenn die Sohlen so elastisch sind, als säßen Sprungfedern drunter. Auch würd' ich den Schmetterling sicher erwischt haben, denn ich war fast noch schneller als er, hätte ihn mir nicht einer von den schwarzen Vögeln grad weggeschnappt, als ich eben den entscheidenden Hieb tun wollte. Ärgerlich warf ich das Netz fort, hupfte gleichgültig weiter und machte erst, als es lange schon Nacht geworden und ich in der Ferne was Helles sah, wieder höhere Sprünge. Alsbald befand ich mich in einem Park, dicht vor den Fenstern eines hell erleuchteten Schlosses, wo es lustig drin zuging bei den Klängen der herrlichsten Blechmusik.
Es war vornehme Gesellschaft. In allen Sälen wurde gespielt. Mein erster Blick fiel auf Lucinde, die lachend am Spieltische saß. Eine fünf Ellen lange silbergestickte Schleppe ringelte sich neben ihr auf dem Teppich wie eine glitzernde Schlange. Sie hatte einen Haufen Gold vor sich liegen. Ihr Gegenpart war ein jovialer Herr, schon ziemlich bei Jahren, dessen Hände und Gesicht ganz schwarz aussahen. Seine Nägel waren sehr lang, seine Ohren sehr spitz, seine Nase sehr krumm, und auf der Stirn hatte er zwei niedliche vergoldete Bockshörnchen sitzen. Der alte Schlumann war auch da. Er blitzte vor Diamanten, spielte aber nicht mit, sondern ging nur schmunzelnd von Tisch zu Tisch. Er schien der Gastgeber zu sein.

Gern hätt' ich noch länger zugesehn, wär' nicht ein schwarzer Hund mit feurigen Augen um die Ecke gekommen, der fürchterlich bellte, so daß ich mit einem einzigen Satz hinaus vor das Schloßtor hüpfte.
Hier hielten bereits die Equipagen, um die Herrschaften abzuholen. Die Lakaien, die herumstanden, machten einen soliden, vertrauenerweckenden Eindruck. Sie waren weiß gepudert, glatt rasiert, dick und fett, und jeder trug in großen goldenen Buchstaben einen trefflichen Wahlspruch auf der Livree, der eine »Gut«, der andre »Schön«, der dritte »Wahr«, der vierte »ora«, der fünfte »labora«, und so ging's weiter.
»Es freut mich«, sagt' ich, »solch biedere Leute zu sehn!«
»Mit Recht!« sprach der Dickste von allen, dem »Treu und Redlich« am Buckel stand. »Wir sind die guten Grundsätze.«
Gerührt wollte ich ihm die Hand drücken, aber sie war weicher als Butter, und als ich ihm auf die Schulter klopfte, sackte der Kerl zusammen wie ein aufgeblasener Schlauch, wobei ihm die ausströmende Luft geräuschvoll durch sämtliche Knopflöcher pfiff.
»Ha, Windbeutel!« rief ich. »Seid ihr denn alle so?« Eh' ich dies genauer untersuchen konnte, kamen Diener mit Fackeln vom Schlosse her.
»Platz für Seine Durchlaucht, den Fürsten dieser Welt!« hieß es. »Mach dich fort, du Lump!«
Eilig hupft' ich die Chaussee entlang. Eine Karosse, hellglühend wie feuriges Gold, kam hinter mir her gerasselt. Drinnen, in die schwellenden Polster gelehnt, saß traulich schäkernd der schwarze Herr bei der Hexe Lucinde. Hintenauf stand »Treu und Redlich«, der fette Lakai, und wurde gerüttelt, daß ihm alle vier Backen wabbelten; und, was das drolligste war, zwischen den Schößen seines Bedientenfracks baumelte neckisch ein Kuhschwanz.
Der Anblick reizte mich. In plötzlichem Übermut, mit raschem Griff, erfaßt' ich den Wedel und schwang mich, den rechten Fuß voran, aufs Kutschenbrett. Ebensogut hätt' ich auf die Platte des höllischen Bratofens springen können, wenn grad zugekocht wird für Großmutters Geburtstag.
Ein Gelächter von seiten Lucindens, als ob sie gekitzelt würde; ein Schrei meinerseits, als ob ich am Spieß steckte; ein Purzelbaum nach hinten; und unten war ich, auf der platten Chaussee, in der unglücklichen Lage eines auf den Rücken gefallenen Maikäfers.

Ächzend kroch ich seitab in den Graben. Der Brandschaden war beträchtlich; doch braucht' ich, um ihn näher zu besichtigen, den Stiefel nicht auszuziehn, denn mein rechter Fuß stand frei zutage, in Gestalt einer einzigen

Blase. Infolgedessen hegt' ich den lebhaften Wunsch, es möchte wer kommen, der mich mitnähme.

Endlich, im Morgennebel, näherte sich langsam rumpelnd ein ländliches Fuhrwerk. Vorn, auf einem Bund Stroh, saß das Bäuerlein und sang in aller Früh gar fröhlich und wohlgemut:

»Gretelein hupf in die Höh,
Daß ich deine Strümpfle seh',
Weiß wie der Schnee alle zwee,
Hopsa, huldje!«

Und hinter ihm, als einziges Gepäckstück, stand ein langer schlichter Kasten von Tannenholz.

Kaum bemerkte der gemütvolle Fuhrmann meinen leidenden Zustand, so hielt er still und war mir behilflich, seinen Wagen zu besteigen, wo ich denn auf dem Kasten einen recht passenden Sitz fand.

Wir waren noch nicht lange gefahren, als sich mein freundlicher Kutscher zu mir umdrehte und sprach:

»Ihr habt Glück! Grad fahr' ich zum Doktor Schnorz in die Stadt. Der versteht's. Da heißt's ritschratsch! – und damit gut. Ich bringe ihm den da, von Amts wegen.«

Bei den letzten Worten klopfte er mit dem Peitschenstiel auf die Kiste, und weil mir nicht recht klar war, was er meinte, hob ich den Deckel auf.

»Der Nazi!« schrie ich entsetzt.

»Vielleicht heißt er so!« meinte das Bäuerlein. »Jedenfalls hat ihn eine Natter gebissen, draußen im Wald, und jetzt muß er zum Doktor, und damit gut.«

»Er ist ja tot!« rief ich.

»Eben drum! Und um so besser für ihn, und damit gut!« erwiderte der Wagenlenker.

Er nahm sein munteres Lied wieder auf, aber diesmal ohne Worte, bloß vermittels seines mündlichen Flötenspiels, worin er, wie sich zeigte, eine bedeutende Fertigkeit hatte.

Ich, inzwischen, saß etwas unruhig. Ein gewisses eisiges Mißbehagen, in der Richtung von unten her, lief mir den Rücken hinauf bis unter den Hut, so daß ich froh war, kann ich wohl sagen, als wir endlich, so etwa um elf, vor der Behausung des Doktors hielten.

Nicht ohne ängstliche Vorurteile begab ich mich langsam humpelnd in das Empfangszimmer. Doktor Schnorz war schon in Tätigkeit. Er sah übrigens gar nicht so grausam aus, wie ich mir vorher gedacht hatte. Im Gegen-

teil. Seine frische Farbe, seine schwellenden Lippen, seine dicken schalkhaften Augen, die aufgekrempelten Hemdsärmel, die Arbeitsschürze über dem rundlichen Bäuchlein, das alles machte durchaus den Eindruck eines sauberen Metzgermeisters, den jedermann gern hat.
Grad war er dabei, einen Landmann auszuforschen, in dessen Zügen sich tiefe Besorgnis malte.
»Wie alt ist denn Euere Frau?«
»Na!« meinte der Bauer. »So fünfzig bis sechzig.«
»Schlagt das alte Weib tot. Mit der ist nichts mehr zu machen. Adieu!«
Als der Bauer, dessen Züge sich völlig erheitert hatten, an mir vorbeiging, hört' ich ihn sagen:
»Das ist noch ein Doktor! Wenn er einsieht, es hilft doch nichts, so erspart er einem die Kosten.«
Jetzt kam eine dicke Madam an die Reih.
»Ach, Herr Doktor!« fing sie zu klagen an. »Ich weiß nicht, ich bin immer so unruhig. Jede Stund in der Nacht hör' ich den Wächter blasen, und ich fürcht' mich so vor Mäusen und schlechten Menschen; das macht gewiß die Nervosität.«
»Ein neumodisch Wort!« sprach der Doktor. »Sonst nannte man's böses Gewissen. Ganz die Symptome. Halten Sie Ihre Zunge im Zaume, meine Gnädige. Seien Sie freundlich gegen Ihre Dienstboten. Viel Wasser! Wenig Likör! Gute Besserung, Madam!«
Diese Dame, als sie hinaussegelte, schien mir von den heilsamen Ratschlägen des Doktor Schnorz durchaus nicht befriedigt zu sein.
Und jetzt kam ich.
»Ah!« rief Schnorz mit freudigem Erstaunen. »Seh' ich recht? Erlaubt mal eben. Es ist bloß zur Probe.«
Während er diese Äußerungen hinwarf, hatte er mir auch schon die große Zehe abgeschnitten und legte sie unter sein Vergrößerungsglas.
»Hab's gleich gedacht!« sprach er befriedigt. »Der richtige Höllenbrand. Kurz ab ist das Beste.«
»Ist's lebensgefährlich?« fragt' ich ängstlich.
»Warum das nicht?« erwiderte der Doktor. »Aber seid nur getrost; wenn's schiefgeht, wird die Welt zur Not auch ohne Euch fertig werden. Da seht mich an. Heut wenn ich sterb', ist morgen ein anderer da, und ich freu' mich schon drauf, daß die Juden kein Geld kriegen.«
Hiermit drückte er mich in einen behaglichen Lehnsessel, schnallte mich fest, ergriff ohne weiteres die Säge und ging eifrig ins Geschirr. Bei jedem Schnitt, den er tat, stieß er ein kurzes ächzendes »Ha!« aus. Erst ging es gnatsch – gnatsch – dann ging es ratz – ratz! Zuletzt ging es bump!

Da! Mein Fuß war mich losgeworden.
Auch fernerhin verlief die Sach sehr rasch und günstig, so daß der gute Doktor, der mir inzwischen zwei schöne Krücken hatte anfertigen lassen, schon nach vierzehn Tagen sich die Freude machen konnte, mich vor den Spiegel zu führen.
Der, den ich darin erblickte, gefiel mir nicht. Kopf kahl, Nase rot, Hals krumm, Bart struppig; ein halber Frack, ein halbes Bein; summa summarum ein gräßlicher Mensch. Und das war ich.
Aber eh' ich noch Zeit hatte zu weinen, rief der Doktor triumphierend: »He? Wie? Was sagt Ihr nun? Schmucker Kerl fürwahr! Reiche Frau heiraten. Alles in Ordnung! Gratuliere! Und glückliche Reise!«
Gerührt und dankbar drückt' ich dem Doktor, der alles umsonst getan, die fleischige Hand, verließ die Stadt und begab mich auf die Dörfer in der Absicht, mich langsam so weiter zu betteln, bis ich schließlich nach Hause käme.
Letzteres ging schneller, als ich dachte.
Der Spätherbst war gekommen; kalt wehte der Wind; an meinem einst so reizenden Anzuge flatterten die Lappen wie Espenlaub. Als ich daher in Erfahrung brachte, daß in einem Hause jemand das Zeitliche gesegnet hatte, schien mir das eine für meine Bedürfnisse sehr hoffnungsreiche Aussicht zu eröffnen, denn, wie bekannt, lassen gerade die Toten oft ganz brauchbare Kleider zurück, auf die niemand recht Anspruch macht.
Ich hatte mich nicht getäuscht. Der Großvater war gestorben. Die glücklichen Erben, denen der hochbetagte Mann begreiflicherweise schon längst ein wenig im Wege saß und die sich nun in einer sanft-heiteren mildtätigen Stimmung befanden, schenkten mir, ohne daß ich lange zu bitten brauchte, sehr gern den drittbesten Anzug, den der Verstorbene bis an sein seliges Ende für gewöhnlich und mit Vorliebe zu tragen pflegte. Um ihn anzulegen, zog ich mich in den Kuhstall zurück. Allerdings, die Hose war bedeutend zu weit und der Flausrock bedeutend zu lang für mich, aber um so besser paßte mir die mollige, wollige, etwas fettige Pelzkappe, die sich tief über die Ohren ziehen ließ, ganz nach Bedarf. Solchermaßen

wohl ausgerüstet gegen die Unbilden der Witterung, setzte ich humpelnd meine beschwerliche Wanderschaft fort.
Schon beim nächsten Hause erwischte mich der Bettelvogt und trieb mich mit seinem Spieß vor sich her in das dortige Ortsgefängnis, genannt »Hundeloch«, allwo man, nachdem man mich einem kurzen Verhör unterworfen, den Beschluß faßte, mich umgehend auf den Schub zu bringen.
Mein Schreck war heftig, und doch war's mein Glück. Es bewährte sich auch an mir das treuherzige Sprichwort:

Was erst verdrießlich schien,
War schließlich gut für ihn.

Da man mich in keiner Gemeinde für einen ersprießlichen Mitbürger ansah, beeilte sich jede, mich möglichst prompt über die Grenze zur nächstfolgenden zu schaffen, bis ich endlich von der letzten mit unfehlbarer Sicherheit in aller Stille auf dem mir wohlbekannten Gebiete der Stadt Geckelbeck abgesetzt wurde, indem man hier das Weitere ganz meinem freien Ermessen anheimstellte.
Es war ein lustiges Schneegestöber bei nördlichem Winde, als ich abends mühselig auf zwei Krücken und einem Bein das väterliche Gehöft wieder betrat, das ich einst so leicht auf zwei Beinen verlassen hatte.
Ich sah erst mal schüchtern durchs Fenster. Im Sorgenstuhl saß der Gottlieb, der bedeutend behäbiger aussah als sonst, und hatte zwischen seinen Knien einen Knaben von drei, vier Jahren, dem er eine Peitsche zurechtmachte. Neben dem Kachelofen stand eine Wiege. Neben der Wiege saß die Kathrin und nährte einen runden Säugling an ihrer strotzenden Brust. Die Magd deckte den Tisch. Der Vater fehlte.

Mein Atem war bei diesem Anblick etwas ins Stocken geraten. Fast wär' ich wieder umgekehrt; aber das grausame Unwetter veranlaßte mich, einzutreten und um Herberge zu bitten für die Nacht.
Ohne viel Umstände wurde das Gesuch des unbekannten Fremdlings mit dem größten Wohlwollen genehmigt.

»Oder«, fragte Gottlieb den Knaben, »sollen wir ihn lieber wieder hinausjagen in Wind und Wetter? Was meinst du, Peter?«
»Nein, nein!« rief der gutherzige Junge. »Armer Mann hier bleiben; viel Wurst essen, daß Bein wieder wächst!«
Die Nacht schlief ich beim Knecht im Pferdestall, und von ihm erfuhr ich die ganze Geschichte.
Nach jahrelangem vergeblichem Warten hatte der Vater, der fest glaubte, mich hätte der Muddebutz hinabgezogen in den Grummelsee, sein Sach dem Gottlieb und der Kathrin verschrieben. Er war stiller und stiller geworden. Eines Morgens fand man ihn tot.
Während dieses Berichtes hatte sich, um es zart auszudrücken, meine Seele umgekrempelt nach innen. Ich wollte arbeiten; ich wollte geduldig ausessen, was ich mir eingebrockt hatte, und nie, mit diesem festen Gelübde schlief ich ein, sollten diese guten Leute, die mich so herzlich aufgenommen, in Erfahrung bringen, wer ich sei.
Früh stand ich auf. Einige schadhafte Kleidungsstücke des kleinen Peter, die auf dem Treppengeländer hingen in Erwartung des Weiteren, gaben meinem Tätigkeitsdrang die nötige Richtung. In der Stube im Tischkasten fand ich Nadel und Zwirn.
Als man sich versammelte, um die Morgensuppe zu essen, war mein Werk schon fix und fertig. Es wurde eingehend besichtigt und fand bei allen denen, die in solchen Dingen ein reiferes Urteil besaßen, den freudigsten Beifall.
Man ersuchte mich dringend, einige Tage noch da zu bleiben. Aus Tagen wurden Wochen, aus Wochen sind Jahre geworden. Durch reichhaltige Übung steigerte sich meine Geschicklichkeit nicht bloß in der Wiederherstellung des Alten und Verfallenen, sondern ich schuf auch Neues nach eigener Maßnahme aus dem Vollen und Ganzen heraus. Der Ruf meiner Kunst drang bis nach Geckelbeck, und Frau Knippipp, meine ehemalige Meisterin, die schon seit einiger Zeit Wittib geworden, ließ mir sogar einen ehrsamen Antrag machen, sie zu ehelichen. – Kalt abgeschlagen! – Auf Gottliebs Befragen hatt' ich mich Fritz Fröhlich genannt. Der kleine drollige Peter nannte mich »Humpelfritze«; ein passender Name, mit dem ich seitdem allgemein angeredet werde, selbst von Leuten, die nicht die Ehre meiner näheren Bekanntschaft haben.
Und so leb' ich denn allhier als ein stilles, geduldetes, nutzbares Haustier. – Schmetterlinge beachte ich nicht mehr. – Oben im alten Giebelstübchen hab' ich mir eine gemütliche Werkstatt eingerichtet.
Noch immer reiten die Hexen da vorbei. Neulich, in der Walpurgisnacht, als ich saß und schrieb an dieser Geschichte, spähte Lucinde durchs Fen-

ster herein. Sie lachte wie närrisch; sie war noch grade so hübsch wie ehedem.
Gelassen sah ich sie an, flötete, nahm eine Prise und machte »Haptschi!« –

Das Manuskript der obigen Erzählung fand kürzlich ein Sommerfrischler auf dem Taubenschlage neben dem Giebelstübchen jenes nämlichen Gehöftes, wo der Verfasser seine Tage beschloß. Die Nachkommen von Gottlieb und Katharina lebten noch daselbst in gedeihlichen Verhältnissen. Wirklich war die Persönlichkeit des guten Peter erst festgestellt worden, als man nach seinem Ableben das Medaillon bei ihm fand. Sein ungekünstelter harmloser Stil, seine rücksichtslose Mitteilung selbst solcher Erlebnisse, die für ihn äußerst beschämend gewesen, drücken seinem Berichte den Stempel der Wahrheit auf, und nur der Halbgebildete, dem natürlich die neueren Resultate der induktiven Wissenschaft auf dem Gebiet des Wunderbaren nicht bekannt sind, wird Anstoß nehmen an diesem und dem, was man früher unmöglich nannte.

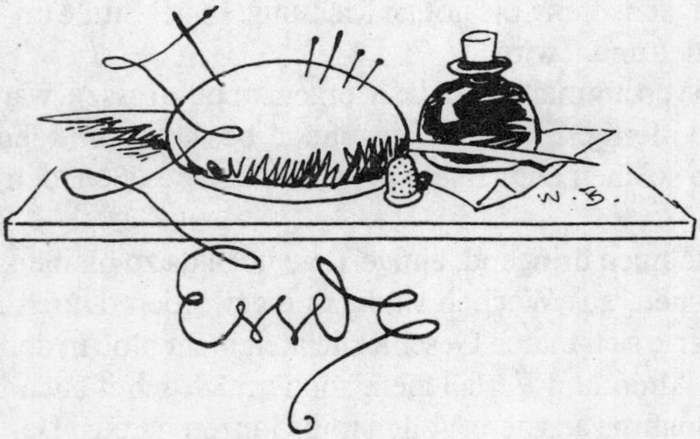

Sprikker
Aphorismen, Notizen und Einfälle

Man spürt die Welt in allen Gliedern

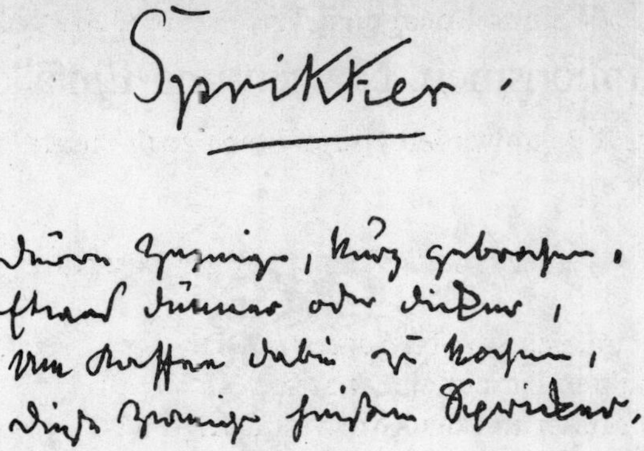
Spricker.

Dürre Zweige, kurz gebrochen,
Etwas dünner oder dicker,
Um Kaffee dabei zu kochen,
Diese Zweige heißen Spricker.

Dürre Zweige, kurz gebrochen,
Etwas dünner oder dicker,
Um Kaffee dabei zu kochen,
Diese Zweige heißen Spricker.

In des Dichters Herzen . . .

In des Dichters Herzen
Brennen oft mehrere Kerzen.

Seine Liebe war ewig. Als seine Frau starb, nahm er sich eine andere.

»So, nu kratze!« sagte die Frau, da hatte sie dem Nachbarshuhn die Füße ins Feuer gehalten.

Ein Haar in der Suppe mißfällt uns sehr,
Selbst wenn es vom Haupt der Geliebten wär'.

Böses Weib soll man dem Teufel zum Geburtstag schenken.

Böse Tanten werden Hausspinnen nach ihrem Tode.

Böse Weiber holt der Teufel auf der Mistgabel.

Wie traulich sitzt im Sonnenschein,
Vor ihrer Tür auf einem Stein,
Die Mutter mit dem Kind im Schoß
Und schaut, was auf dem Kopfe los.

Selbst der Sperling, dieser nichtsnutzige Vogel, ist besorgt um seine Eier.

Sind doch die Damen geborene Philosophen;
sie denken, was sie wollen, und wissen alles am besten.

Sie ist ein Weib! Weiß der Teufel, was sie tut!

Platonische Liebe kommt mir vor wie ein ewiges Zielen und Niemals-Losdrücken.

Wenn man auch früher verliebt war, das schadet nichts;
wenn man nur später gemütlich wird.

Jung ein Gimpel, alt ein Simpel.

Die Bäume fahren im Frühling aus der Haut.

Neue Gedanken sind nicht häufig;
Sag uns die alten nur geläufig.

Vizehirn: besorgt die laufenden Geschäfte, auch wenn der Herr nicht daheim ist.

Musik ist angenehm zu hören,
Doch ewig braucht sie nicht zu währen.

Leichter und schwerer Erfolg: Der eine betut sich im Traum, der andere muß drücken, daß ihm der Kopf berstet.

Jeder hat mal Flut, mal Ebbe; dazwischen liegt sein natürliches Wesen, je nachdem ihn der Mond, sein Genius, sinken läßt oder hebt. Was darunter, vielleicht auch was darüber, soll er nicht veröffentlichen.

Wer zusieht, sieht mehr, als wer mitspielt.

Wer beobachten will, darf nicht mitspielen.

Nicht, wer selbst ein Lautenschläger,
Sondern ein Gedichtsverleger
Ist der rechte Kritikus,
Nämlich, weil er zahlen muß.

Wer zur Puppenbühne geht, sieht die Drähte.

Wer rudert, sieht den Grund nicht.

Oft trifft man wen, der Bilder malt,
Viel seltener wen, der sie bezahlt.

Mensch, was bist du für ein Schlingel!

Man kann sein Geld nicht schlechter anlegen als in ungezogenen Kindern.

Er läßt sich nicht helfen beim Dichten.
Der Bauer macht seine Kinder jetzt selbst.

Bäume werden »geritzt«, damit sie tragen.

Sie ist sehr begabt - mit Geld.

Ich nahm die Wahrheit mal aufs Korn ...

Wahrheit ist zu schlau, um gefangen zu werden.

Ich nahm die Wahrheit mals aufs Korn
Und auch die Lügenfinten.
Die Lüge machte sich gut von vorn,
Die Wahrheit mehr von hinten.

Vergebens predigt Salomo.
Die Leute machen's doch nicht so.

Wo was wächst, gleich ist wer da, der's frißt.

Ich bin Pessimist für die Gegenwart,
aber Optimist für die Zukunft.

Stets äußert sich der Weise leise,
Vorsichtig und bedingungsweise.

»So ist die Sach'!« - Oh, wie so leise,
Wenn überhaupt, sagt das der Weise.

Niemand holt sein Wort wieder ein.

Der philosophische Ballon steigt nicht über die irdische Atmosphäre hinauf.

Gewisse Dinge greift man so vergeblich mit Worten an wie Geister mit Waffen.

Die sogenannten Wahrheiten habe ich doch ein wenig im Verdacht der Unbeständigkeit.

Was Frau Wahrheit betrifft, so zeigt sie sich selbst ihren intimsten Verehrern nur in keuscher Umhüllung.

Gedanken sind nicht stets parat,
Man schreibt auch, wenn man keine hat.

Töpfe sind auch Kunstgeschöpfe.

Saft, der nicht stark genug eingekocht ist, verdirbt. - Kunstwerk.

Kunst: Verzierung dieser Welt.

Neues Klavier: ungeborener Lärm im Leib.

Es ist die Länge der Gesänge
Zu lang für meines Ohres Länge.

Oft ist das Denken schwer, indes,
Das Schreiben geht auch ohne es.

Regnet es, so laß es regnen . . .

Dauerhaftem schlechtem Wetter
Mußt du mit Geduld begegnen,
Mach es wie die Schöppenstedter:
Regnet es, so laß es regnen.

Dezemberwind macht die Nasen rot,
die es nicht schon sind.

Wenn es Silvester schneit,
Ist Neujahr nicht weit.

Zu Weihnachten getanzt im Schnee,
Zu Ostern Frost im Zeh.

Wenn ich und meine Kuh tot sind,
dann kann Maitag kommen, wann er will.

»Das wird ein warmer Tag!« sagte die Hexe,
da sollte sie verbrannt werden.

Der Gourmand hat im Traum
an Schnepfendreck gedacht.
Er träumt: Es hätte ihm ein Engel
was auf die Zunge gemacht.

Der eine trägt Holz, der andere wärmt sich dran.

Die halben Steine besorgt der Maurer.

Das Ungeziefer! Erst grollt man ihm, dann prüft
man sich selbst, dann denkt man gelinder.

Juli trocken und heiß,
Klebt dem Bauern die Hose am Steiß.

Willst du Schläge, so tanz auf der Kirchweih.

Jeder Jäger wird mal ein Hase.

Alte Bäume behämmert der Specht am meisten.

Frühling, Sommer und dahinter
Gleich der Herbst und bald der Winter –

Es blüht die Wurst
nur kurze Zeit . . .

Zur Tugend, wie man zu sagen pflegt,
Ist eigentlich keiner recht aufgelegt.

Höflichkeit: Der Affe der Herzensgüte.

Erfüllte Wünsche kriegen Junge, viele wie die Säue.

Wenn man es nur versucht, so geht's,
Das heißt mitunter, doch nicht stets.

Wo man am meisten drauf erpicht,
Gerade das bekommt man meistens nicht.

Ottilie ist eigen: ißt nur Eier,
die in einer reinlichen Familie gelegt sind.

Ach, verehrteste Mamsell,
Mit dem Leben geht es schnell!

Zu einem Wurstpaket:
Es blüht die Wurst nur kurze Zeit,
Die Freundschaft blüht in Ewigkeit.

Ein hohler Zahn ist ein Asket . . .

Er ist ganz Ruhe,
Vom Nachtmützenzipfel bis in die Schuhe.

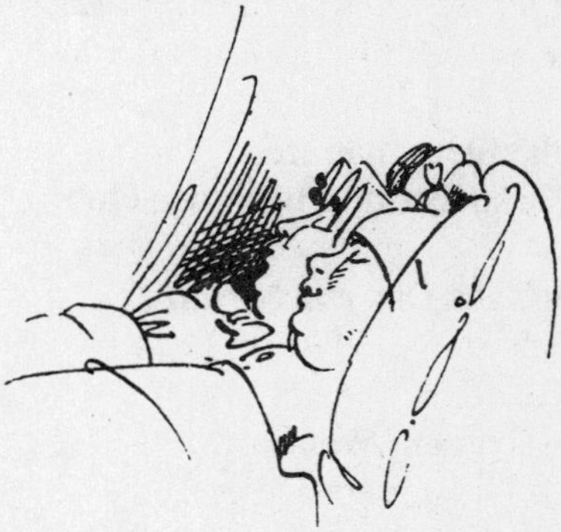

Mitunter sitzt die ganze (größte) Seele
In eines Zahnes dunkler (kleiner) Höhle.

Ein weher Zahn - schlechter Schlafkumpan.

Ein Zahn, ein hohler, macht mitunter
Sogar die faulsten Leute munter.

Ein hohler Zahn ist ein Asket,
Der allen Lüsten widersteht.

Schuster: Kein Hühnerauge sticht und brennt,
Was ihn nicht seinen Vater nennt.

Fortwährend hinter angenehmen Erwartungen
schleichen die unangenehmen Möglichkeiten.

Knabendrohung: Sperrst du mich in den Keller,
fang' ich Mäuse und setze sie an den Speck.

Lehrling: Auch alles soll ich getan haben. Wenn nun die Meisterin 'n Kind kriegt, dann soll ich das wohl auch getan haben.

»Beizu trifft man am besten«, sagte Taps, da hat er sich den Finger abgehackt.

Junge kommt zu langsam mit der Schnapsflasche.
Vater: »Wart, der Knüppel kommt dir schon entgegen.«

Ein böses Wort läuft bis ans Ende der Welt.

Im Land Italien lebt man froh,
Hoch hüpft das Herz und hoch der Floh.

Wem ein Floh ins Ohr gesetzt wird,
der muß stochern.

In der Regel folgt auf Wenn
Erst ein So und dann ein Denn.

Kein altes Übel ist so groß, daß es nicht von einem neuen übertroffen werden könnte.

Mit dem Bezahlen wird man das meiste Geld los.

Hinter der Kost ist schlecht naschen.

»Es wird mir so eng in der Haut!« sagte die Laus,
da wurde sie geknickt.

»Das erfrischt!« sagte die Katz',
da fiel sie ins Regenfaß.

Gleichgültig nimmt der Kleiderstock
Entgegen Hut und Überrock.

»Auch das noch!« sagte der Bettler, da fiel ihm das Brot durch die Kiepe.

Oben hält er den Sack zu, der unten ein Loch hat.

Das ist wie Regen ins Wasser.

Horcher: Die Seele guckt ihm aus den Ohren.

Jeder hat ein extra Töpfchen auf dem Feuer.

Glück, Freiheit: Negationen der Wirklichkeit.

Opportunist = Jenachdemer.

Es saust der Stock, es schwirrt die Rute,
Du sollst nicht scheinen, was du bist.
Wie schad', o Mensch, daß dir das Gute
Im Grunde so zuwider ist.

Zwischen bös' und gut hat sich ein Streit erhoben,
Gut hat keinen Mut, bös' bleibt oben.

Es schwant mir was, mir ist so wohl,
Gibt's heute mittag Sauerkohl?

Es ist ein Brauch von alters her,
Wer Sorgen hat, hat auch Likör.
Doch wer zufrieden und vergnügt,
Sieht auch zu, daß er welchen kriegt.

Eine Schwäre peinigt mich . . .

Eine Schwäre peinigt mich.
Wo denn sitzt sie? Da wo ich.

Kalte Füße sind lästig, besonders die eigenen.

Zuweilen lacht man über sich selber, sofern man sich mal bei einer mäßigen Dummheit erwischt, indem man sich nun sogar noch gescheiter vorkommt, als man ist.

Er sprach: »Auf seiner eigenen Leiter
kommt keiner in das Paradies.«

Tröste Gott, wenn der Mensch
auf sich selber zu sprechen kommt!

Gesunder Magen bleibt unbeachtet,
viel Arbeit, wenig Dank.

Alte Dummheiten treten uns früher oder später doch immer wieder auf die Hacken.

Dummheit ist auch eine natürliche Begabung.

Mit sich selbst ist man nicht immer in der vornehmsten Gesellschaft.

Die Welt ist groß, weil der Kopf so klein.

Punkt – nullte Dimension.

Die Geschichte mit einem Floh kann so interessant sein wie die Geschichte Griechenlands.

Das Lachen ist ein alter Brauch,
Beelzebub, der tut es auch.

Lacher gibt's vom Trottel bis zum Teufel.

Lachen: Ausdruck der gekitzelten Eitelkeit.

Lachen: Ausdruck relativer Behaglichkeit.

Viel besser als ein guter Wille
Wirkt manchmal eine gute Pille.

Wer mal so ist, der bleibt auch so.

Wer auf den rechten Weg will,
Muß durchaus durch sich selbst hindurch.

Was mich betrifft, so kann ich leider nicht umhin, den größten Teil meiner Nichtbefriedigung auf das höchst lästige Gepäck der eigenen Schuld zu schieben.

Die Reue wegen Unterlassung einer bösen Tat ist, fürcht' ich, nur zu häufig.

An all unserem Ärger sind andere schuld. Das beste Mittel aber, um bei guter Laune zu bleiben, ist die stets richtige Erkenntnis, daß man selber nichts taugt.

Er hat den Hals zu voll, um danke zu sagen.

Dummheit, die man bei den anderen sieht . . .

Dummheit, die man bei den anderen sieht,
Wirkt meist erhebend aufs Gemüt.

Der gute Unterhalter braucht nichts Gescheutes zu sagen, sondern muß was Dummes anhören können.

Klatschen heißt anderer Leute Sünde beichten.

Mancher kann nicht aus dem Fenster hinausdenken.

Der klugen Leute Ungeschick stimmt uns besonders heiter.
Man fühlt doch für den Augenblick sich auch einmal gescheiter.

Eine Freude im Stübchen, zehn warten draußen.

Das sogenannte böse Gewissen sollte eigentlich das gute heißen, weil's ehrlich die Wahrheit sagt.

Toleranz ist gut, aber nicht gegenüber den Intoleranten.

Heinrich, Heinrich, werde munter,
Denn sonst kömmste einen 'runter.

Leute, die sich immer ärgern, gibt's immer.

Der Beste muß mitunter lügen;
Zuweilen tut er's mit Vergnügen.

Erwischtes Laster verzeiht, nicht erwischte Dummheit.

»Vielleicht« ist wie ein schlauer Krebs,
der vor- und rückwärts gehen kann.

Sehr verständig war der Mann,
Der das Wort »vielleicht« ersann.

Wer anders glaubt, ist schlecht,
wer anders denkt, ist dumm.

Wer in Glaubenssachen den Verstand befragt, kriegt unchristliche Antworten.

Der Glaube soll ruhig auf seiner Burg bleiben, wo er sicher und geborgen ist.

Wenn andere klüger sind als wir,
Das macht uns selten nur Pläsier,
Doch die Gewißheit, daß sie dümmer,
Erfreut fast immer.

So dich jemand auf die linke Backe schlägt, so reiße ihm das rechte Auge aus und wirf es von dir.

Bemüh dich nur und sei hübsch froh,
Der Ärger kommt schon sowieso.

Gar sehr verzwickt ist diese Welt,
Mich wundert's, daß sie wem gefällt.

Um Neid ist keiner zu beneiden.

Was man besonders gerne tut,
Ist selten ganz besonders gut.

Auf dem Gebiet des Verstandes
muß man sich den Gesetzen des Landes fügen.

Wir mögen keinem gerne gönnen,
Daß er was kann, was wir nicht können.

Ist Leidenschaft das Wesen der Welt, so werden
Schläger wohl mehr wirken als Worte.

Es ist halt schön,
Wenn wir die Freunde kommen sehn. –
Schön ist es ferner, wenn sie bleiben
Und sich mit uns die Zeit vertreiben. –
Doch wenn sie schließlich wieder gehn,
Ist's auch recht schön.

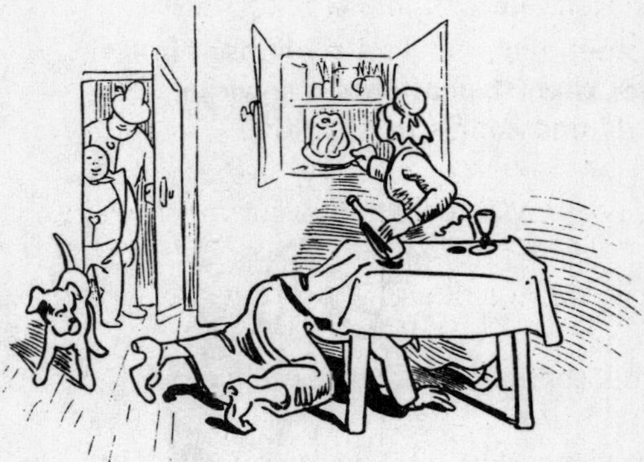

So kam er an sein Lebensziel . . .

Willst du das Leben recht verstehn,
Mußt du's nicht nur von vorn besehn.
Von vorn betrachtet, sieht ein Haus
Meist besser als von hinten aus.

Eigentlich hat's ja nicht viel auf sich mit dem besten Pessimismus. An dem Glücklichen gleitet er ab wie Wasser an der pomadisierten Ente, und der Unglückliche weiß ohne weiteres Bescheid.

Wem Fortuna ein Haus geschenkt,
dem schenkt sie auch Möbel.

Es geht der Krieger, der gerechte,
Mit frohem Mute zum Gefechte.
Indessen ist es ihm doch lieber,
Wenn alles erst mal gut vorüber.

Er ist so freudenvoll, daß ihm der Stöpsel
aus der Seele fliegt.

Durch die Kinderjahre hindurchgeprügelt.

Mancher ertrinkt lieber, als daß er um Hilfe ruft.

Je älter man wird, je hastiger tritt sie einem
auf die Hacken, die Zeit, die sogenannte.

Der Zug ist eben abgelassen –
Ich stehe da und kann's nicht fassen.

Das ist es eben! Man denkt nicht nur, man will auch leben.

Nichts, was war, wacht auf, wie es einstmals gewesen ist.

Unsere Philosophie nach dem dreißigsten Jahre heißt Glaube.

Nach dem vierzigsten Jahr ändert keiner mehr seine Philosophie.

Also spricht der Fatalist:
Du mußt werden, wie du bist.
Widerstreben ist vergebens.
Der Gebieter allen Lebens
Gab dir schon von Anbeginn
Deinen Wunsch und Eigensinn,
Bald mit ja und bald mit nein,
Gerade so und so zu sein.

Die Geister, ob gut oder böse, unbeliebte Gäste.

Wer längst Vergangnes in der Gegenwart aufsuchen möchte, setzt sich meist einer großen Enttäuschung aus.

Bald holterpolter, wie gerädert,
In einem Wagen, der nicht federt,
Bald sanft, wie im Automobil,
So kam er an sein Lebensziel.

Scheint dir auch mal das Leben rauh,
Sei still und zage nicht;
Die Zeit, die alte Bügelfrau,
Macht alles wieder schlicht.

So sind wir nun: kriechen heraus, hantieren hier oben eine Zeitlang scheinbar selbständig hin und her und legen uns dann ganz still wieder unter die Kruste.

Es brenzelt schon nach dem Jüngsten Tage.

Tod: Wenn auch das Haus aufbrennt,
der Kobold zieht mit um.

Gott zieht nur an der Hand, der einen,
Der Teufel zieht an beiden Beinen.

Das Leben wird schließlich mit dem Tode bestraft.

Unsichtbare Kraft der Toten, der Seelen.
Der Fährmann sieht sie nicht, aber sie beschweren den Kahn.

Wenn man auch als gescheiter Kerl stirbt, man weiß nie, ob man nicht als Trottel wieder auflebt.

Es fehlt in deinem Wortregister
Mein werter Name? Nun, da ist er.

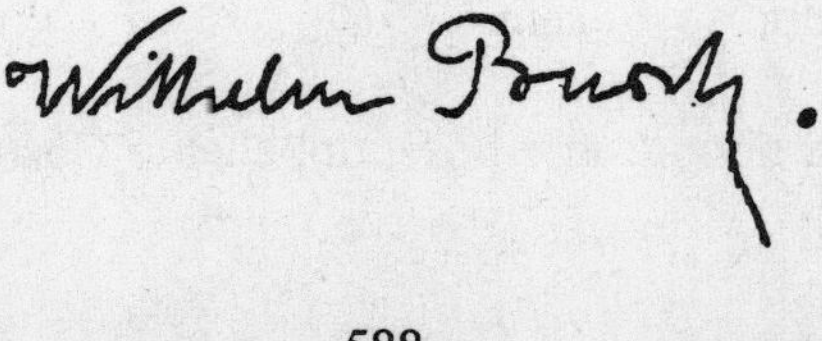

Allerlei Humor

Zeichnungen zu Texten anderer Autoren
aus den Fliegenden Blättern 1859 - 1863

Zwei Mißverständnisse

Arzt: »Also Appetit habt Ihr.« – Bauer: »Jo!« – A.: »Habt Ihr vielleicht keinen Stuhl?« – B.: »Gar kanen!« – A.: »Aha! Also keinen Stuhl. Hm! Und wie lange denn.« – B.: »No! Es könnt' schon seit letzten Weihnachten sein.« – A.: »Aber bedenkt, heute haben wir den 23. September, und Ihr behauptet, schon seit Weihnachten keinen Stuhl zu haben!« – B.: »Es ist halt doch so, voriges Jahr hab mer noch anen ghabt, und zu Weihnachten hat mei Bub, der Hans, den letzten Stuhl zerbrochen, und seitdem behelfen mir uns mit einer Bank.«

In einen Hafen einlaufen!

Der Freimaurer

Ein Bäckergeselle soll seine Wanderschaft antreten. »Ich will dir einen guten Rat geben«, sagt der Nachbar, »wie du in der Fremde Freunde und Beschützer finden kannst. Halte dich an die Freimaurer! Kommst du mit anständigen Leuten zusammen, so gib dich auch als Freimaurer aus.« Der Geselle fragte: »Woran aber kann ich die Freimaurer erkennen?« – »Die Freimaurer«, wurde er belehrt, »zeigen sich gegenseitig die Zungenspitze.«
In Waiblingen angekommen, begab sich der Handwerksbursch ins beste Wirtshaus, beobachtete einen vornehmen Gast am Nebentisch und schob vorsichtig seine Zungenspitze zwischen die Lippen. Als der vermeintliche Freimaurer – es war der Landgerichtsrat – keine Notiz davon nahm, kam die Zunge immer weiter heraus, endlich in ganzer Länge. Zwei schallende Ohrfeigen des empörten Gegenüber warfen ihn in die Sofaecke.
»Aha!« stöhnte der Bäckerjunge und rieb sich die Backen. »Das ist keiner!«

Ein altes Sprichwort in moderner Form

»Scheue Recht und tue nie was!«

Ein seltsamer Zögling

Gesuch.
Für einen
talentvollen
Jungen wird
gegen gutes
Honorar ein
geschickter
Musiklehrer
gesucht.
Alleestraße Nr. 1/0.

»Kommen Sie nur, Herr Musikmeister, hier ist mein talentvoller Junge, Ihr künftiger Zögling!«

Am St. Nikolaustage

»Ahh, Herr Geheimer Registrator, Sie begegnen mir wie gerufen! . . . Möchten Sie nicht so gut sein und für meine Kinder den Wauwau machen?«

Eigentümliche Anschauung

Warum dem Simpelmaier der Kirchturm in Kimmertshausen gar so hoch vorgekommen ist.

Das kranke Maxl

Montag
»Herr Lehrer, ich kann mein' Maxl nit in d' Schul schick'n, er hat's so arg in seine Füß!«

Dienstag
»Heut kann ich mein' Maxl nit in d' Schul schick'n, heut hat er's in sein'm Arm!«

Mittwoch
Heut ist mein Maxl gar übel dran, heut ist's ihm in d' Achseln zogen!«

Donnerstag
»Heut kann ich mein' Maxl wieder nit in d' Schul schick'n, heut hat er so was in beiden Händen!«

Freitag
»Denkens, heut liegt's ihm gar im Rücken!«

Samstag
»Heut ist Maxl gar übel dran, denkens, jetzt is ihm ganz drehend!«

Aber morgen ist Sonntag, da dürft' i vielleicht den Herrn Lehrer bitten, daß Sie mein' Maxl a paar Extrastunden gäben; das arme Büberl käm' sonst doch gar zu arg z'rück!«

Meyer und Isolde
oder
Die dreifache giftgrüne Moritat zu Leipzig

Zum allgemeinen Besten und zur Entlarvung grüngefärbter Abscheulichkeit an das Licht der öffentlichen Verachtung gebracht

Motto: Ach, bedenkt, Ihr lieben Mädichen,
Schwach nur ist des Lebens Fädichen.

Maestoso

Hört, ihr Leute, die Geschichte,
Die in Leipzig jetzt passiert!
Ach, man sieht in dies Gedichte,
Bis wohin die Mode führt.
Durch ein Kleid von grüner Farben
Kürziglich drei Menschen starben;
Lausche, liebes Publikum,
und sei vor Entsetzen stumm!

War ein Mädchen, hieß Isolde,
Blondgelockt im Angesicht;
Keinen Ball die Holde wollte
Gar niemals versäumen nicht.
Vater, Mutter, Onkels, Tanten
Dieses sehr gefährlich fanden;
Doch ein tanzend Mädchenherz
Fühlt noch keinen Elternschmerz.

Ihr Geliebter war noch flötter,
Obgleich Meyer er nur hieß;
Tanzen tat er fast wie Götter,
Bis der Atem ihn verließ.
Meyer, fürchte Dein Geschicke!
Schon greift es Dir nach's Genicke
Und Ihr andern Meyer's hört,
Welch ein Schicksal ihm beschert.

An ein' Kaufmannsladenfenster
Lag giftgrüner Tarlatan
Und, weil so verführend glänzt' er,
Schuf sich ihn Isolde an.
Bracht' das Zeug zu ihrem Schneider;
Dieser näht' das Kleid auch, leider.
Fertig bracht' er es mit Not,
Noß noch einmal und – war tot.

Und die Schneiderswittib bohrte
In die Luft ihr Schmerzgeschrei.
Als die Polizei dies horte,
Sandte sie der Diener zwei.
Alle grünen Tarlatäner
Konfiszierten diese Männer,
Weil das grüne Gift - o Graus! -
Blies ein Schneiderleben aus.

Alldarum ward arretieret
Der giftgrüne Kleiderzeug,
D'rauf ward er protokollieret
Und verurteilt auch sogleich.
Dabei nossen alle heftig,
Weil der Giftdunst war zu kräftig -
Führte fast den Tod herbei
Von die ganze Polizei.

Ungerührt von diesem Falle
Zeigte, ach, Isolde sich,
Ging des Abends noch zu Balle,
Als der Schneider früh verblich.
Dort kam sie im grünen Kleide.
Meyer stürzt' fast um vor Freude,
Engagiert' sie gleich, hopp, hopp,
Auf den schottischen Galopp.

Und so tanzten sie wie rasend
Viermal um den Saal herum -
Da stürzt' Meyer - bautz - erblassend
Tot mit samt Isolden um.
Durch das grüne Kleid vergiftet,
Ward dies Unheil angestiftet,
Liegen, die erst froh man sah,
Jetzt als tote Leichen da.

Hilfe war nicht mehr vonnöten;
Denn sie waren mausetot.
Wahr ist doch der Spruch von Goethen:
Gestern blaß und heute rot!
Ach, man konnt' mit warmen Milchen
Doch das Gift nicht mehr vertilgen;
Tödlich biß des Todes Zahn
Meyern und Isolden an.

Doch das Volk verlangte wütend
Rache für der dreie Mord,
Und man stürmte, Böses brütend,
Zu dem Fabrikanten fort.

Dort faßt' man den grünen Färber,
»Der ist schuld«, schrie man, »d'rum sterb' er!«
Und eh' wieder er entschlüpft,
Ward der Färber aufgeknüpft.

Nebst dem Schneider hat begraben
Man das tote Liebespaar.
Durch des Giftes grüne Gaben
Alles dies geschehen war. –
D'rum, ihr Mädchen, groß und kleine,
Traut nie keinem grünen Scheine!
Euch und auch das Publikum
Bringen grüne Kleider um!

Ein interessanter Fall

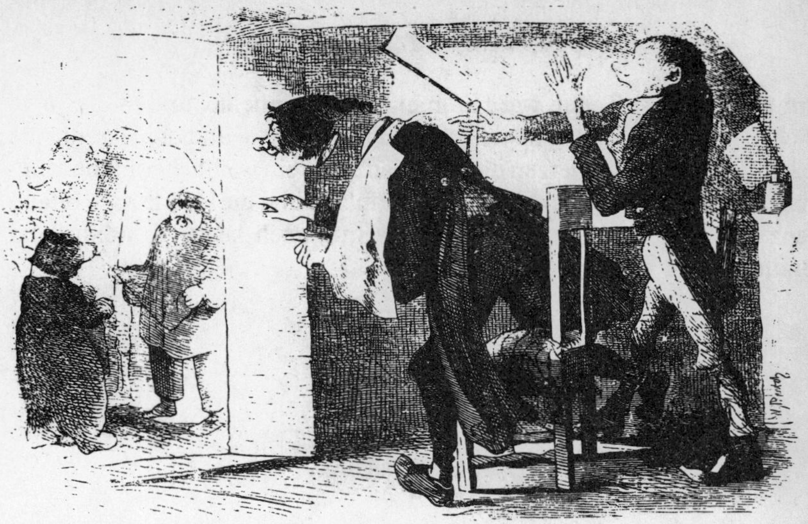

Schreckliche Folgen der Neugierde, dargestellt an einem Bauern in der Barbierstube.

Wohlgemeinter Zuspruch

Gerichtsdiener: »Versuchen Sie einmal Ihr Heil, Herr Justizrat, reden Sie dem Delinquenten ins Gewissen, damit wir die Exekution womöglich ohne Gewaltanwendung vollziehen können.«

Justizrat (zu dem Deliquenten): »Aber, Heß, so tu mir doch den einzigen Gefallen, und laß dich köppe!«

Die Schöpfungsgeschichte

Im Urbejinn der Zeiten war Himmel und Hasenheide, und es ereignete sich, daß ein Regen den endlosen Sand befruchtete, und die Hasenheide jebar unter viele Schmerzen die Intellijenz, was ein weibliches Frauenzimmer war. Der Regen aber bildete jroße Pfützen und die kleene rohe Intellijenz spielte in den Sümpfen; denn sie trug noch keene Krinoline und brauchte sich weiter nich zu genieren.

Sieh' – da kam sie auf eenen Einfall, sie fuhr mit dem Zeigefinger durch den Schmutz und verband die Pfützen und das nannte sie – Spree. Dann machte sie noch einige kleenere Rinnen als die Havel und Elbe und am Ende ein jroßes, jroßes Loch, welches sie Meer hieß. Die Spree aber war der erste Abzugsgraben; darum sieht sie heute noch so altertümlich schwarz aus. Damals flossen Elbe und Havel in die Spree, was erst nachher die Österreicher, Sachsen und Potsdamer in ihre neidische Anmaßung jeändert haben.
Dunnemals aber war es noch finster; denn die Intellijenz leuchtete nich. Da nahm sie eine Scholle Lehm, rollte sie und schlug sie breit und verjoldete sie in die Spree, was jetzt nicht mehr möglich is, weil uns die Phörizier das Jold jestohlen haben. Das aber, was sie jemacht, war die Sonne, und sie stieg auf den Kreuzberg und klebte sie an den Himmel mit Urschleim. Und so schuf sie auch den Mond, auf daß er des Nachts in der sumpfigen Panke widerstrahle und der Stadt das teure Jaslicht erspare. Darauf nahm sie eene Menge kleener verjoldeter Tonklöße und warf sie hinauf an's Firmament, daß es nur so patschte; das waren die funkelnden Sterne, die der jöttliche Heine hier in Berlin so allerliebst besungen.
Doch der Himmel war schwarz und »ruppig« anzusehen, jerade wie olle Wäsche. Da suchte die Kleene ein jroßes Stück Vitriol und kochte Berlinerblau, mit Appelwein verdünnt.

Und es geschah, daß sie einen Pinsel fand, der aber kein menschlicher war, und damit anstrich das weite, weite Jewölbe.

Und das Jewölbe trocknete, und die Intellijenz freute sich, setzte sich sinnend auf die Spandauer Berge, wusch ihre Hände und reinigte sich die Nägel.
Als sie sich nun jeputzt hatte, langweilte sie sich, und gähnend kehrte sie an die Mündung der Panke zurück. Unterwegs kratzte sie sich in den Haaren, nicht wissend, was sie anfangen sollte, und es fielen viele Haare aus, senkten sich in die Erde – und es wurde der reizende Tierjarten.
Sie aber sank in einen tiefen Schlaf und im Traum wurde ihr der Beruf klar. Sie erhob ihre Glieder, nahm den Rest des Urschleims und bildete daraus den ersten – Berliner. Er schlug die Augen auf und »guten Morgen, Herr Fischer!« grüßte sie jubelnd. Von selbigem Tage an hieß der Neujeschaffene – Herr Fischer, sowohl bei den vernünftigen als unvernünftigen Tieren.
Da begab es sich, daß sie ihr Jeschöpf über alle Maßen liebjewann und er ihr auch. Es war aber dies die allererste Liebe und die war stumm wie der Mond, der die Jeheimnisse der Nacht belauscht.
Und so saßen sie beisammen und bohrten sich die Augen bis tief in die Seele, daß die Leiber ordentlich durchsichtig wurden und man die Flammen lodern sah im Kamine ihres Gemütes. Er ward so bleich wie Schneeberger und sie rot wie brennendes Siegellack. Da lispelte sie: »Was fehlt Ihnen, Herr Jeheemrat? O, nennen Sie mich doch die Qual, die Ihnen verzehrt!« Und er neigte die Direktionslinie seines Hauptes und hauchte zit-

ternd: »Liebst Du mir?« – »Ach, janz eklig!« erwiderte sie tonlos und sank in seine Arme. »Mein!« – »Dein!« schwebte seufzend über ihre Lippen, die ein glühender Kuß auf mehrere Tage versiegelte – die erste Zivilehe war jeschlossen.
Und sie lebten selig und in Freuden und bekamen einen Sohn, der hieß Schultze und wurde nachher Bürgermeister und Majistrat dazu. Darauf wurde Müller jeboren – der erste Stadtverordnete für die zukünftige Jeneration.
Intellijenz aber schuf nun aus jewöhnlichem Material noch mehr Leute, was aber eene janz ordinäre Rasse wurde, auf daß die Berliner was hätten, worüber sie sich mokieren könnten. Zuletzt schuf sie noch die Potsdamer und setzte sie in der Nähe von uns als abschreckendes Beispiel.
Urfischer aber zeugte mit Intellijenz außerdem etliche andere Spezialitäten: die Rieke, die Ojüste (Auguste), die Klärchen, meinen Ahnherrn, den Quatschke, den Patschke, den Putschke, den Schwindelhaber und den Juden Meyer. – Nun erst beschloß man, die Stadt zu gründen, und errichtete zuerst den Molkenmarkt und die Stadtvogtei, auf daß es nicht an billigen Wohnungen fehle bei Wasser und Brot. Darauf machte man den Gendarmenmarkt mit die Fischweiber (der jöttliche Schiller stand aber damals noch nich darauf). Und die Berliner vermehrten sich, tranken ihren Bittern und hatten weiter keene Schmerzen.

»Auch Polizei muß sind!« rief in edler sittlicher Entrüstung die Intellijenz, als sie einen famosen Nachtskandal sah, und sie streckte den Zeigefinger der rechten Hand aus und sprach in strengem Tone: »Männeken, hole mich Erdpech, Bittersalz, Brennessel und Meerrettichsaft!«
Pantoffelmänneken verbeugte sich stumm und ging, kam zurück und schwitzte sehr. Vor jnädige Frau legte er hin, was er jefunden. Und sie nahm Wasser und bereitete eenen Brei, daß ihr die Augen überjingen. Dann modellierte sie eene Figur, wickelte sie in blaues Tuch und goß ihr

Spiritus ein. Aber die Figur soff zu viel; das Ding jeriet nich und es wurde bloß ein Droschkenkutscher daraus. Da fing die Intellijenz an zu fluchen, und siehe da – es jing besser zum zweiten Male: man sah eenen lebendigen Schutzmann herumwandeln. Dieser war aber bloß für die Unsicherheit des Tages bestimmt; darum machte sie jeden Abend ooch eenen Nachtwächter mit die Schlüssel und die Feife. Kaum erblickte er – das Nachtlicht, als er anhob, zu feifen und mit die Schlüssel zu rasseln, daß es eene Art hatte.
Indessen beschäftigte sich Urfischer damit, daß er Hunde machte für die Karren und kleene niedliche Misekatzen. Auch jroßes Vieh entstand unter seinen Händen, was er verschenkte an die Schöneberger und andere umliegende Ortschaften, auf daß sie Milch gäben und fette Butter und Schmalz zur Freude von die Berliner.

Und als er ooch für den zoologischen Jarten viele putzige Tiere jemacht hatte, welche nachher bis nach Afrika verflanzt wurden, sann er nach, was er jetzt noch Jeniales schaffen sollte; denn es war nahe der Jeburtstag von seine Frau Jeheemrat und er wollte ihr man recht überraschen.
Und sieh', – es fuhr ihm ein jroßartiger Jedanke durch den Kopp, ein höchst nutzbares Jeschöpf mit die reenste weiße Farbe sollte werden – als Symbol für die Nutzbarkeit von die Damens und ihre Unschuld – da wurde eene jroße reizende Jans.

Und er nahm sie auf den Arm und trug sie zu seiner Frau Jemahlin; in seinem Herzen klopfte die Erwartung fürchterlich wie der Taktierstock unseres jöttlichen Meyerbeer.
Eben trat die Intellijenz aus ihre Schlafstube. Brüsseler Negligé hatte sie noch nich, aber eene jewaltige Haube auf dem Kopfe und eene Peitsche in die Hand. Und sie wurde fabelhaft eklig, als sie die Jans sah, und keilte den Herrn Jeheemrat zu die Türe hinaus.
Er floh bis nach Pommerland; da ließ er die Jans fallen und seiner Frau zum Trotze machte er noch eene – eene männliche Jans vor sein eigen Pläsier. Und er hütete die Jänse an das Jestade von die Ostsee, flegte und mästete sie und wenn die Sonne unterging, sang er in weinerlichem Tone das Abendlied aus »Tannhäuser« zur Flöte, was nur er alleene gekonnt hat. Es war aber rührend, und die Jänse wurden fett und die pommersche Jänsebrüste berühmt seitdem weit und breit durch alle Lande.
Aber er dachte immer lebhaftiger in die frühere Zeiten und es erwachte schwarzer Jroll in die Kammern seines Herzens. Seine Nase öffnete sich, sein Maul klaffte und den blauen Augen entstürzte ein heißer Tränenstrom. Er wühlte mit beiden Händen in seine blonde Locken und riß janze Stränge aus, die der Wind zum leuchtenden Himmel entführte, also daß bald eene Reihe Kometen entstand, die nun vom jroßen Weltorkane ewig in das janze Weltjebäude herumjeblasen werden.
Da erjriff er denn seinen Hirtenstab und brach auf per pedes apostolorum (denn die Eisenbahn war Anno dunnemals noch nicht fertig) und indem er eenen Fuß vor den andern setzte, kam er endlich nach uns're Stadt zurück, und es wurde ihm janz mollig zumute. Aber Urjroßmutter Intellijenz war nich zu finden. Die war längst in alle Welt jelaufen aus reenem Ärger über ihren Jemahl. Auf diesen Zügen sammelte sie mit die feinsten und elejantesten Substanzen der Erde. Denn eene erhabene Idee gor in ihren schöpferischen Busen. Sie baute sich een eegnes Laboratorium. Tag und Nach knetete sie, bis endlich allens fertig war. Da sprach sie das jroße Lebenswort: »Na nu!« – es erschien ein glänzender Jardedü Corps-Offizier. Das war der Uranfang von das Militär.

Aber es keimte ein neues Jefühl auf in die Seele von ihr und es entstand daraus – die zweite Liebe und Urfischer ward vergessen. Sehnsüchtig träumerisch wandelte dieser noch an den Ufern von die Spree und schuf im klaren Erkennen seines ominösen Namens die kleenen stummleidenden Fische. Damit es aber nich in das Wasser alleene diese Rasse jäbe, so bildete er uf trock'nem Lande ooch allerliebste rundliche Backfische.
Unterdessen zog über die Heide daher die jeliebte Jemahlin mit ihren Galan. Und sie kam näher und näher – plötzlich ward es Urfischern, als wären alle seine Lebensröhren mit Baumwolle verstoppt, ein kalter Hauch blies in seine Seele, wie wenn eener in heiße Suppe bläst ... er sah sie, die Einziganjebetete in der Umärmelung des weißen Mannes mit das entsetzliche Messer an die Seite ... seine Pulse schlugen flegelhaft an seine Schläfe ... die Augenräder rollten mit fürchterlicher Jeschwindigkeit, sie sprühten zollange Funken ... da stürzte er vor und schrie mit die Stimme einer Weltposaune: »Aber Frau Jeheemrat! Wo denken Sie bloß hin? – Wat is mich das man für ein Mehlwurm?« Und es entbrannte ein tödlicher Jedanke in dem Hirnkasten des Junkers; er riß die Pistole aus die Lende und rief: »Auf die Mensur! – Los!« Aber die Pistole flog ihm aus die Hand; majestätisch erhob sich die Intellijenz; sie schlug das linke Auge zum Himmel auf, das rechte beherrschte die Erde und zu Urfischern jewendet, sprach sie jelassen das Wort: »Ich kenne Dir nich. Verdufte!«
Jebrochen schlich der Arme davon an eene schauerlich einsame Stelle im Tierjarten, und er erhang sich – beinahe. Aber es kam nich dazu; er besann sich; er hätte ja nachher nich mehr jelebt. Er jing weit, weit fort bis an das Meer, was man Nordsee heißt, schwamm hinüber nach Helgoland und lehrte dort die Leute fischen bis an sein seliges Ende.

Nun kam es, daß die unjetreue Jemahlin die Strafe treffen sollte. Das Jeschlecht Urfischers war nämlich durch die niedlichen Backfische jroß und berühmt jeworden. Auch das Herz des Jardedü Corps hatte das Unjeheuer der Verführung schon halb wegjefressen und die Treue war alle jeworden. Bebend vor Rachedurst stationierte Urjroßmutter Intellijenz den Elenden nach Potsdam, auf daß er langsam an Langeweile stürbe und sich amüsierte an das schöne Glockenspiel zu seine Buße und Bekehrung. Darauf rannte sie zum zweeten Male in alle Welt und kam nach Frankreich, wo sie den Urlouis heiratete und zur Stammutter von die jroße Nation ward. Denn die Franzosen alleene sind neben die Berliner nich ohne Jeist nich. Man nennt das aber dort »Esprit«, was wohl mit »Sprit« das jleiche Wort is.

Als Urlouis am Tode jestorben war, brach die Intellijenz auf und machte die erste Reise um die Welt – ohne Bädecker. Auch is es höchst eegentümlich, daß sie in ihre verlorene Memoiren nischt erzählt von die reisenden Engländer, während es doch janz außerordentlich wichtig wäre zu wissen, ob damals die Rasse von die Macdonalds ooch schon hat existiert.

Endlich flog sie auf den Flügeln von ihre eig'ne Weisheit nach Helgoland und schwebte über dem Hügel ihres einst so geliebten Urfischer. Reuevoll sang sie die jöttliche Jnadenarie. Urfischer drehte sich im Jrabe, und sie sank mausetot an seine Seite

Nachdem ich meine Augen jetrocknet, fahre ich seufzend fort über die Verjänglichkeit und komme wieder nach Berlin. Als die Franzosen jeschaffen waren, dachten sie alsbald daran, ihre alleenigen Nebenbuhler zu bekriegen. Aber wir wehrten uns eklig, und sie erzählen nur mit jeheimem Schauer von die Sandflächen der Mark.

Unterdessen blühen wir und entfalten unsere Weisheit vor der Welt; denn der Jeist der Intellijenz schleicht durch alle Straßen und schon mancher Nachtwächter hat ihn jesehen, wie er des Nachts mit seinem Nachtlicht die einzelnen Häuser erleuchtete. Mir aber erschien er jestern zwischen 12 Uhr und Mitternacht und hat zu mir jeredet die Rede, die ihr jehört und mir befohlen, sie aufzuschreiben, auf daß sie alle kommende Jenerationen in Ehrfurcht lesen und sich freuen unseres Jlanzes und uns'rer Ehre.

Denn das ist der Vorzug von Berlin vor andern Städten, daß es sie alle überstrahlet durch Reichtum an Weisheit, Schwindel und Unjeziefer und das ist sein Beruf, daß es die Hauptstadt werde von die janze Welt und mein Schädel der Mittelpunkt von all' die Weisheit. So sei es! –

Berlin in den Hundstagen von's vorige Jahr.

Johann Jabriel Quatschke,

Phantasmagoret und Professor der Sommer- und Winterlogik a. D.

Motivierte Anfrage

»Sie, hören S' mal, wie teuer verkaufen S' denn so an Teppich?«

Bekanntes Trinklied

Drohend schwang er seine Hippe,
Drohend sprach das Furchtgerippe:
»Fort von hier, du Bacchusknecht!
Fort, du hast genug gezecht!«

Der Stern der Liebe

Blumen duften, Sterne funkeln
Fern am Guadalquivir. –
Schon beginnt die Nacht zu dunkeln,
Und die Oleander rauschen,
Wenn Fernando und Elvire
Sanfte Liebesworte tauschen
In dem dunklen Laubreviere
Fern am Guadalquivir.

»O, sieh nur!« so flötet Elvira und deutet mit ihrem lilienweißen Zeigefinger in den nächtlichen Sternenhimmel, »sieh nur den lieblich strahlenden Stern da droben! O, sprich, Fernando, geliebter Freund, kennst Du ihn wohl?« – Und Fernando, mit dem lyrischen Tenor einer schwärmerischen Neigung, haucht ihr die säuselnden Worte entgegen: »O Elvira, wer sollte ihn nicht kennen, den schönen, ewig strahlenden Stern! Das ist der Stern der Liebe!!«

Blumen duften, Sterne funkeln
Fern am Guadalquivir. –
Schon beginnt die Nacht zu dunkeln;
Ach, die Zeit ist schnell entschwunden,
Und Fernando und Elvire,
Längst von Hymen's Band umwunden,
Sitzen bei dem Kellerbiere
Fern am Guadalquivir.

Und wieder flötet Elvira: »O, Fernando, sieh nur den lieblichen Stern da droben! Nicht wahr, Fernando, das ist der ewig strahlende Stern der Liebe?« – Doch Fernandos Baß weckt das Echo des halbgeöffneten Maßkrugs und spricht die etwas mehr als säuselnden Worte: »Himmelherrgottsternelement! Was weiß ich, wie all' die dummen Stern' heißen!«

Freche Antwort

»Ah, ah! Ich hab' was im Hals, ich hab' was im Hals!«
»Ja, um Gottes willen, Büberl, was hast denn im Hals?«

»A Züngerl!«

Am Algen-See*)

Jubelndes Singen und Gläserklingen
Tief in der stillen Waldeinsamkeit!
Über den See die Töne dringen
Und im Echo verhallen sie weit.

Aber die Buchen, die altersgrauen,
Schütteln die Wipfel leis' in der Höh';
Über solch' Lärmen verwundert schauen
Sie in den tiefen umschlossenen See.

Unten der Nix auf des Sees Grunde
Schreckt empor und lauscht und lauscht,
Bis er zuletzt mit murrendem Munde
Auf zu der Fläche des Sees rauscht.

Siehe! Da sitzen die Erdensöhne,
Trinken und singen aus voller Brust.
Hell dazwischen läßt manche Schöne
Silbernes Lachen erschallen in Lust.

*) Ein Waldsee in der Nähe Eutins.

Einer der Bursche, nur lose die Binde
Noch um den Hals, ruft laut durch's Tal:
»Jede getrunkene Flasche verschwinde
Tief in dem See - der behalte die Zahl!

Nimm hier die erste! Sie ist, auf Ehre,
Ihres vortrefflichen Inhalts beraubt!«
Und dann wirft er die Flasche, die leere,
G'rade dem lauschenden Nix an's Haupt.

Das war zu viel! Im Widerhalle
Schwebt noch dahin das verwegene Wort,
Als auch mit dumpfem rollendem Schalle
Naher Donner erschüttert den Ort.

Knarrend beugen die alten Äste
Sich vor dem brausenden Sturme tief,
Der das Gewitter statt lauer Weste
Aus den türmenden Wolken rief.

Schwarz wird der See, es schäumen die Wellen,
Regen verwandelt die Erde in Schlamm,
Zuckende Blitze mit Krachen zerschellen
Einer Buche uralten Stamm.

Wo sind die lustigen Leutchen geblieben?
Wo ihr verwegener Übermut?
Lachend sieht sie der Nix zerstieben,
Steigt an's Ufer aus wallender Flut.

Schilfbekränzt die triefenden Haare,
Teilweis' silbergrau wie ein Fisch,
Listig lächelnd das Auge, das klare,
Setzt er sich an den verlassenen Tisch.

Und behaglich das alte Geschöpfe
Schenkt aus voller Flasche sich ein,
Prüft und schmunzelt: »Die dummen Tröpfe
Führen doch ausgezeichneten Wein!«

Und wie er trinkt in mächtigen Zügen
Von des Rheinweins goldener Glut,
Will ihm nicht eine Flasche genügen,
Zwei, auch dreie, scheinen ihm gut.

Und allmählich bei seinem Trinken
Wird es ruhig wieder umher.

Leise läßt er die Wellen sinken,
Und die Winde brausen nicht mehr.

Lächelnd brechen der Sonne Strahlen
Wieder hervor aus Wolkennacht,
Und mit purpurner Farbe malen
Sie des Waldsees glänzende Pracht.

Aber dem Nix wird wunderbar schwüle –
Beine so schwer und der Kopf so warm –
Sehnt sich hinab in der Wellen Kühle
Und in der Nixen schimmernden Arm.

Da umfaßt er in süßen Gedanken
Schnell die letzte der Flaschen in Glut –
Mit ihr vereinigt nach kurzem Schwanken
Fällt er kopfüber hinab in die Flut. –

Als nun die wieder getrockneten Straßen
Zieht die zerstreute Gesellschaft daher,
Findet sie alles, wie sie's verlassen –
Nur die Flaschen sind leider leer.

Unangenehmes

Meister: »Kerl, ich reiße Dir die Ohren ab, wenn Du nit besser aufschaust, Du Tropf, miserabliger!«

Mutter: »Nu, Maxl, was ist's denn mit Dir, warum ißt denn Du nit? Was machst denn Du gar so ein G'sicht? . . . Ist Dir 'was passiert?«
Maxl: »Ja freilich, mir ist durch den Meister 'was recht Unangenehmes zu Ohren gekommen!«

Moderne Malerschnaderhüpfeln

Zuerst tut man's battier'n,
Darauf kummt die Lasur;
Und durch das Lasier'n
Werd's g'rad' wie d' Natur!

Z'letzt nimmst d' no' a' Farb' her,
Die d' Aug'n recht daschreckt,
Die streichtst d' nachher dick hin,
Des hoaßt ma' Effekt.

Nur Farb' d'rauf, in Häuf'n,
Als wenn g'mauert werd'n müßt',
Daß's d' Nachwelt kann greif'n,
Wenn d' Farb' eppa schießt.

Und je jrößer Bild und Fijuren,
Desto jrößer det Schenie!
Ne! Unter'm Militärmaß
Mal' ich schon jar nie!«

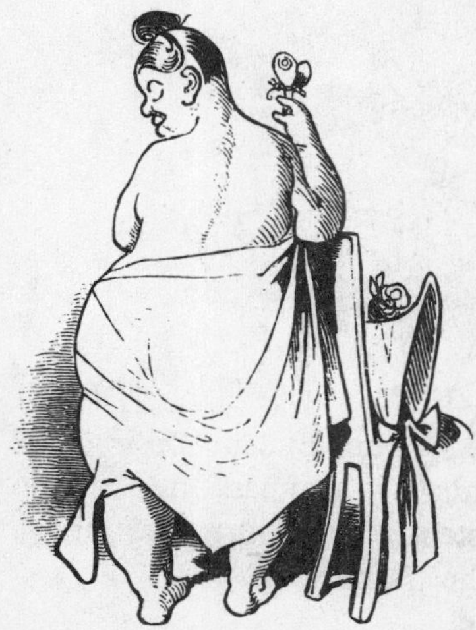

Jetzt glaub' i' in koan' Fall,
Daß i' gar weit mehr fehl';
Morg'n steht die dick' Köchin
Als Psyche Modell.

I' bin no' in Zweif'l,
Schaugt d' Medea so aus.
Z'letzt! - hol mi der Teufel -
I' mach' a' Sennerin d'raus.

'n Kant muß er mal'n,
Wie er d' Vernunft kritisiert!
Sie! Des Bild, des werd g'fall'n,
Werd in Leimfarb' ausg'führt.

Der Kritikus im Blattl –
Des is mein Kamerad
Der macht mir zuweil'n
Von Lorbeer an' Salat.

Dieser heilige Sebastian
Is gut 'troffen, ja, sehr!
Den kenn' i' schon gar lang'
Vom Hofbräuhaus her.

Und aa' den Eng'l, den kenn' i'! –
Mein! sagt's mir, warum?
Kumm i' do' so weni'
Im Himmelreich 'rum!

Und dieser König von Thule,
Stolz blickend vom Thron,
Der war früher in Dillingen
Bei der dritt'n Eskadron.

A' Papier hab' i' aufg'spannt
So glatt – und so fein!
Ja, komponier'n kunnt i' scho', woaßt d';
Aber 's fallt mir nix ein.

Mein! Sei net so g'spaßi' –
Ideen gibt's ja g'nu'!
Mal' oane, die d'reinschaugt,
Und die ander' schaugt zu.

Aa' a' schöne Idee, des:
A Kuh' und a' Lamm!
Aber was hilft's mir', des Bild
Geht halt oamal net z'samm'.

Da müßt' i' schon bitt'n –
Sie! Wenn man's versteht,
Des Bild, des geht scho z'samm. –
Auseinander geht's net.

Das Z'samm'geh'n und Auseinand'geh'n
Macht mi' völli' no' dumm!
Und Tag und Nacht geht mir
Des G'schwatz im Kopf 'rum!

Ja, is ja wahr aa'!
In Kritisieren da san s' fix;
Aber selber 'was macha
Na - macha können s' nix!

Beim Mal'n wie beim Dicht'n -
's is all'weil oan' G'schicht'!
Es braucht sich nur z' reimen,
So is's a' Gedicht.

Neue Leseart von der Bürgschaft

Zu Dionys, dem Tyrannen, schlich
Möros, den Dolch im Gewande;
Ihn schlugen die Häscher in Bande.
»Was wolltest Du mit dem Dolche, sprich?«
Entgegnet ihm finster der Wüterich.
»Na, dös wird doch dem Herrn Tyrannen nix verschlage',
Wenn ich mein' Dolch will zum Schleif'n trage'!«

Fester Glauben

Professor:
».. . Und nun will ich Ihnen diesen Lehrsatz jetzt auch beweisen.«

Junge:
»Wozu beweisen, Herr Professor? Ich glaub' es Ihnen so.«

Von mir über mich

Kein Ding sieht so aus, wie es ist. Am wenigsten der Mensch, dieser lederne Sack voller Kniffe und Pfiffe. Und auch abgesehen von den Kapriolen und Masken der Eitelkeit. Immer, wenn man was wissen will, muß man sich auf die zweifelhafte Dienerschaft des Kopfes und der Köpfe verlassen und erfährt nie recht, was passiert ist. Wer ist heutigen Tages noch so harmlos, daß er Weltgeschichten und Biographien für richtig hält? Sie gleichen den Sagen und Anekdoten, die Namen, Zeit und Ort benennen, um sich glaubhaft zu machen. Sind sie unterhaltlich erzählt, sind sie ermunternd und lehrreich oder rührend und erbaulich, nun gut!, so wollen wir's gelten lassen. Ist man aber nicht grad ein Professor der Beredsamkeit und sonst noch allerlei, was der heilige Augustinus gewesen, und will doch partout über sich selbst was schreiben, dann wird man wohl am besten tun, man faßt sich kurz. Und so auch ich.

Es scheint verwunderlich; aber weil andere über mich geschrieben, muß ich's auch einmal tun. Daß es ungern geschähe, kann ich dem Leser, einem tiefen Kenner auch des eigenen Herzens, nicht weismachen, daß es kurz geschieht, wird ihm eine angenehme Enttäuschung sein.

Wiedensahl

Ich bin geboren am 15. April 1832 zu Wiedensahl als der erste von sieben. Mein Vater war Krämer, klein, kraus, rührig, mäßig und gewissenhaft; stets besorgt, nie zärtlich; zum Spaß geneigt, aber ernst gegen Dummheiten. Er rauchte beständig Pfeifen, aber, als Feind aller Neuerungen, niemals Zigarren, nahm daher auch niemals Reibhölzer, sondern blieb bei Zunder, Stahl und Stein oder Fidibus. Jeden Abend spazierte er allein durchs Dorf, zur Nachtigallenzeit in den Wald. Meine Mutter, still und fromm, schaffte fleißig in Haus und Garten und pflegte nach dem Abendessen zu lesen. Beide lebten einträchtig und so häuslich, daß einst über zwanzig Jahre vergingen, ohne daß sie zusammen ausfuhren.
Wir lebten in einem kleinen Überfluß, zu essen gab's genug, und wenn gespart wurde, so geschah's für die Zukunft der Kinder. Diese Liebe und Entsagung rührt mich noch immer, obwohl ich doch schon ziemlich lange hübsch abgeschabt bin auf dieser Erdkruste. Liebe und Strenge sowohl, die mir von den Eltern zuteil geworden, hat der Schlafittich der Zeit aus meiner dankbaren Erinnerung nicht zu verwischen vermocht.
Was weiß ich denn noch aus meinem dritten Jahr? Knecht Heinrich macht schöne Flöten für mich und spielt selber auf der Maultrommel, und im Garten ist das Gras fast so hoch wie ich, und die Erbsen sind noch höher; und hinter dem strohgedeckten Hause, neben dem Brunnen, stand ein Kübel voll Wasser, und ich sah mein Schwesterchen drin liegen wie ein Bild unter Glas und Rahmen, und als die Mutter kam, war sie kaum noch ins Leben zu bringen.
Mein gutes Großmütterlein war zuerst wach in der Früh. Sie schlug Funken am P-förmigen Stahl, bis einer zündend ins »Usel« sprang, in die halbverkohlte Leinwand am Deckelkästchen des Feuerzeugs, und bald flackerte es lustig in der Küche auf dem offenen Herde unter dem Dreifuß und dem kupfernen Kessel; und nicht lange, so hatte auch das Kanonenöfchen in der Stube ein rotglühendes Bäuchlein, worin's bullerte.
Als ich sieben, acht Jahre alt war, durft' ich zuweilen mit aufstehen, und

im Winter besonders kam es mir wonnig geheimnisvoll vor, so früh am Tag schon selbstbewußt in dieser Welt zu sein, wenn ringsumher noch alles still und tot und dunkel war. Dann saßen wir zwei, bis das Wasser kochte, im engen Lichtbezirk der pompejanisch geformten zinnernen Lampe. Sie spann. Ich las ein paar schöne Morgenlieder aus dem Gesangbuch vor. Gesangbuchverse, biblische Geschichten und eine Auswahl der Märchen von Andersen waren meine früheste Lektüre.
Später beim Kaffee nahmen Herrschaft, Knechte und Mägde, wie es guten Freunden geziemt, am nämlichen Tische Platz.

Pfarrhaus Ebergötzen

Die Mühle in Ebergötzen

Um diese Zeit meines Lebens passierte eine kleine Geschichte, die recht schmerzhaft und schimpflich für mich ablief. Beim Küster diente ein Kuhjunge, fünf, sechs Jahre älter als ich. Er hatte in einen rostigen Kirchenschlüssel, so groß wie dem Petrus seiner, ein Zündloch gefeilt; und gehacktes Fensterblei hatte er auch schon genug, bloß das Pulver fehlte ihm noch zu Blitz und Donner. Infolge seiner Beredsamkeit machte ich einen stillen Besuch bei einer gewissen steinernen Kruke, die auf dem Speicher stand. Nachmittags zogen wir mit den Kühen auf die einsame Waldwiese. Großartig war der Widerhall des Geschützes. Und so beiläufig ging auch ein altes Bäuerlein vorbei, in der Richtung des Dorfes. – Abends kehrte ich fröhlich heim und freute mich so recht auf das Nachtessen. Mein Vater empfing mich an der Tür und lud mich ein, ihm auf den Speicher zu folgen. Hier ergriff er mich am linken Flügel und trieb mich vermittels eines Rohrstockes im Kreise umher, immer um die Kruke herum, wo das Pulver drin war. Wie peinlich mir das war, ließ ich weithin verlautbaren. Und sonderbar! Ich bin weder Jäger noch Soldat geworden.
Als ich neun Jahre alt geworden, beschloß man, mich dem Bruder meiner Mutter in Ebergötzen zu übergeben. Ich freute mich darauf. Wie Kinder sind, halb froh, halb wehmütig, plätscherte ich am Abend vor der Abreise mit der Hand in der Regentonne, über die ein Strauch von weißen Rosen hing, und sang »Christine! Christine!« versimpelt für mich hin.

Früh am Tag wurde das dicke Pommerchen in die Scherdeichsel des Leiterwagens gedrängt. Das Gepäck ist aufgeladen; als ein Hauptstück der wohlverwahrte Leib eines alten Zinkedings von Klavier, dessen lästig gespreiztes Beingestell in der Heimat blieb; ein ahnungsvolles Symbol meiner musikalischen Zukunft. Die Reisenden steigen auf: Großmutter, Mutter, vier Kinder und ein Kindermädchen, Knecht Heinrich zuletzt. Fort rumpelt's durch den Schaumburger Wald. Ein Rudel Hirsche springt über den Weg; oben ziehen die Sterne; im Klavierkasten tunkt es.
In Wirtshäuser einkehren taten wir nicht; ein wenig seitwärts von der Straße wurde stillgehalten, der Deckel der Ernährungskiepe wurde aufgetan und unter anderm ein ganzer geräucherter Schinken entblößt, der sich bald merklich verminderte. Nach zweimaligem Übernachten bei Verwandten erreichten wir glücklich das Ebergötzener Pfarrhaus.
Gleich am Tage nach der Ankunft schloß ich Freundschaft mit dem Sohne des Müllers. Wir gingen vors Dorf hinaus, um zu baden. Wir machten eine Mudde aus Erde und Wasser, die wir »Peter und Paul» benannten, überkleisterten uns damit von oben bis unten, legten uns in die Sonne, bis wir inkrustiert waren wie Pasteten, und spülten's im Bach wieder ab. Die Freundschaft ist von Dauer gewesen. Alljährlich besuch' ich ihn und schlafe noch immer gut beim Rumpumpeln des Mühlwerkes und dem Rauschen des Wassers.
Auch der Wirt des Ortes, weil er ein Piano besaß, wurde bald mein guter Bekannter. Er war rauh wie Esau. Ununterbrochen kroch das schwarze Haar in die Krawatte und aus den Ärmeln wieder heraus bis dicht an die Fingernägel. Beim Rasieren mußte er weinen, denn das Jahr 48, welches selbst den widerspenstigsten Bärten die Freiheit gab, war noch nicht erschienen. Er trug lederne Klappantoppfeln und eine gelbgrüne Joppe, die das hintere Mienenspiel der blaßblauen Hose nur selten zu bemänteln suchte. Seine Philosophie war der Optimismus mit rückwirkender Kraft; er sei zu gut für diese Welt, pflegte er gern und oft zu behaupten. Als er einst einem Jagdhunde mutwillig auf die Zehen trat und ich meinte, das stimmte nicht recht mit seiner Behauptung, kriegt' ich sofort eine Ohrfeige. Unsere Freundschaft auch. Doch die Erschütterung währte nicht lange. Er ist mir immer ein lieber und drolliger Mensch geblieben. Er war ein geschmackvoller Blumenzüchter, ein starker Schnupfer und hat sich dreimal vermählt.
Bei ihm fand ich einen dicken Notenband, der durchgeklimpert, und freireligiöse Schriften jener Zeit, die begierig verschlungen wurden.
Der Lehrer der Dorfjugend, weil nicht der meinige, hatte keine Gewalt über mich – solange er lebte. Aber er hing sich auf, fiel herunter, schnitt

Selbstbildnis des 16jährigen

Freund Bachmann

sich den Hals ab und wurde auf dem Kirchhofe dicht vor meinem Kammerfenster begraben. Und von nun an zwang er mich allnächtlich, auch in der heißesten Sommerzeit, ganz unter der Decke zu liegen. Bei Tag ein Freigeist, bei Nacht ein Geisterseher.
Meine Studien teilten sich naturgemäß in beliebte und unbeliebte. Zu den ersteren rechne ich Märchenlesen, Zeichnen, Forellenfischen und Vogelstellen. Mein Freund aus der Mühle, der meine gelehrten Unterrichtsstunden teilte, teilte auch meine Studien in freier Natur. Dohnen und Sprenkeln wurden eifrig verfertigt, und der Schlupfwinkel keiner Forelle den ganzen Bach entlang unter Steinen und Baumwurzeln blieb unbemerkt von uns.
Zwischen all dem herum aber schwebte beständig das anmutige Bildnis eines blondlockigen Kindes. Natürlich sehnte ich oft die bekannte Feuersbrunst herbei mit nachfolgendem Tode zu Füßen der geretteten Geliebten. Meist jedoch war ich nicht so rücksichtslos gegen mich selbst, sondern begnügte mich mit dem Wunsch, daß ich zauberhaft fliegen und hüpfen könnte, hoch in der Luft, von einem Baum zum andern, und daß sie es mit ansähe und wäre starr vor Bewunderung.
Von meinem Onkel, der äußerst milde war, erhielt ich nur ein einziges Mal Hiebe mit einem trockenen Georginenstengel, weil ich den Dorftrottel geneckt hatte. Dem war die Pfeife voll Kuhhaare gestopft und dienstbeflissen angezündet. Er rauchte sie aus, bis aufs letzte Härchen, mit dem Ausdruck der seligsten Zufriedenheit. Also der Erfolg war unerwünscht für mich in zwiefacher Hinsicht. Es macht nichts. Ein Trottel bleibt immer eine schmeichelhafte Erinnerung.
Etwa ums Jahr 45 bezogen wir die Pfarre zu Lüethorst.
Unter meinem Fenster murmelte der Bach. Gegenüber am Ufer stand ein

Haus, eine Schaubühne des ehelichen Zwistes; der sogenannte Hausherr spielt die Rolle des besiegten Tyrannen. Ein hübsches natürliches Stück; zwar das Laster unterliegt, aber die Tugend triumphiert nicht. Das Stück fing an hinter der Szene, spielte weiter auf dem Flur und schloß im Freien. Sie stand oben vor der Tür und schwang triumphierend den Reiserbesen, er stand unten im Bach und streckte die Zunge heraus; und so hatte er auch seinen Triumph.
In den Stundenplan schlich sich nun auch die Metrik ein. Dichter, heimische und fremde, wurden gelesen. Zugleich fiel mir die »Kritik der reinen Vernunft« in die Hände, die, wenn auch damals nur spärlich durchschaut, doch eine Neigung erweckte, in den Laubengängen des intimeren Gehirns zu lustwandeln, wo's bekanntlich schön schattig ist, oder in der Gehirnkammer Mäuse zu fangen, wo es nur gar zuviel Schlupflöcher gibt.
Sechzehn Jahre alt, ausgerüstet mit einem Sonett und einer ungefähren Kenntnis der vier Grundrechnungsarten, erhielt ich Einlaß zur Polytechnischen Schule in Hannover.
Hier ging mit meinem Äußeren eine stolze Veränderung vor. Ich kriegte die erste Uhr - alt, nach dem Kartoffelsystem - und den ersten Paletot - neu, so schön ihn der Dorfschneider zu bauen vermochte. Mit diesem Paletot, um ihn recht sehen zu lassen, stellte ich mich gleich den ersten Morgen sehr dicht vor den Schulofen. Eine brenzlige Wolke und die freudige Teilnahme der Mitschüler ließen mich ahnen, was hinten vor sich ging. Der umfangreiche Schaden wurde kuriert nach der Schnirrmethode, beschämend zu sehn; und nur noch bei äußerster Witterungsnot ließ sich das einst so prächtige Kleidungsstück auf offener Straße blicken.
In der reinen Mathematik schwang ich mich bis zu »Eins mit Auszeichnung« empor, aber in der angewandten bewegt' ich mich mit immer matterem Flügelschlage.
Im Jahre 48 trug auch ich mein gewichtiges Kuhbein, welches nie scharf geladen werden durfte, und erkämpfte mir in der Wachtstube die bislang noch nicht geschätzten Rechte des Rauchens und des Biertrinkens; zwei Märzerrungenschaften, deren erste mutig bewahrt, deren zweite durch die Reaktion des Alters jetzt merklich verkümmert ist.
Ein Maler wies mir den Weg nach Düsseldorf. Ich kam, soviel ich weiß, grad an zu einem jener Frühlingsfeste, für diesmal die Erstürmung einer Burg, die weithin berühmt waren. Ich war sehr begeistert davon und von dem Maiwein auch.
Unter Anwendung von Gummi, Semmel und Kreide übte und erlernte ich daselbst die beliebte Methode des »Tupfens, mit der man das reizende lithographische Korn« erzeugt. Nachdem ich mich recht und schlecht

durch den Antikensaal getüpfelt hatte, begab ich mich nach Antwerpen in die Malschule, wo man, so hieß es, die alte Muttersprache der Kunst noch immer erlernen könne.
In dieser kunstberühmten Stadt sah ich zum ersten Male die Werke alter Meister: Rubens, Brouwer, Teniers, Frans Hals. Ihre göttliche Leichtigkeit der Darstellung malerischer Einfälle, verbunden mit stofflich juwelenhaftem Reiz; diese Unbefangenheit eines guten Gewissens, welches nichts zu vertuschen braucht; diese Farbenmusik, worin man alle Stimmen klar durchhört, vom Grundbaß herauf, haben für immer meine Liebe und Bewunderung gewonnen; und gern verzeih' ich's ihnen, daß sie mich zu sehr geduckt haben, als daß ich's je recht gewagt hätte, mein Brot mit Malen zu verdienen wie manch anderer auch. Die Versuche, freilich, sind nicht ausgeblieben; denn geschafft muß werden, und selbst der Taschendieb geht täglich auf Arbeit aus. Ja, ein wohlmeinender Mitmensch darf getrost voraussetzen, daß diese Versuche, deren Resultate zumeist für mich abhanden gekommen, sich immerfort durch die Verhältnisse hindurchziehen, welche mir schließlich meinen bescheidenen Platz anwiesen.
Ich wohnte am Eck der Käsbrücke bei einem Bartscherer. Er hieß Jan, seine Frau hieß Mie. Zu gelinder Abendstunde saß ich mit ihnen vor der Haustür, im grünen Schlafrock, die Tonpfeife im Munde; und die Nachbarn kamen auch herzu: der Korbflechter, der Uhrmacher, der Blechschläger, die Töchter in schwarzlackierten Holzschuhen. Jan und Mie waren ein zärtliches Pärchen, doch kinderlos, sie dick, er dünn; sie balbierten mich abwechselnd, verpflegten mich während einer Krankheit und schenkten mir beim Abschied in kühler Jahreszeit eine warme rote Jacke und drei Orangen. – Wie war mir's traurig zumut, als ich voll Neigung und Dankbarkeit nach Jahren dies Eck wiederaufsuchte, und alles war neu, und Jan und Mie gestorben, und nur der Blechschläger pickte noch in sei-

nem alten, eingeklemmten Häuschen und sah mich trüb und verständnislos über die Brille an.
Den deutschen Künstlerverein, bestehend aus einigen Malern, aus politischen Flüchtlingen und Auswanderungsagenten, besuchte ich selten, fühlte mich aber geehrt durch Aufnahme einiger Scherze in die Kneipzeitung.
Nach Antwerpen hielt ich mich in der Heimat auf.
Was damals die Leut ut oler Welt erzählten, klang mir sonderbar ins Ohr. Ich horchte genauer und sucht' es mir fleißig zu merken, doch wußt' ich leider zuwenig, um zu wissen, was wissenschaftlich bemerkenswert war. Das Vorspuken eines demnächstigen Feuers hieß »wabern«. Den Wirbelwind, der auf der Landstraße den Staub auftrichtert, nannte man »warwind«; es sitzt eine Hexe drin. Übrigens hörte ich, seit der Alte Fritz das Hexen verboten hätte, müßten sich die Hexen überhaupt sehr in acht nehmen mit ihrer Kunst.
Von Märchen wußte das meiste ein alter, stiller, für gewöhnlich wortkarger Mann. Einsam saß er abends im Dunkeln. Klopft' ich ans Fenster, so steckte er freudig den Trankrüsel an. In der Ofenecke steht sein Sorgensitz. Rechts von der Wand langt er sich die sinnreich senkrecht im Kattunbeutel hängende kurze Pfeife, links vom Ofen den Topf voll heimischen Tabaks, und nachdem er gestopft, gesogen und Dampf gemacht, fängt er seine vom Mütterlein ererbten Geschichten an. Er erzählt gemächlich; wird's aber dramatisch, so steht er auf und wechselt den Platz, je nach den redenden Personen, wobei denn auch die Zipfelmütze, die sonst nur leis nach vorne nickte, in mannigfachen Schwung gerät.
Für Spukgeschichten dagegen von bösen Toten, die wiederkommen zum Verdrusse der Lebendigen, war der Schäfer Autorität. Wenn er abends erzählte, lag er quer über dem Bett, und wenn's ihm trocken und öd wurde im Mund, sprang er auf und ging vor den Tischkasten und biß ein neues Endchen Kautabak ab zur Erfrischung. Sein Frauchen saß daneben und spann.
In den Spinnstuben sangen die Mädchen, was ihre Mütter und Großmütter gesungen. Während der Pause, abends um neun, wurde getanzt, auf der weiten Haustenne unter der Stallaterne, nach dem Liede:

Maren will wie Hawern meihn,
wer schall den woll binnen?
Dat schall Meiers Dortchen don,
de will eck wol finnen.

Von Wiedensahl aus besucht' ich auf längere Zeit den Onkel in Lüethorst. Ein Liebhabertheater im benachbarten Städtchen zog mich in den angenehmen Kreis seiner Tätigkeit; aber ernsthafter fesselte mich das wundersame Leben des Bienenvolkes. Es hatte sich grad um einen Grundsatz der Wissenschaft, nämlich, daß nur aus einem befruchteten Ei ein lebendes Wesen entstehen könne, ein Streit erhoben. Ein schlichter katholischer Geistlicher wies nach, daß die Bienen eine Ausnahme machten. Mein Onkel als gewandter Schriftsteller und guter Beobachter ergriff seine Partei und beteiligte sich lebhaft an dem Kampfe. Der Wunsch und Plan, nach Brasilien auszuwandern, dem Dorado der Imker, hat sich nicht verwirklichen sollen. Die Annahme, daß ich überhaupt praktischer Bienenzüchter geworden, ist freundlicher Irrtum.
Auch mich zog es unwiderstehlich abseits in das Reich der Naturwissenschaften. Ich las Darwin, ich las Schopenhauer damals mit Leidenschaft. Doch so etwas läßt nach mit der Zeit. Ihre Schlüssel passen ja zu verschiedenen Türen in dem verwunschenen Schlosse dieser Welt; aber kein »hiesiger« Schlüssel, so scheint's, und wär's der Asketenschlüssel, paßt je zur Ausgangstür.
Von Lüethorst trieb mich der Wind nach München, wo bei der grad herrschenden akademischen Strömung mein kleines flämisches Schifflein, das wohl auch schlecht gesteuert war, nicht recht zum Schwimmen kam und gar bald auf dem Trocknen saß.
Um so angenehmer war es im Künstlerverein, wo man sang und trank und sich nebenbei karikierend zu necken pflegte. Auch ich war solchen persönlichen Späßen nicht abgeneigt. Man ist ein Mensch und erfrischt und erbaut sich gern an den kleinen Verdrießlichkeiten und Dummheiten anderer Leute. Selbst über sich selber kann man lachen mitunter, und das ist ein Extrapläsier, denn dann kommt man sich sogar noch klüger und gedockener vor als man selbst. – Die Veröffentlichung der dort verübten Späße, besonders der persönlichen Verhohnhacklungen, ist mir unerwünscht. Was hilft's? Dummheiten, wenn auch vertraulich in die Welt gesetzt, werden früher oder später doch leicht ihren Vater erwischen, mag er's wollen oder nicht.
Lachen ist ein Ausdruck relativer Behaglichkeit. Der Franzel hinterm Ofen freut sich der Wärme um so mehr, wenn er sieht, wie sich draußen der Hansel in die rötlichen Hände pustet. Zum Gebrauch in der Öffentlichkeit habe ich jedoch nur Phantasiehanseln genommen. Man kann sie auch besser herrichten nach Bedarf und sie eher tun und sagen lassen, was man will. Gut schien mir oft der Trochäus für biederes Reden, stets praktisch der Holzschnittstrich für stilvoll heitere Gestalten. So ein Konturwe-

sen macht sich leicht frei von dem Gesetze der Schwere und kann, besonders wenn es nicht schön ist, viel aushalten, eh' es uns weh tut. Man sieht die Sach' an und schwebt derweil in behaglichem Selbstgefühl über den Leiden der Welt, ja über dem Künstler, der gar so naiv ist.
Auch das Gebirg', das noch nie in der Nähe gesehene, wurde für längere Zeit aufgesucht. An einem Spätnachmittag kam ich zu Fuß vor dem Dörfchen an, wo ich zu bleiben gedachte. Gleich das erste Häuschen mit dem Plätscherbrunnen und dem Zaun von Kürbis durchflochten sah verlockend idyllisch aus. Feldstuhl und Skizzenbuch wurden aufgeklappt. Auf der Schwelle saß ein steinaltes Mütterlein und schlief, das Kätzchen daneben. Plötzlich, aus dem Hintergrund des Hauses, kam eine jüngere Frau, faßte die Alte bei den Haaren und schleifte sie auf den Kehrichthaufen. Dabei quäkte die Alte wie ein Huhn, das geschlachtet werden soll. Feldstuhl und Skizzenbuch wurden zugeklappt. Mit diesem Rippenstoße führte mich das neckische Schicksal zu den trefflichen Bauersleuten und in die herrliche Gegend, von denen ich nur ungern wieder Abschied nahm.
Es kann 59 gewesen sein, als zuerst in den »Fliegenden« eine Zeichnung mit Text von mir gedruckt wurde: zwei Männer, die aufs Eis gehen, wobei einer den Kopf verliert. Vielfach, wie's die Not gebot, illustrierte ich dann neben eigenen auch fremde Texte. Bald aber meint' ich, ich müßt' halt alles selber machen. Die Situationen gerieten in Fluß und gruppierten sich zu kleinen Bildergeschichten, denen größere gefolgt sind. Dann hab' ich sie laufen lassen auf den Markt, und da sind sie herumgesprungen,

wie Buben tun, ohne viel Rücksicht zu nehmen auf gar zu empfindsame Hühneraugen; wohingegen man aber auch annehmen darf, daß sie nicht gar zu empfindlich sind, wenn sie mal Schelte kriegen. Wer sie freundlich in die Hand nimmt, etwa wie Spieluhren, wird vielleicht finden, daß sie trotz bummligen Aussehens, doch teilweise im Leben geglüht, mit Fleiß gehämmert und nicht unzweckmäßig zusammengesetzt sind. Fast alle hab' ich, ohne wem was zu sagen, in Wiedensahl verfertigt, ausgenommen ein allegorisches Tendenzstück und einige Produkte des drängenden Ernährungstriebes, zum Selbstpläsier. Hätte jedoch die sorglos in Holzschuhen tanzende Muse den einen oder andern der würdigen Zuschauer auf die Zehe getreten, so wird das bei ländlichen Festen nicht weiter entschuldigt. Ein auffällig tugendsames Frauenzimmer ist's freilich nicht. Aber indem sie einerseits den Myrtenzweig aus der Hand des übertriebenen Wohlwollens errötend von sich ablehnt, hält sie anderseits gemütlich den verschleierten Blick eines alten Ästhetikers aus, dem bei der Bestellung des eigenen Ackers ein Stäubchen Guano ins Auge geflogen.

Man hat den Autor, den diese Muse begeistert, für einen Bücherwurm und Absonderling gehalten. Das erste mit Unrecht. Zwar liest er unter anderem die Bibel, die großen Dramatiker, den Augustin, den Pickwick

und Don Quijote und hält die Odyssee für das schönste der Märchenbücher, aber ein Bücherwurm ist doch ein Tierchen mit ganz anderen Manierchen.
Ein Sonderling dürfte er schon eher sein. Für die Gesellschaft ist er nicht genugsam dressiert, um ihre Freuden geziemend zu würdigen und behaglich genießen zu können. Zu einer Abendunterhaltung jedoch unter vier bis höchstens sechs Augen, in einer neutralen Rauchecke, bringt er noch immer eine Standhaftigkeit mit, die kaum dem anrückenden Morgen weicht.
Groß war auch seine Nachlässigkeit oder Schüchternheit im schriftlichen Verkehr mit Fremden. Der gewandte Stilist, der seine Korrespondenten mit einem zierlichen Strohgeflechte beschenkt, macht sich umgehend beliebt, während der Unbeholfene, der seine Halme aneinanderknotet wie der Bauer, wenn er Seile bindet, mit Recht befürchten muß, daß er Anstoß erregt. Er zögert und vergißt.
Verheiratet ist er auch nicht. Er denkt gelegentlich eine Steuer zu beantragen auf alle Ehemänner, die nicht nachweisen können, daß sie sich lediglich im Hinblick auf das Wohl des Vaterlandes vermählt haben. Wer eine hübsche und gescheite Frau hat, die ihre Dienstboten gut behandelt, zahlt das Doppelte. Den Ertrag kriegen die alten Junggesellen, damit sie doch auch eine Freud' haben.
Ich komme zum Schluß. Das Porträt, um rund zu erscheinen, hätte mehr Reflexe gebraucht. Doch manche vorzügliche Menschen, die ich liebe und verehre, für Selbstbeleuchtungszwecke zu verwenden, wollte mir nicht passend erscheinen, und in bezug auf andere, die mir weniger sympathisch gewesen, halte ich ohnehin schon längst ein mildes gemütliches Schweigen für gut.

So stehe ich denn tief unten an der Schattenseite des Berges. Aber ich bin nicht grämlich geworden; sondern wohlgemut, halb schmunzelnd, halb gerührt, höre ich das fröhliche Lachen von anderseits her, wo die Jugend im Sonnenschein nachrückt und hoffnungsfreudig nach oben strebt. Soviel wollt' ich von mir selber sagen.

Wer grad in ein Ballett vertieft ist, wer eben seinen Namenstag mit Champagner feiert, wer zufällig seine eigenen Gedichte liest, wer Skat spielt oder Tarock, dem ist freilich geholfen.

Leider stehen diese mit Recht beliebten Mittel temporärer Erlösung nicht immer jedem zur Verfügung. Oft muß man schon froh sein, wenn nur einer, der Wind machen kann, mal einen kleinen philosophisch angehauchten Drachen steigen läßt, geklebt aus altem Papier. Man wirft sein Bündel ab, den Wanderstab daneben, zieht den heißen Überrock des Daseins aus, setzt sich auf den Maulwurfshügel allerschärfster Betrachtung und schaut dem langgeschwänzten Dinge nach, wie's mehr und mehr nach oben strebt, sodann ein Weilchen in hoher Luft sein stolzes Wesen treibt, bis die Schnur sich verkürzt, bis es tiefer und tiefer sinkt, um schließlich matt und flach aufs dürre Stoppelfeld sich hinzulegen, von dem es aufgestiegen.

Wenigstens was mich betrifft, so mag nur einer kommen und mir beweisen, daß die Zeit und dies und das bloß ideal ist, ein Spuk unter dem Dach, ein angeerbtes Kopfübel, hartnäckig, inkurabel, bis der letzte Schädel ausgebrummt; er soll mich nur aufs Eis führen, seine blanken Schlittschuhe anschnallen, auf der gefrorenen Ebene seine sinnreichen Zahlen und

Schnörkel schreiben, ich will ihn gespannt begleiten, ich will ihm dankbar sein; nur gar zu kühl darf es nicht werden, daß mir die Nase friert, sonst drücke ich mich lieber hinter irgendeinen greifbaren Ofen, wär' es auch nur ein ganz bescheidener von schlichten Kacheln, bei dem man sich ein bissel wärmen kann.

Ja, die Zeit spinnt luftige Fäden, besonders die in Vorrat, welche wir oft weit hinausziehen in die sogenannte Zukunft, um unsere Sorgen und Wünsche daran aufzuhängen, wie die Tante ihre Wäsche, die der Wind zerstreut. – Als ob's mit dem Gedrängel des gegenwärtigen Augenblicks nicht grad genug wäre.

Und dann dies liebe, trauliche, teilweis grauliche, aber durchaus putzwunderliche Polterkämmerchen der Erinnerung voll scheinbar welken, abgelegten Zeugs, das dennoch weiterwirkt, drückt, zwickt, erfreut, oft ganz, wie's ihm beliebt, nicht uns; das sitzen bleibt, obwohl nicht eingeladen, das sich empfiehlt, wenn wir es halten möchten. Ein Kämmerchen, in Fächer eingeteilt, mit weißen, roten Türen, ja selbst mit schwarzen, wo die alten Dummheiten hinter sitzen.

Vielleicht ist's grade Winter. Leise wimmeln die Flocken vor deinem Fenster nieder. Ein weißes Türchen tut sich auf. Sieh nur, wie deutlich alles dasteht, wie in einem hellerleuchteten Puppenstübchen. Der Lichterbaum, die Rosinengirlanden, die schaumvergoldeten Äpfel und Nüsse, die braungebackenen Lendenkerle; glückliche Eltern, selige Kinder. Freundlich betrachtest du das Bübchen dort, denn das warst du, und wehmütig zugleich, daß nichts Besseres und Gescheiteres aus ihm geworden, als was du bist.

Mach wieder zu. – Öffne dies rote Türchen. – Ein blühendes Frauenbild. Ernst, innig schaut's dich an, als ob's noch wäre, und ist doch nichts als ein Phantom von dem, was längst gewesen.

Laß sein. – Paß auf das schwarze Türchen. – Da rumort's hinter. – Halt zu! – Schon recht, so lange, wie's geht. – Du kriegst, wer weiß woher, einen Stoß auf Herz, Leber, Magen oder Geldbeutel. Du läßt den Drücker los. Es kommt die stille, einsame, dunkle Nacht. Da geht's um in der Gehirnkapsel und spukt durch alle Gebeine, und du wirfst dich von dem heißen Zipfel deines Kopfkissens auf den kalten und her und hin, bis dir der Lärm des aufdämmernden Morgens wie ein musikalischer Genuß erscheint.

Nicht du, mein süßer Backfisch! Du liegst da in deinem weißen Häubchen und weißen Hemdchen, du faltest deine schlanken Finger, schließest die blauen, harmlos-träumerischen Augen und schlummerst seelenfriedlich deiner Morgenmilch mit Brötchen entgegen, und selbst deiner Klavierstunde, denn du hast fleißig geübt.

Aber ich, Madam! Und Sie, Madam, und der Herr Gemahl, der abends noch Hummer ißt, man mag sagen, was man will. – Doch nur nicht ängstlich! Die bösen Menschen brauchen nicht gleich alles zu wissen. Zum Beispiel ich, ich werde mich wohl hüten, ich lasse hier nur ein paar kümmerliche Gestalten heraus, die sich so gelegentlich in meinem Gehirn eingenistet haben, als ob sie mit dazugehörten.
Es ist Nacht in der kunst- und bierberühmten Residenz. Ich komme natürlich aus dem Wirtshause, bin aber bereits in der Vorstadt und strebe meinem einsamen Lager zu. Links die Planke, rechts der Graben. Hinter mir eine Stadt voll leerer Maßkrüge, vor mir die schwankende Nebensilhouette eines betagten Knickebeins. Bald drückt er zärtlich die Planke, bald zieht ihn der Graben an, bis endlich die Planke, des falschen Spiels müde, ihm einen solch verächtlichen Schubs gibt, daß er dem Graben, mit Hinterlassung des linken Filzschuhs, sofort in die geschmeidigen Arme sinkt. Ich ziehe ihn heraus bei den Beinen wie einen Schubkarren. Er wischt sich die Ohren und wimmert kläglich: »Wissen S', i siech halt nimma recht!« – Gewiß häufig eine zutreffende Ausrede für ältere Herren in verwickelten Umständen.
Ein andermal derselbe Weg. – Vor mir ein zärtliches Pärchen. Ihr schleift, am Bändel hängend, die Schürze nach. Ich wirble sie auf mit dem Stock und sage in gefälligem Ton: »Fräulein, Sie verlieren etwas.« Sie hört es nicht. Es ist der Augenblick vor einem Liebeskrach. Er schlägt sie zu Boden, tritt ihr dreimal hörbar auf die Bust, und fort ist er. – Schnell ging's. – Und was für einen sonderbaren Ton das gibt, so ein Fußtritt auf ein weibliches Herz. Hohl, nicht hell. Nicht Trommel, nicht Pauke. Mehr lederner

Handkoffer, voll Lieb und Treu vielleicht. Ich gebe ihr meinen Arm, daß sie sich aufrichten und erholen kann; denn man ist oft gerührt und galant, ohne betrunken zu sein.
Ein andermal ein andrer Weg. – Ein berühmter Maler hat mich zu Mittag geladen. Stolz auf ihn und meine silbervergoldete Dose, geh' ich durch eine einsame Straße und drehe mir vorher noch eben eine Zigarette. Hinter mir kommt wer angeschlurft; er schlurft an mir vorbei: »Ja, Beddeleit, die hat koana gern; die mag neamed.« Er spricht es leise und bescheiden, er schaut nicht seitwärts, er schaut nicht um; er schlurft so weiter. Hände im schwärzlichgrauen Paletot; schwärzlichgrauer Hut im Nacken; Hose schwärzlichgrau, unten mit Fransen dran; da, wo Hut und Paletotkragen ihre Winkel bilden, je ein blasses Stückchen Ohr zu sehen. Ein armer, farbloser Kerl. Schon zehn Mark, vermutlich, würden ihm recht sein. Freilich – der Schneider – die Fahrt ins Tirol – am End' versäuft er's nur. – Macht nichts! Gib's ihm halt! – Inzwischen ist er weg ums Eck, für immer unerwischbar.
Schnell eine andere Tür! – Schau, schau! – zwischen zwei Hügeln, mitten hindurch der Bach, das Dörflein meiner Kindheit. Vieles im scharfen Sonnenlicht früher Eindrücke, manches überschattet von mehr als vierzig vergangenen Jahren, einiges nur sichtbar durch den Lattenzaun des Selbsterlebten und des Hörensagens. Alles so heiter, als hätt' es damals nie geregnet.
Aber auch hier gibt's arme Leutchen. – Es ist noch die gute alte Zeit, wo man den kranken Handwerksburschen über die Dorfgrenze schiebt und sanft in den Chausseegraben legt, damit er ungeniert sterben kann; obschon der unbemittelte Tote immerhin noch einen positiven Wert hat, unter anderm für den Fuhrmann, der ihn zur Anatomie bringt.
Im Dörflein seitab, hier hinter den trüben Fensterscheiben, da sitzt vielleicht das »Puckelriekchen«. Sie spinnt und spinnt. Auf die Lebensfreuden hat sie verzichtet. Aber drei Tage nach ihrem Tode, da wenigstens möchte sie sich mal so ein recht gemütliches Fest bereiten, nämlich ein ehrliches Begräbnis mit heilen Gliedmaßen, im schwarzlackierten Sarge, auf dem heimatlichen Kirchhofe. Nach dem Professor, der die toten Leute kaputtschneidet, will sie nicht; und dann müßte sie sich ja auch so schämen vor den Herren Studenten, weil sie gar so klein und mager und bucklig ist. Darum bettelt sie und sinnt und spinnt von früh bis spät. – O weh! Zu früh schneidet die Parze den Flachs- und Lebensfaden ab. Es hat nicht gelangt. Nun heißt es doch: »Hinein in die ungehobelte Kiste!«, und: »Krischan, spann an!« Und dort fährt er hin mit ihr in der frühen Dämmerung, und wer grad verreisen muß, der kann mit aufsitzen. – Das wäre was

gewesen für Tante Malchen, die immer so gern per Gelegenheit fuhr!
Der dort langsam und verdrießlich Holz sägt, das scheint der »Pariser« zu sein. »Eine kalte Winternacht«, so pflegt er auf plattdeutsch zu sagen, »ein Grenzstein im freien Feld und eine Pulle voll Schluck, das müßte einen bequemen Tod abgeben.« Oder: »Hätt' ich nur erst eine Viertelstunde gehangen, mich dünkt, so wollt' ich gleich mit einem um die Wette hängen, der schon ein ganzes Jahr gehangen hat.« Gegen die erste Manier schützt er Geldmangel vor, gegen die zweite den bedenklichen Anfang. Er zögert und zögert und muß sich zuletzt mit einem gewöhnlichen Tod begnügen, wie er grad vorkommt.
Hier im Hof, auf dem Steintritt vor der Tür, steht eine hübsche Frau. Sagen wir, Kreuzbänder an den Schuhen, Locken an den Schläfen, Schildpattkamm im Flechtennest. Ein fremder Betteljunge kommt durch die Pforte. Haare wie trockener Strohlehm, Hemd und Haut aus einem Topf gemalt, Hose geräumig, vermutlich das Geschenk eines mildtätigen Großvaters, Bettelsack mit scheinbar knolligem Inhalt, Stock einfach, zweckentsprechend. »Heut kriegst du nichts, wir haben selbst Arme genug.« – »So bra'r jöck de Düwel wat ower, dat je'r anne sticket!« Nach Abgabe dieses Segenswunsches entfernt er sich, um sein Sammelwerk anderweitig fortzusetzen. Nicht mit Erfolg. Hinter der Mauer hervor, bewehrt mit kurzem Spieß, tritt ihm unerwartet ein kleiner Mann entgegen, entledigt ihn, listig lächelnd, doch rücksichtslos, seiner Vorräte und zeigt ihm sodann unter Zuhilfenahme der umgekehrten Waffe, durch stoßweise Andeutungen auf der Kehrseite, den richtigen Weg zum Dorfe hinaus.
Dieser Wachsame und Gewaltige ist der »alte Danne«. Da er körperlich und geistig zu schwach geworden, um Tagelöhner zu sein, so hat man ihm ein Amt verliehen mit dem Titel »Bettelvogt« und als Zeichen seiner Würde den Speer, »dat Baddelspeit«. Kraft dessen ist er Herzog und Schirmherr aller einheimischen Bettler. – Er ißt »reihrund«. Er schläft nachts im Pferdestall, nachmittags bei günstiger Witterung im Baumgarten hinter dem Hause. Und hier kann man am besten eine Eigentümlichkeit an ihm beobachten, welche hauptsächlich bei alten unbemittelten Leuten vorzukommen scheint, die versäumt haben, sich ein neues Gebiß zu kaufen. Atmet er ein – lautes Schnarchen, atmet er aus – ein leises Flöten. Erst dieser alte, faltige, grauborstige Mümmelmund hübsch weit abgerundet nach innen gezogen: krah!, dann plötzlich bei hohlen Backen hübsch zugespitzt nach außen getrieben und nur ein ganz feines Löchlein drin: püh! – Für den Naturforscher, selbst bei häufiger Wiederholung, ein interessantes Phänomen. – Leider geht der alte Danne nur

noch kurze Zeit seinen Erholungen und Amtsgeschäften nach. Es kommt so ein gewisser, schöner, ausdermaßen warmer Nachmittag. Zwei flachsköpfige Buben, sehr bewandert in Obstangelegenheiten, besuchen grad zufällig in einem schattigen Garten einen berühmten Sommerbirnenbaum, um eben mal nachzusehen, wie die Sachen da liegen. – Der alte Danne liegt darunter. Speer im Arm, still, bleich, grade ausgestreckt, die Augen starr nach oben in die vollen Birnen gerichtet, Mund offen, so daß man sah: krah! war sein letzter Laut gewesen; zwei Fliegen kriechen ein und aus. Der alte Danne ist tot. Um ihn her liegen die goldigsten Sommerbirnen, aber für diesmal mochten wir keine. – Und schlau hat er's abgepaßt, denn der neue Kirchhof wird nächstens eingeweiht. Er kommt noch auf den alten und kann ruhig weiterliegen, ohne von später kommenden Schlafgästen gestört zu werden. – Eine geschmackvolle Garnitur von Brennesseln steht um sein Grab herum. –

Ja, mein guter, wohlsituierter und lebendiger Leser! So muß man überall bemerken, daß es Verdrießlichkeiten gibt in dieser Welt und daß überall gestorben wird. Du aber sei froh. Du stehst noch da, wie selbstverständlich, auf deiner angestammten Erde. Und wenn du dann dahinwandelst, umbraust von den ahnungsvollen Stürmen des Frühlings, und deine Seele schwillt mutig auf, als solltest du ewig leben; wenn dich der wonnige Sommer umblüht und die liebevollen Vöglein in allen Zweigen singen; wenn deine Hand im goldenen Herbst die wallenden Ähren streift; wenn zur hellglänzenden Winterzeit dein Fuß über blitzende Diamanten knistert, hoch über dir die segensreiche Sonne oder der unendliche Nachthimmel voll winkender Sterne – und doch, durch all die Herrlichkeiten hindurch, allgegenwärtig, ein feiner, peinlicher Duft, ein leiser, zitternder Ton –, und wenn du dann nicht so was wie ein heiliger Franziskus bist, sondern wenn du wohlgemut nach Hause gehst zum gutgekochten Abendschmaus und zwinkerst deiner reizenden Nachbarin zu und kannst schäkern und lustig sein, als ob sonst nichts los wäre, dann darf man dich wohl einen recht natürlichen und unbefangenen Humoristen nennen.

Fast wir alle sind welche. – Auch du, mein kleines, drolliges Hänschen, mit deinem Mumps, deiner geschwollenen Backe, wie du mich anlächelst durch Tränen aus deinem dicken, blanken, schiefen Gesicht heraus, auch du bist einer; und wirst du vielleicht später mal gar ein Spaßvogel von Metier, der sich berufen fühlt, unsere ohnehin schon große Heiterkeit noch künstlich zu vermehren, so komm nur zu uns, guter Hans, wir werden dir gern unsere alten Anekdoten erzählen, denn du bist es wert.

»Ahem! – Wie war denn das Diner bei dem berühmten Maler?« So unter-

brichst du mich, mein Wertester mit dem Doppelkinn. - Nun! Kurz, aber gut, Wein süperb, Schnepfen exquisit. - Doch ich sehe, du hast dich gelangweilt. Das beleidigt mich. Aber ich bin dir unverwüstlich gut. Ich werde sonstwie für dich sorgen; ich verweise dich auf den vielsagenden Ausspruch eines glaubwürdigen Blattes. »Il faut louer Busch pour ce qu'il a fait, et pour ce qu-il n'a pas fait.«*) Wohlan, mein Freund! Wende deinen Blick von links nach rechts, und vor dir ausgebreitet liegt das Gelobte Land aller guten Dinge, die ich nicht gemacht habe.
Liebst du herz- und sonnenwarme Prosa, lies Werther. - Suchst du unverwelklichen Scherz, der wohl dauern wird, solange noch eine sinnende Stirn über einem lachenden Munde sitzt, begleite den Ritter von der Mancha auf seinen ruhmreichen Fahrten. - Willst du in einem ganzen Spiegel sehen, nicht in einer Scherbe, wie Menschen jeder Sorte sich lieben, necken, raufen, bis jeder sein ordnungsmäßiges Teil gekriegt, schlag Shakespeare auf. Trägst du Verlangen nach entzückend mutiger Farbenlust, stelle dich vor das Flügelbild Peter Pauls in der Scheldestadt und laß dich anglänzen von der jungfräulichen Mutter mit dem Kinde. - Oder sehnst du dich mehr nach den feierlichen Tönen einer durchleuchteten Dämmerung, besuch den Heiligen Vater in seinem beneidenswerten Gefängnis und schau den Sebastian an. - Und ist dir auch das noch nicht hinreichend, so zieh meinetwegen an den Arno, wo eine gedeckte Brücke zwei wundersame Welten der Kunst verbindet.
Damit, denk' ich, wirst du für acht Tage genug haben, und wärst du so genußfähig wie ein Londoner Schneidermeister auf Reisen.

*) Wiedensahl

Inhaltsverzeichnis

Vorwort 5

Max und Moritz 15

Fliegende Blätter und Münchner Bilderbogen

Die kleinen Honigdiebe 67
Der kleine Maler mit der großen Mappe 73
Der Deserteur 77
Schreckliche Folgen eines Bleistifts 82
Trauriges Resultat einer vernachlässigten Erziehung . . . 86
Der Floh 93
Der kleine Pepi mit der neuen Hose 102
Die wunderbare Bärenjagd 108
Die Ballade von den sieben Schneidern 117
Der zu wachsame Hund 120
Wie der Mann um den Hausschlüssel bitten lernt 123
Der Lohn einer guten Tat 125
Die kluge Ratte 130

Der zerstreute Rektor 132
Die Rutschpartie 135
Die Verwandlung 139
Der Wurstdieb 144
Ehre dem Fotografen 150

Die kühne Müllerstochter 157

Der Schreihals 163

Die Prise 171

Schnurrdiburr oder Die Bienen 175

Fipps der Affe 231

Die Haarbeutel
Eine milde Geschichte 317
Fritze 323
Eine kalte Geschichte 327
Die ängstliche Nacht 333

Die Drachen 341

Der Fuchs 355

Plisch und Plum 371

Kritik des Herzens 426

Zu guter Letzt 447

Hernach 463

Schein und Sein 503

Der Schmetterling 323

Sprikker: Aphorismen, Notizen, Einfälle
In des Dichters Herzen 572

Ich nahm die Wahrheit mal aufs Korn 575
Regnet es, so laß es regnen 577
Es blüht die Wurst nur kurze Zeit 578
Ein hohler Zahn ist ein Asket 579
Eine Schwäre peinigt mich 582
Dummheit, die man bei den anderen sieht 584
So kam er an sein Lebensziel 586

Allerlei Humor (Zeichnungen zu Texten anderer Autoren
aus den Fliegenden Blättern 1859 - 1863)
Zwei Mißverständnisse 589
Der Freimaurer 590
Ein altes Sprichwort in moderner Form 590
Ein seltsamer Zögling 591
Am St. Nikolaustage 591
Eigentümliche Anschauung 592
Das kranke Maxl 593
Meyer und Isolde oder Die dreifache Moritat zu Leipzig 594
Ein interessanter Fall 596
Wohlgemeinter Zuspruch 597
Die Schöpfungsgeschichte 598
Motivierte Anfrage 605
Bekanntes Trinklied 605
Der Stern der Liebe 606
Freche Antwort 607
Am Algen-See 608
Unangenehmes 612
Moderne Malerschnaderhüpfeln 613
Neue Lesart der Bürgschaft 615
Fester Glauben 616

Von mir über mich 617

Der Beitrag von Theodor Heuss wurde dem fünften Band des Werkes »Die großen Deutschen«, erschienen im Propyläen-Verlag bei Ullstein, entnommen. Der Gondrom Verlag dankt für die freundlicherweise erteilte Abdruckgenehmigung.